el CLUB de lectura BROADWAY

RAQUEL VILLAAMIL

Ď
diëresis

Primera edición: abril de 2021

Editorial Diéresis, S.L.
Travessera de Les Corts, 171, 5º-1ª
08028 Barcelona
Tel: 93 491 15 60
info@editorialdieresis.com

Diseño: dtm+tagstudy

Impreso en España

ISBN: 978-84-18011-16-0
Depósito legal: B 4606-2021
Thema: FRD
IBIC: FR

www.editorialdieresis.com
Twitter / Instagram: @EdDieresis

Para Pilar, la nueva estrella que brilla en el cielo

A mi estudiante preferida del instituto
Mount Vernon High de Nueva York: mi madre

En algún lugar de un libro
hay una frase esperándonos
para darle un sentido a la
existencia
Miguel de Cervantes

Se trataba de un simple sí o no.

Nada más.

Ni fórmulas algorítmicas ni ecuaciones interminables. Tan solo sí o no.

El cursor parpadeaba en la pantalla del ordenador como si tuviera vida propia y sufriera el baile de San Vito. Marina lo arrastró hasta la casilla en la que se leía *no*, después lo dirigió a la del *sí*.

¿Quieres unirte a su club de lectura?|

La frase continuaba en el centro de la pantalla, clavada ante sus ojos, pidiendo una respuesta.

¡Dios! ¡No era tan difícil! ¡Por todos los electrones, neutrones y protones del Universo, ella era astrofísica y doctora por la Universidad de Columbia! ¿Cómo podía parecerle una tarea titánica escoger entre dos sencillas opciones?

Tragó saliva. Cerró los ojos y movió el ratón. Aquello no era ni ético ni moral ni, seguramente, legal. El primer acto delictivo de toda su carrera... ¡De toda su vida! ¿Y cuando trató de copiar en un examen de primaria? Se le había escapado el boli de los nervios y ¡casi le saca un ojo al chico que le gustaba! Ella no estaba hecha para el mundo criminal, pero se encontraba a punto de entrar en él de cabeza.

Si pulsaba el *sí*.

Sí.

Mierda.

Bienvenida a nuestro club de lectura.|

MARINA

Las estrellas titilaban en el cielo de Manhattan como nunca. Marina llevaba años sin ver una noche así. El buen tiempo del inicio de la primavera había hecho acto de presencia regalándole un firmamento impresionante. La polución había decrecido debido a que no hacía tanto frío como para poner la calefacción, ni suficiente calor como para enchufar el aire acondicionado. Tras un invierno gélido y nevado, los neoyorquinos habían decidido lanzarse a caminar por las calles en vez de utilizar el coche. Y si se restaba de la ecuación de la contaminación a los vehículos privados, aunque fuera en un minúsculo porcentaje, se obtenía un cielo nocturno despejado y estrellado.

Bueno, el término estrellado en aquella ciudad llena de luces, focos y carteles publicitarios significaba que se distinguía fácilmente la constelación de la Osa Mayor, un poquito de la Menor y, con imaginación, Casiopea y Andrómeda.

Suficiente.

Marina se estiró en la tumbona de playa, vieja y raída, con la que observaba el cielo desde la azotea del Museo de Ciencias Naturales y comprobó en su reloj que pasaban de las diez.

Se había quedado trabajando hasta demasiado tarde y antes de emprender su regreso a casa no le importaba perder unos minutos, o alguna hora, observando su querida bóveda celeste en vivo y en directo. Sin pantallas, sin filtros, sin telescopios.

Se levantó de la silla, que crujió de forma espantosa, y se giró hacia los altos árboles de Central Park. Desde su ventajosa situación en la azotea, tenía el mejor escaparate delante: el gran parque de Manhattan y todos los edificios que lo rodeaban. Ahora la mayoría de las ventanas de los miles de apartamentos y casas resplandecían iluminadas, brillando más que las propias estrellas.

—No me puedo creer que las bombillas de 60 vatios puedan quitar luz a enanas rojas de millones de años de antigüedad. Esa abominación debería estar penada por ley —masculló ella recogiendo su bolso del suelo y colgándoselo en el hombro. Después abrió la puerta de acceso al edificio y bajó los escalones silbando. Sabía que Pete, el jefe de seguridad del museo, estaría observando su descenso por las diecinueve pantallas que le rodeaban. En cada descansillo saludó a la cámara correspondiente con una sonrisa, hasta llegar a la planta baja.

—*El puente sobre el río Kwai* —dijo Pete abriéndole la última puerta—. Una canción demasiado fácil.

—Es jueves —Marina levantó las palmas pidiendo clemencia—, llego al final de la semana con muy poca imaginación.

Pasaron por el amplio vestíbulo del museo, ahora en una ahogada penumbra, con el esqueleto del famoso tiranosaurio rex como espectador silencioso, y se dirigieron hacia la salida posterior.

—El mes pasado silbaste en dos ocasiones la canción de *Frozen* —dijo el hombre mientras deslizaba su gran mano por todas las superficies junto a las que pasaban, como si limpiar el polvo estuviera entre una de sus obligaciones—, y la de *Superman* está rozando el top 1 de las más insistentes. Deberías ir más al cine y menos al tejado de un edificio antiguo y solitario.

Ella rio.

—Allí arriba estoy muy bien acompañada.

—Oh, sí. Siento ser yo el que te diga esto, pero muchas de esas estrellas llevan muertas siglos —añadió Pete con un tono misterioso—. Estás mirando fantasmas.

—Me pregunto quién te habrá contado semejante patraña.

—La mejor astrónoma que conozco, muy poco apta en el arte de silbar canciones, todo sea dicho.

Marina le dio un empujón al guardia. Ni siquiera consiguió que se inclinara levemente. Solo podría mover el consistente cuerpo de Pete con una bola de demolición.

El vigilante hizo sonar su pesado llavero delante de la puerta de salida con orgullo. Realmente no necesitaba ninguna llave, bastaba con su huella dactilar en la pantalla de acceso, pero mostrar las antiguas llaves del museo era como enseñar un Porsche nuevo, su más preciada posesión.

Pete la miró desde su casi metro noventa de estatura y su casi metro y medio de ancho con su perenne mueca a lo Bruce Willis.

—Ve a casa, pequeña, yo seguiré velando por la seguridad de este mausoleo.

—Señor, sí señor —Marina se despidió llevándose la mano a la frente y dando un golpe con sus talones.

Apenas había un paseo de diez minutos hasta su casa. Cinco calles y cinco semáforos que encontró todos en verde. Debía ser una conjunción estelar. Pese a la brevedad de la caminata, se colocó los auriculares para escuchar a Elvis. El rey del rock conseguía que la misma distancia que repetía dos veces al día resultara más breve y, por supuesto, más amena.

Llegó a la calle 85 Oeste, mientras Elvis entonaba *Hound Dog*. El número 175 era un edificio similar al resto, con siete alturas, paredes de ladrillo oscuro con ventanas rectangulares y ensortijadas escaleras de hierro en la fachada.

El portal resultaba llamativo, de una elegancia decadente propia de los inicios del siglo XX. Se detuvo junto a los buzones. Del suyo sobresalía el extremo de un sobre alargado. Tiró de él intrigada y, evitando mirarlo, lo guardó en el bolso. No solía tener correspondencia desde la invención de Internet, pero de vez en cuando llegaba alguna invitación a una boda, una tarjeta bancaria o alguna carta extraviada. ¿Cuál sería el motivo esta vez?

Aguantando la curiosidad, se encaminó hacia el ascensor. Se mantuvo quieta un instante delante de sus puertas cerradas. Como siempre, surgieron las mismas dudas. Podía subir en él y ahorrarse un agotador ascenso hasta la planta séptima, o podía endurecer nalgas y muslos ascendiendo trabajosamente los millones de peldaños hasta su apartamento.

Se dirigió hacia las escaleras. Los tres primeros pisos eran fáciles; los restantes, matadores. Pero no podía quejarse, era su elección. Cada día subía aquella torre, no porque necesitara una sesión de gimnasio casero, sino porque el ascensor le daba pánico. Auténtico pavor. Podía engañarse a sí misma todo lo que quisiera, mas aquel era el único y absurdo motivo. Meterse en ese aparato resultaba peor que embutirse en un vagón de metro en plena hora punta. Se ahogaba, se asfixiaba y todo el cubículo parecía menguar y menguar hasta aprisionarla dentro.

Llegó a la séptima planta con la lengua fuera, con calambres en los gemelos y con un tic molesto en un ojo. Apoyó la cabeza en la puerta mientras buscaba la llave en su bolso tratando de recobrar una respiración armoniosa. De su garganta salía un jadeo sofocante, que seguramente haría pensar a la vecina de enfrente, otra vez, que era un psicópata esperando para cortarla en lonchas.

—¿Quién anda ahí? —escuchó la voz cascada y nerviosa de la vecina.

—Soy yo, Marina, señora Zimmerman.

—¿La chica rara de enfrente?

—La misma.

La llave encajó en la cerradura y Marina abrió la puerta. Su apartamento se recorría con un rápido barrido ocular. Desde la entrada se veía el pequeño salón separado de la cocina por una barra con dos taburetes y las puertas que conducían al diminuto baño, no mucho mayor que un armario ropero, y al angosto dormitorio, donde la cama quedaba aprisionada entre dos paredes.

Para el optimista comercial de la agencia inmobiliaria, era un apartamento escueto y funcional, con poco que limpiar, bastante luminoso. Marina, sin ánimo de discutir esa manera positiva de ver las cosas, valoró, sobre todo, su cercanía al trabajo. Y eso valía su peso en oro.

Colgó el bolso y el abrigo junto a la puerta y se dejó caer en el viejo sofá. Apoyó los pies en la mesita del centro e inspiró hondamente. Hogar, dulce hogar.

Notó que los párpados comenzaban a pesarle. Se despertaba a las seis y media y ya eran cerca de las once de la noche. Demasiado para un cuerpo soñoliento como el suyo.

Se levantó con intención de ponerse en camino a la cama y entonces recordó el sobre. Redirigió sus pasos a la entrada y encontró la carta en su bolso. Se dio cuenta de que emanaba un olor a fresa y la miró con mayor atención. Su nombre estaba escrito a mano con una preciosa caligrafía. Lo abrió con sumo cuidado, ansiosa por descubrir el misterio.

Si hacía caso a las señales, o sea, el cielo estrellado en Manhattan y todos los semáforos en verde, debían de tratarse de buenas noticias: una invitación de boda, unas entradas para el teatro, la aceptación para algún programa especial de la NASA...

Tiró del papel, que ya no olía a fresa sino que parecía estar confeccionado con ellas, y se topó con lo inesperado.

Oh, no. El aroma de fresa ya no resultaba tan encantador, ni el papel tan suave ni la letra tan bonita. Era una invitación, sí, pero a algo a lo que no quería ni muerta asistir.

«Hace diez años —rezaba la carta con florituras y corazones—, que finalizamos nuestros estudios en el instituto Mount Vernon High. Es hora de volver a reunirnos. Nuestros caminos se separaron para descubrir el mundo y construir nuestras vidas. Festejemos estos diez años con una cena y un baile en el gimnasio que nos vio madurar y crecer como personas.»

—Crecer como gusanos, no te digo —murmuró Marina frunciendo el ceño. Dejó el sobre apoyado en la encimera de la cocina y le dio la espalda. No quería perder ni un segundo de su tiempo recordando su antiguo instituto o sus horribles compañeros de clase.

Sin embargo, aquella noche, no pegó ojo acordándose de ellos.

Por la mañana tenía un humor de perros. El día anterior ya no le parecía repleto de buenas señales, sino de malos augurios. Mientras se tomaba el desayuno no pudo evitar leer la fecha de la fiesta. Quedaba un mes.

Bah, ¡qué más daba! No pensaba asistir. Se vistió a toda prisa con unos vaqueros, zapatillas deportivas y una gruesa sudadera y abandonó el apartamento. Bajó las escaleras como una exhalación, deseando los buenos días a los tres vecinos con los que se topó y salió a la calle.

El día se presentaba primaveral, con los árboles en flor de la calle, una temperatura fresca, que no hacía castañetear los dientes y un sol madrugador muy luminoso. Por más que en su interior siguiera bullendo la carta y sus palabras, no pudo evitar sentir crecer cierto optimismo. Olvidaría la fiesta y se centraría en lo primordial: su trabajo.

Y sonriente cruzó las cuatro manzanas hasta el planetario, con todos los semáforos de nuevo en verde.

—Pareces un zombi diabólico —Lydia le echó una ojeada rápida en cuanto entró en el laboratorio.

Marina soltó su bolso en una silla y se despojó de la sudadera, cambiándola por una bata blanca, antes de dirigirse a la estudiante en prácticas, con la que compartía mesa desde hacía un año.

—¿No tiene suficiente un pobre muerto viviente con serlo para, encima, estar poseído por el demonio? —sonrió, sentándose al lado de la muchacha.

—¿Qué quieres que te diga? Aparte de ojeras, tienes mirada asesina.

—Yo también me alegro de verte, Lydia.

Lydia era una máquina. Un cerebro con patas. Tenía dieciséis años y ya cursaba Física en la Universidad de Columbia. Con un coeficiente de inteligencia superior a 180 y un pésimo carácter, quería especializarse en astronomía y por eso contaban con ella en las instalaciones del Planetario Hayden.

—Podías haberme traído un café —añadió la muchacha.

—No doy drogas a los menores de edad.

Le sacó la lengua como la niña que era.

—¿Qué te ha sucedido? —preguntó a Marina mientras ampliaba la imagen de la Nebulosa NGC 281 en la pantalla del ordenador.

—Me han invitado a una fiesta en mi antiguo instituto.

—Odio las fiestas —Lydia acompañó la frase con una cara de horror.

—Veo que nunca has sido la reina del baile de la primavera, ¿no?

Lydia fingió una arcada.

—En el colegio me consideraban un cerebrito y no tenía demasiados amigos. En la universidad me pasa lo mismo. Soy un bicho raro.

—No —dijo Marina mirándola fijamente—, lo que eres es alguien fantástico con un gran potencial. Les das miedo, simplemente eso.

Lydia se sonrojó hasta la punta de las orejas. Por un momento pareció una niña y no un ordenador con coleta.

—¿Te estás quedando conmigo?

Marina sonrió y negó con la cabeza. Después dirigió un vistazo a las anotaciones que había hecho los últimos días en un pequeño cuaderno, abierto sobre la mesa. Parecían simples garabatos, únicamente ella y la calculadora humana que se encontraba a su derecha sabían desentrañarlos. Fórmulas y más fórmulas.

—Bueno, ¿por dónde íbamos? —dijo para romper el silencio.

—La Nebulosa NGC 281 —Lydia señaló la pantalla—. Pacman para los amigos.

—Muy bien, preciosidad —Marina contempló con fascinación los colores púrpura, verde y azul de aquella masa de gas y polvo estelar—. Descubramos tus misterios.

—Sabes que hablar con objetos inanimados y muy, muy, muy lejanos no es una buena señal sobre el estado mental de alguien, ¿verdad?

—A lo tuyo, que para algo nos pagan —Marina se rio con malicia, dándose cuenta de sus palabras—. Bueno, a ti no, que eres solo una estudiante en prácticas.

Lydia blasfemó entre dientes y Marina soltó una carcajada. Después se concentró en sus cálculos esperando que su mente se limitara a mantener un único pensamiento a la vez.

Los doctores Oliver y Steve Barnard llegaron apenas diez minutos después. Saludaron y tomaron posición junto a la ventana. Eran gemelos, gemelos de los que se visten igual, hablan igual y se peinan igual. La primera impresión que cualquiera podía tener de ellos no era muy gratificante. Sí, los gemelos Barnard daban cierta grima. Al menos la primera media hora. Después, cualquier persona sensata se daría cuenta de que eran únicos e inigualables. Lástima que la mayoría de la población no supiera apreciarlo.

El que Marina suponía que era Oliver, porque se sentaba a la izquierda, sacó un medidor de temperatura de su mochila y apuntó el rayo láser al techo.

—Veinte grados —musitó mirando la pantalla del artefacto.

Se giró hacia la ventana y señaló el cristal. Consultó el lector del termómetro.

—Dieciocho. Bien —se percató de la mirada de Marina y le dirigió el rayo rojo a la frente.

—Me siento como si fueras un francotirador —dijo ella.

—Treinta y ocho grados. Algo te pasa.

—Le han invitado a una fiesta y le da vergüenza ir —contestó Lydia sin levantar la vista del teclado.

—Eso no es cierto —replicó la aludida.

—Pues tienes el cerebro hirviendo, por algo será —añadió Oliver guardando el termómetro en su funda y después en la mochila, con sumo cuidado en todos los casos.

—¡Señores! —Tania irrumpió en el laboratorio repiqueteando sobre sus altos tacones—. No veo a nadie trabajando.

—Habla por ellos —Steve no separó la mirada de la pantalla de su ordenador ni para saludar a la preciosa moldava que acababa de entrar.

La doctora Tania Birca se colocó la bata sobre el llamativo vestido que llevaba como la mejor de las modelos, y se sirvió un café de la máquina antes de tomar asiento en su mesa de trabajo.

—No sé cómo puedo beber esta porquería americana —refunfuñó.

—Ponle un chorrito de vodka —dijo Lydia sonriendo entre dientes.

—Niña, a lo tuyo —ordenó la moldava—. Doctora Eisinga, necesito su ayuda.

Marina no se dio cuenta de que la llamaba a ella hasta que todos la miraron expectantes. Jamás se acostumbraría a que la nombraran por su apellido y menos aún con la palabra doctora delante. Ese había sido su padre, el doctor Eisinga, un brillante astrofísico que disfrutaba como nadie impartiendo clases en la universidad. Sin embargo, aquel título junto a su nombre le hacía parecer una vieja. Una de esas viejas amargadas con un trabajo apasionante, pero sin vida ni pareja.

—No seré así —se dijo.

—¿Cómo? —preguntó Tania sorprendida por la respuesta.

—Perdona, he pensado en voz alta.

—Cuidado con eso, mi antiguo novio decía siempre lo que se le pasaba por la cabeza y no veas de la de cosas que me enteraba. Evidentemente cuando se le escapó llamar a mi padre «gordo ruso borracho», tuve que cortar con él.

—Vaya metedura de pata —rio Lydia.

—Niña, a lo tuyo —le repitió Tania, esta vez con un dedo índice rígido como un palo.

—Sí, señora.

Tania no podía tener más de cuarenta años, pero lucía un cuerpo de veinte y un coeficiente intelectual superior al del mismísimo Stephen Hawking. Aun así, resultaba un desastre escogiendo hombres.

—Os pediría consejo sobre la búsqueda de una pareja medianamente estable, pero creo que me encuentro en el lugar menos indicado —dijo.

—Y que lo digas —admitió Oliver—. No estoy con una mujer desde antes de la teoría del Big Bang.

—¿Y la morena de pelo largo del verano? —Steve habló sin dejar de teclear.

—Era un hombre.

Se hizo el silencio. Lydia fue a decir algo, pero Marina le tapó la boca con la mano.

—Pues era guapa —añadió Steve.

—Sí, eso sí.

Ahí rompieron a reír. Oliver el que más.

—En serio, Tania —añadió—. Pregunta a cualquiera menos a nosotros.

Los pasos firmes y graves del director del planetario se escucharon pese a la puerta cerrada. Hacía su ronda por los pasillos.

Contuvieron las risas. El director se asomó por la diminuta ventana incrustada en la puerta, les observó durante unos instantes eternos y continuó con su paseo.

Las investigaciones debían avanzar más deprisa si querían cumplir con el calendario, así que se pusieron a trabajar con ahínco. Al fin y al cabo, de parejas puede que no supieran demasiado, pero del firmamento y sus misterios, lo conocían prácticamente todo.

EL CLUB DE LECTURA

Como casi todos los sábados del año, Marina tomó el tren desde la Estación Central hasta la parada de Mount Vernon East, a las afueras de Manhattan. Caminó durante ocho minutos exactos por las calles tranquilas y arboladas de la pequeña ciudad de Mount Vernon, recordando los tiempos en los que las pedaleaba en bicicleta o subida en unos patines. El lugar en el que había crecido le parecía ahora un remanso de paz, alejado del bullicio de la Gran Manzana y, sin embargo, a un paso de ella.

Giró en la avenida Claremont, en cuya esquina perdió un diente, afortunadamente de leche, contra una farola y continuó hasta el número 71.

La casa destacaba entre las demás porque estaba hecha de ladrillo visto. Unos robles gruesos ocultaban la fachada de miradas indiscretas, resaltando su encanto. El jardín que la rodeaba, con su césped recién cortado y sus setos primorosamente podados, tenía el sello inequívoco de su hermano. Nadie más que él podría mantener aquel lugar en las mismas condiciones a las de antes de que murieran sus padres.

Marina se detuvo ante la verja y subió la mirada a la ventana del que había sido su dormitorio. Recordaba haberse escapado de allí un millón de veces saltando a una de las ramas del árbol más cercano. Quería sentirse libre de los muros de aquella casa, aunque la aventura durara una hora escasa, o tal vez ni siquiera llegara a comenzar. Ahora daría lo que fuera por seguir allí dentro, sabiendo que sus padres también lo estaban.

Tragó saliva y evitó caer en la tristeza. Habían pasado cinco años desde su fallecimiento y continuaba doliendo. No era el dolor abrasador del principio, pero seguía escociendo como el agua salada en una herida.

Entró en el jardín y subió los seis escalones hasta la puerta blanca de entrada, franqueada por unos grandes ventanales tapados con visillos.

Llamó con los nudillos y esperó pacientemente a que su hermano, seguramente, apurara la última gota de su café, se lavara las manos, se las secara con tranquilidad y acudiera a recibirla. Tres minutos exactos.

—¡Marina! ¡Qué sorpresa! —dijo alzando las cejas con teatralidad mientras procedía a estrujarla entre sus fuertes brazos—. ¿Ya es sábado? ¡Cómo pasa el tiempo!

—Vale, vale —Marina entró en la casa y exhibió un gesto de disculpa—. Sé que te prometí que este fin de semana haría algo divertido y que no os vendría a dar la lata, pero...

—No has encontrado nada mejor que hacer.

—No, Roger. Ha sido el destino.

Su hermano puso los brazos en jarras interesado. En su cara, la permanente sonrisa y unos chispeantes ojos oscuros, herencia materna.

—¿No me vas a invitar a tomar algo antes? —preguntó ella.

—No te invito. Es tu casa también. Coge lo que quieras, menos los cisnes cerámicos de la entrada, esos los compró Eric con tan mal gusto como cariño.

—Vale, me pondré un café —Marina sonrió mientras cruzaba el recibidor y se colaba en la cocina.

El sol de la mañana entraba a raudales por las ventanas haciendo brillar la encimera de granito oscuro. Los muebles aparecían libres de cacharros y de desorden, todo lo contrario, a su propia casa. Parecía una cocina de revista de decoración, ¡hasta los paños iban a juego con los visillos!

—No sé cómo consigues tener todo tan ordenado —murmuró ella sirviéndose un café, que aún se mantenía caliente.

—Alguien tiene que hacerlo. Eric está tan ocupado con la escritura que parece que todas las habitaciones que no son su despacho, no existen. Debe de creer que son algún tipo de escenario distópico.

—¿Distópico?

Roger se rio.

—Estar casado con un escritor te da un vocabulario copioso.

—No me engañas, siempre fuiste el listo de la familia.

—Habló la doctora en astrofísica.

—Me pregunto qué hubieras estudiado tú si no se te hubiera cruzado en el camino un concurso de la tele —Marina sonrió dando un sorbo largo a la bebida.

—Física seguro que no —respondió el aludido—. Hubiera optado por algo más complicado... jardinería, quizás.

—¿Jardinería?

—Nunca lo sabremos. Puede que la historia se haya perdido al mejor jardinero del siglo.

—Y ha ganado un pastelero de lujo.

—Eso no te lo discuto —Roger relucía de orgullo. Tenía cuatro años más que Marina, pero siempre había sido más alocado y temerario. En el colegio y después en el instituto, su hermana tuvo que sacarle de más de una pelea y, en casa, daban por perdido cualquier acercamiento a la universidad.

Entonces, por obra de magia, le seleccionaron para un concurso de cocina de la tele. Seguramente porque su físico de boxeador y sus tatuajes llamarían la atención en un programa ya algo aburrido y desfasado.

Roger llegó y arrasó como la pólvora. Se hizo con el jurado y con sus compañeros y aprendió a preparar *cupcakes,* tartas y pasteles como si hubiera nacido para estar entre fogones y entre mucho, muchísimo azúcar.

Ganó el concurso, diez mil dólares y una beca para estudiar repostería en Le Cordon Bleu de París. El brusco y peleón Roger regresó de Francia como un gran pastelero y con un novio escritor flacucho y desgarbado, que pronto se convertiría en su marido.

—¿Sabes? —dijo Marina apoyando la taza en la encimera—. Estoy muy orgullosa de ti.

—¿De mí? —se señaló con sus amplias manos, tan grandes que los *macarrons* en ellas parecían diminutos guisantes—. Vale, ya entiendo, tienes el día ñoño.

—¡Claro que no! —Marina soltó una carcajada—. ¿No puedo sentirme feliz de ver a mi hermano, el descarriado, contento?

De improviso Roger la abrazó, aplastándola de nuevo contra aquella camiseta ajustada que olía a canela y a mantequilla.

—Dejémonos de sentimentalismos y dime qué demonios haces un sábado tan encantador en la casa de tu aburrido hermano.

—Vale —se separó de él y caminó hasta la ventana que daba al jardín posterior. Roger había creado una huerta entre el garaje y la casa. Las plantas crecían como en el mismo jardín del Edén—. Tengo un problema.

—¿Grave?

Se volvió hacia Roger.

—La verdad es que no, más bien es estúpido —sabía que se sentiría absurda al comunicar su conflicto con palabras—. Los de mi promoción del instituto se van a reunir para conmemorar los diez años que han pasado desde que nos graduamos.

Roger no modificó su rostro. Sus espesas cejas oscuras siguieron inalterables.

—¿Y? —dijo después de un rato.

—No quiero ir.

—Pues asunto zanjado. ¿Dónde está el problema? Si no quieres, no quieres.

—¡Un momento! —la voz de Eric le hizo dar un salto—. ¿He oído fiesta en un instituto?

Marina observó a su cuñado divertida. Su cara, generalmente blanquecina, que ni el sol del verano conseguía siquiera ruborizar, se había tornado colorada mientras corría por el pasillo hacia ellos.

—Tienes que ir —zanjó con su suave acento francés, haciendo un aspaviento con la mano y, acto seguido, le depositó un beso en la mejilla—. Tienes que ir y contármelo todo.

—¿Por qué?

—Porque jamás he estado en una de esas fiestas, las he visto en mil películas y las he leído en cientos de libros, pero no sé qué se siente al ser rey del baile, o animadora, o capitán del equipo de futbol. Tú vas y me lo retransmites. ¿Sabes lo bien que me vendría para mis libros?

—En tus libros matas gente, Eric.

—¿Y qué mejor sitio que en un baile de instituto?

Roger le hizo un gesto de tranquilidad con la mano y Eric resopló. Parecía extasiado ante la idea. Marina reconocía en sus ojos verdes un ansia absoluta de información de primera mano.

—A ver, querida cuñada, eres guapa, estás bastante bien para tus... ¿veintiocho años? ¿O eran treinta? —se agachó para no recibir una colleja y continuó hablando, alejándose de Marina—. Además, te dedicas a la astronomía en el reconocido Planetario Hayden y tienes un pisazo en Manhattan. ¡Mírate! ¡Has triunfado! Bueno, el piso es un pequeño apartamento. Muy pequeño. Pequeñísimo. ¿Y qué? Tus compañeras se morirán de la envidia de todas formas.

—Mi paso por el instituto fue bastante... —Marina no acertaba con la palabra—. Estridente.

—¿Estridente? —Eric la miró sin entender—. ¿Te tiraste un pedo en el último baile?

—Ojalá hubiera sido eso —añadió Roger, buscando el consentimiento de Marina con la mirada—. ¿Le puedo contar el caso Bruce Wayne?

El estómago de Marina se retorció como una pitón enfadada y frunció el ceño.

—¿Ese no es el nombre real de Batman? —saltó Eric.

—No solo —Marina se mordió el carrillo con saña antes de continuar—. También era un...

—Gilipollas —terció su hermano.

—... Un tipo de mi clase —corrigió ella—. Uno que me gustaba desde preescolar.

—Eso suena a película de Jennifer Anniston —añadió Eric tomando asiento en un taburete y pidiendo con la mirada más detalles.

—El tío se portó como un imbécil y la dejó en ridículo delante de todo el instituto —soltó de carrerilla Roger antes de que Marina pudiera callarle—. Punto final.

—Gracias —masculló ella.

—Un placer.

—Qué cretino —rumió Eric—... y encima le pusieron el mismo nombre que a Batman... habría que asesinar a sus padres por ello.

Marina se rio.

—Nunca lo había pensado así.

Eric se rascó la cabeza pensativo, alborotándose aún más su pelo rubio.

—Entonces, entiendo que no quieres ir para no verte con el estúpido ese, ¿es así? Sin embargo, estás equivocada. Nada le dará más rabia que comprobar lo que se perdió en el instituto por troll.

—Ya he superado el síndrome Bruce Wayne. Lo que más me incomoda es encontrarme con los compañeros, sobre todo con los que me hicieron pasar malos ratos. Hay otros a los que no he vuelto a ver con los que sí me apetecería reencontrarme. Por eso quizás le sigo dando vueltas. ¿Merece la pena sufrir en vano? No tengo nada que demostrar a nadie.

—Eso es verdad —dijo Roger, que fue fusilado inmediatamente por la mirada de Eric—. Si no quiere ir, no tiene por qué hacerlo.

—Gallina —apuntó Eric—. La chica necesita un empujón.

—No creo... —comenzó a decir su hermano.

—Puede que Eric tenga razón —intercedió Marina—, puede que en el fondo me corroan las ganas de verlos de nuevo.

Roger había cruzado los anchos brazos sobre el pecho. Parecía el vigilante de una discoteca con malos humos.

—Me parece...

—¡Tengo una idea! —saltó Eric con los ojos brillantes de entusiasmo—. ¡A mi despacho, Marina!

Y se fue trotando por el pasillo. Roger y Marina intercambiaron un gesto escéptico. Antes de que ella se decidiera a seguir a su cuñado, Roger la detuvo del brazo.

—No tienes nada que demostrarte a ti misma.

—Lo sé —ella esbozó una sonrisa. Atrás quedaban los tiempos en los que Marina debía proteger a su hermano en todos los recreos, ahora era él quien quería cuidar de ella—. No te preocupes.

La habitación donde Eric había instalado su puesto de escritor era luminosa y fresca. Tenía dos ventanales que daban al jardín posterior, donde las hojas de una tomatera del huerto se vislumbraban a través del cristal. En medio había una mesa amplia, superpoblada por el ordenador, varios cuadernos con anotaciones y archivadores abiertos cuyo contenido se desperdigaba sobre todo lo anterior.

Las paredes estaban tapizadas con estanterías llenas de libros, desde el suelo hasta el techo. Una biblioteca sin orden y sumida en el caos donde solo podría encontrar algo la mente alocada de Eric.

—Siéntate —le indicó, señalando una silla giratoria que debía utilizar para leer. Él se colocó detrás de su mesa. Apoyó los codos en ella y cruzó las manos bajo su barbilla—. Sé lo que necesitas, Marina. Pero si se lo cuentas a alguien tendré que matarte. ¿Me entiendes?

—Humm... Sé que en caso de necesidad acabarías con mi vida sin problemas.

—Bien —Eric arrugó la nariz achinando sus ojos claros—. Necesitas un novio.

—¿Qué?

—No pongas cara de asco, mujer. Tu vida es perfecta y lo sabes, no precisas de ningún hombre en ella para ser feliz, pero... una fiesta de instituto merece un novio, aunque solo sea para chulear.

—¿Chulear?

—¿Tan raro hablo?

—Un poquito. Recuerda que eres francés.

—Es verdad, tengo un acento de infarto. Bueno, a lo que íbamos. Si fueras con pareja, te sentirías más segura.

—Lo dudo —Marina sabía que mentía. En la última semana se había descubierto varias veces pensando en lo bien que le vendría un novio para aquella celebración—. Pero si tuvieras razón, en el hipotético caso de que tuvieras un poco de razón... ¿cómo consigo pareja a cuatro semanas de la fiesta?

—Aquí viene la parte secreta y de la que jamás debes hablar —añadió un breve silencio intrigante—: El club de lectura Broadway.

—¿Un club de lectura? ¿Voy a encontrar novio en un club de lectura?

Eric se llevó un dedo a los labios para indicarle silencio.

—Es una tapadera.

—Una tapadera... ¿para qué?

—Acompañantes.

Marina torció el gesto sin comprender.

—Acompañantes —repitió Eric viendo que Marina no desarrollaba ninguna aparente emoción—. Hombres que te llevan a cenar o a fiestas.

—¡Oh!

—Sí. Ese *oh*. Hombres a los que pagas por fingir que son tu pareja.

—¿Eso es legal?

—No creo —Eric se echó a reír—. Por eso se ocultan bajo un supuesto club de lectura.

—¿Cómo sabes tú eso? —Marina le miró con desconfianza mientras le apuntaba con un dedo inquisidor.

—Investigación pura y dura. Me llegó esa información para una de mis novelas, gracias a una fuente amiga. Tengo hasta un número de socio y contraseña. No es un club gay, no te preocupes. Ni siquiera sé cómo están los muchachos.

—Más te vale —le amenazó.

—¿Entonces?

—¿Me preguntas si encargaré un novio por correo para una fiesta del instituto?

—Resumiendo, sí.

—Dios mío, Eric —Marina se frotó la cara con las manos—. ¡Sería como contratar un prostituto!

—No mujer, tú no quieres sexo, solo compañía... ¿no?

—Claro, claro.

Él sonrió maliciosamente.

—Piénsatelo —escribió unas palabras en un *post-it* y se lo tendió—. Aquí tienes los datos de usuario de mi cuenta. Si decides contratar a alguien, nadie te juzgará por ello.

Marina se metió el papel en el bolsillo del vaquero y se levantó de la silla inquieta.

—Siempre tienes una solución para todo, Eric. Prefiero no saber qué pasaría si necesitara un sicario.

—No preguntes entonces —disimuló una sonrisa complacida—. Ya me contarás, *chérie*.

Marina agitó el papel entre sus dedos dudando qué hacer. La caligrafía esmerada y pulcra de su cuñado llenaba el pequeño trozo de hoja con solo cuatro palabras: «Club de lectura Broadway».

Se reclinó en la silla hasta casi tumbarla y miró al techo de su salón. Estaba nerviosa. Quizás más nerviosa que cuando pidió salir a Bruce Wayne, el chico más guapo de todo el instituto. Y aquello fue un craso y desmedido error. Si estaba más inquieta y preocupada que entonces podría significar que no debía continuar, que algún ente celestial le estaba mandando señales de lo que no debía hacer.

Se incorporó a cámara lenta y dirigió su atención a la pantalla del ordenador. Esta llevaba un rato mostrando el logotipo del omnipresente buscador y pidiéndole con urgencia que rellenara el espacio en blanco con las cuatro palabras que le había sugerido Eric.

—¿Y si simplemente cotilleo un ratito? —se escuchó decir—. No hago mal a nadie... ¿verdad?

Posó sus dedos sobre el teclado. Acostumbrada a escribir más rápido que pensar, se encontró sin querer con que había tecleado ya las cuatro palabras.

El resultado buscado aparecía en primer lugar y lo seleccionó de inmediato, poseída de cierta ansiedad. La pantalla mostró una página de inicio sobria y elegante, color verde botella, sobre la que figuraban las palabras CLUB DE LECTURA BROADWAY en trazos finos y curvos. Tras el título había una presentación en breves líneas sobre las ventajas que aportaba la lectura y sus infinitas cualidades. Después, en cursiva, se desplegaban cientos de citas de personajes famosos:

«No hay amigo tan leal como un libro»
Ernest Hemingway
«Un hogar sin libros es como un cuerpo sin alma»
Cicerón
«Saber que tienes algo bueno para leer antes de irte a la cama es una de las sensaciones más agradables»
Vladimir Nabokov|

Las había simpáticas:

«La persona, sea un caballero o una dama, que no es capaz de encontrar placer en una buena novela, seguramente es intolerablemente estúpida»
Jane Austen
«Encuentro la televisión muy educativa. Cada vez que alguien la enciende, me retiro a otra habitación y leo un libro»
Groucho Marx|

Y alguna subidita de tono:

«La única forma de tolerar la existencia es perderse en la literatura como en una orgía perpetua»
Gustave Flaubert|

Marina las leyó con una ligera sonrisa olvidando qué le había llevado hasta allí. Recorrió las diferentes pestañas donde se mostraban eventos de lectura, presentaciones de escritores, bibliotecas y librerías. Incluso había un lugar para el cine y su relación con la literatura, con mejores o peores resultados como allí se explicaba.

Se detuvo un momento, con la creciente sensación de que Eric se había reído de ella. Se imaginaba el rostro desencajado de risa de su cuñado mientras conjeturaba sobre si se había atrevido o no a entrar en la página.

«Vale, vale, estoy desesperada», pensó.

Iba a salir de la web cuando distinguió el acceso para los usuarios registrados en la esquina inferior derecha.

Dio la vuelta al papel de su cuñado y leyó lo que había escrito.

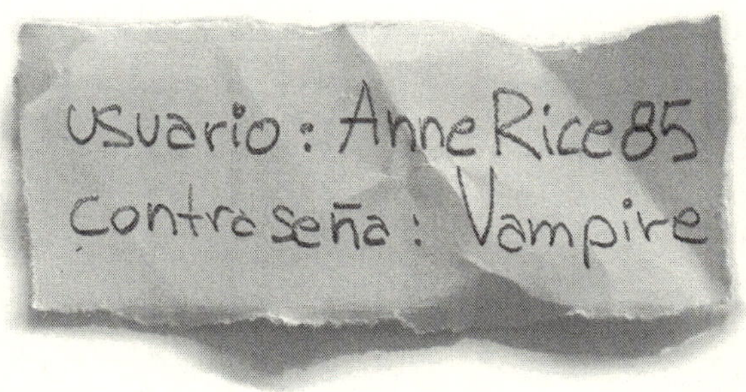

Inspiró al introducir cada uno de los caracteres y clicó encima del botón de entrar. La página se abrió con la misma configuración y el mismo verde botella de whisky añejo. Esta vez se leía una sola frase:

> Encuentra el mejor escritor con el que compartir una velada literaria.|

Debajo, los rostros y nombres de ocho autores muy conocidos: Ernest Hemingway, Isaac Asimov, Edgar Allan Poe, Stephen King, J.D. Salinger, Henry Miller, George R. R. Martin y Mark Twain.

Seleccionó el primero y encontró una pequeña descripción del escritor:

> **Ernest Hemingway:** aventurero excombatiente, austero y cuentista. Amante del mar y de los viajes.|

Después, una pregunta:

> ¿Quieres unirte a su club de lectura?|

Regresó al listado de autores desconcertada. Aquello era más extraño que cuando descubrió que su tía Shirley se había convertido en su nuevo tío Sherlock de un día para otro. ¿No hubiera sido mejor decirle que la tía se había cambiado de sexo en vez de introducir en la familia a un nuevo y peculiar pariente?

Entretenida, recorrió cada descripción:

> **Isaac Asimov:** profesor con la mente en otro planeta. Alocado, divertido y visionario.

Edgar Allan Poe: fantasioso y oscuro, le gustan los lugares solitarios, los pozos y los cuervos.
Stephen King: retorcido y excéntrico, capaz de una velada aterradora o de un momento inolvidable.|

Asimov resultaba interesante para una científica como ella si no fuera por sus inmensas patillas; Poe, un poco perturbador. Pero una cita con Stephen King en un instituto podía acabar mal, muy mal. Que se lo dijeran a la pobre Carrie.

J.D. Salinger: autor de culto, serio, introvertido y aficionado al hinduismo. Sabe de plantaciones agrícolas y de asesinos en serie.
Henry Miller: postmoderno, desvergonzado y algo obsceno, siente predilección por los viajes a los trópicos y por las conversaciones picantes.|

Marina negó con la cabeza. A Salinger no le iban las fiestas y a Miller, demasiado.

George R.R. Martin: barbudo y corpulento, posee tierras en Invernalia, grandes dotes para la lucha y la canción, y un armario lleno de gorras.|

Oh, no. Estaba segura de que una cena con el escritor sería memorable, pero ¿y si le daba por llevar aquellos tirantes gigantescos? Torció el gesto y deslizó el cursor hasta Mark Twain. Como fan incondicional de Tom Sawyer y de Huckleberry Finn, no podía evitar sentir cierta predilección por aquel autor.

Mark Twain: inagotable creador de aventuras, simpático y desaliñado. Un eterno romántico.
¿Quieres unirte a su club de lectura?|

El cursor parpadeó tras la pregunta. Marina tragó saliva. Cerró los ojos y movió el ratón. Aquello no era ni ético ni moral ni, seguramente, legal. Ella no estaba hecha para el mundo criminal, pero se encontraba a punto de entrar en él de cabeza.

Si pulsaba el *sí.*

Sí.

Mierda.

Bienvenida a nuestro club de lectura.
Escoge entre las siguientes opciones:|

Antes de arrepentirse apareció una especie de cuestionario. Fue rellenando a duras penas, y con el pulso tembloroso, la fecha y hora de la velada, el lugar, el tipo de vestimenta requerida y si se necesitaba medio de transporte.

Escribió el nombre del instituto y solicitó un coche desde su dirección. También seleccionó traje informal como indumentaria (podía escoger desde atuendo playero hasta etiqueta, pasando por ropa deportiva o náutica, ¡incluso para el rodeo!) y un coche convencional para acudir al instituto desde su dirección.

Se quedó pensativa, volvió atrás y seleccionó un automóvil de gama alta. Qué demonios.

Gracias por unirte a nuestro club de lectura. Esperamos que disfrutes de tu velada.|

Marina se dio cuenta en ese instante de que había aprobado la cita y todas las posibles opciones, principalmente la de quedar con Mark Twain el día de la fiesta y que estaba aterrada por ello.

La conexión se cerró y se encontró de nuevo en la página principal del buscador, mirando atónita el logotipo de colorines.

Estaba loca. Había perdido la cabeza. Acababa de contratar a un... ¡acompañante! Trató de no repetir la palabra y pensó en que quizás tenía una cita con un escritor para hablar de sus libros. Aunque Mark Twain en particular llevara más de cien años muerto.

Se reclinó en la silla con energía y estuvo a punto de volcarse hacia atrás y dar con su cabeza en la tarima.

Estaba loca. Irremediablemente. Bueno, como astrofísica tenía todo el derecho del mundo a tener el cerebro ligeramente tarambana, ¿no decían que los genios estaban algo locos? Eso valdría de excusa, si ella fuera un genio. Algo que quedaba por demostrar.

Se levantó tambaleante y se preparó un té negro. Muy negro. Como un pozo oscuro. Para tirarse dentro y no salir hasta que pasara la dichosa fiesta.

El teléfono sonó y Marina dio un bote en el sitio. La cara de Eric brillaba en la pantalla del móvil como el Pepito Grillo de Pinocho.

—Pequeña bribona —dijo él antes de que Marina pudiera saludarle si quiera.

—¿Qué sucede? —preguntó ella con fingida inocencia. Era imposible que su cuñado supiera lo que acababa de hacer.

—¿Remordimientos de conciencia? —la risa al otro lado de la línea le taladró el cerebro—. Me ha llegado un mensaje al móvil avisándome de que mi cita con Mark Twain será dentro de tres sábados. ¿Mark Twain? ¡Cielos, Marina, tiene un pelo espantoso!

—Tengo debilidad por Tom Sawyer.

—Mira, me alegro mucho de que hayas dado el paso. En el peor de los casos, el día de autos, miras a la cara al señor

Twain y a su horrible cabellera y le dices que prefieres quedarte en casa.

Marina asintió con la cabeza dándose cuenta de que existía aquella opción.

—Ya me contarás —añadió Eric.

—Ni una palabra a mi hermano.

—¿Crees que te castigará sin salir?

—No. Me temo más la charla psicológica que te mina la moral.

—Ah, esa. Me la conozco bien. No diré una palabra, tú tampoco.

Se despidió con un sonoro beso y Marina observó el móvil en silencio. Tal vez, solo tal vez, no fuera tan mala idea.

Durante las tres semanas que transcurrieron hasta la fecha del evento, Marina se esforzó por sacarlo de su mente. Pero siempre había alguien para recordárselo a la vuelta de la esquina.

—¿Al final vas a la fiesta o te quedarás como una triste solterona en tu casa? —soltó Lydia a cinco días del horrible acontecimiento.

Lo dijo en un tono tan alto, ya que en sus orejas tenía introducidos hasta el tímpano unos auriculares, que se enteró todo el departamento.

Oliver y Steve la miraron perplejos. Tania se lanzó a preguntar:

—¿Una fiesta? ¿Cuándo? ¿Dónde?

—A Marina la han invitado a una de esas cursiladas de aniversario del instituto —contestó Lydia, antes de que la interesada pudiera abrir la boca.

—¡Guauuu! —Oliver se levantó las gafas con sorpresa—. ¿Esas cosas se hacen? A mí nadie me ha invitado a una.

—Puede que porque no quisieran hacerlo —le picó Steve dándole un codazo.

—Seguramente, ¿y a ti?

—Vale —Steve levantó las manos—, a mí tampoco. No era demasiado popular. Los cerebritos no estaban bien vistos.

—Sois un grupo deprimente —Tania se giró hacia ellos cruzando sus larguísimas piernas—. Yo nunca he tenido ningún problema.

—Con el mayor de los respetos, Tania —dijo Oliver tornándose rojo como un tomate—. Tú estás muy buena. Eso lo cambia todo.

—¡Ah, claro! —Tania se echó a reír—. Esa es la explicación. Pues no, doctor Barnard, yo no os veo como adefesios. Para mí sois personas inteligentes e interesantes.

Oliver se puso más rojo si cabe.

—¿Piensas que son atractivos? —preguntó Lydia señalándolos con cara de adolescente asqueada.

—Hombre, no he dicho eso —entonces fue Tania la que se sonrojó—. Lo que quiero decir es que solo los envidiosos pueden menospreciar a los que son mejores que ellos.

La moldava se levantó del asiento con su metro ochenta de altura y caminó tan grácil como una bailarina del Bolshoi hasta Marina.

—Mira, cielo, seguramente tus compañeros eran unos estúpidos, pero habrán madurado. Se habrán encontrado que la vida no son fiestas y borracheras, que hay deberes y obligaciones. ¿No crees? Cuando los vuelvas a ver no encontrarás a los mismos que dejaste.

—Tania —Marina tomó su mano de uñas perfectamente pintadas—, no puedes ser inteligente, preciosa y además un encanto. No resulta justo para el resto de la especie.

La moldava soltó una carcajada mientras apretaba la mano de la diminuta neoyorquina y regresó a su asiento.

—Venga, niños —dijo con tono de mando—, el espacio nos espera.

Y con aquella voz de general de la KGB que sacaba de vez en cuando, cualquiera no le hacía caso.

LA FIESTA

Marina se cambió dos veces más de atuendo y acabó volviendo al inicial. Se probó los zapatos de tacón, pero optó al final por las bailarinas planas. Se hizo y deshizo el recogido del cabello. Finalmente, dejó la melena oscura suelta sobre los hombros y se miró de nuevo en el espejo. Se había maquillado lo indispensable: sombra en los ojos, rímel y un poco de pintalabios rosa. Había visto varios tutoriales en YouTube en los que mujeres bellísimas se pintaban como puertas para parecer más... ¿raras? ¿Cómo se arrancarían aquellas toneladas de maquillaje por la noche? Eso no iba con ella.

De pronto sonó el escandaloso telefonillo y Marina dio un brinco del susto. El reloj de su muñeca marcaba las siete en punto. Su acompañante estaba abajo, esperándola.

Le dieron ganas de gritar de los nervios, pero solo conseguiría que la vecina llamara a la policía, así que mordió una toalla y aproximándose al telefonillo, contestó:

—¿Hola? —su voz fue un murmullo.

—¿Anne Rice? Soy Mark Twain.

—Mierda —susurró.

—¿Perdón? —oyó al otro lado.

—Ahora bajo —consiguió articular. Regresó al aseo sin saber bien qué hacer. Contó hasta diez para no entrar en pánico y orientó sus pensamientos hacia la gravedad cuántica y la difícil explicación de sus dos marcos teóricos incompatibles, algo que la tranquilizó ligeramente.

Primero, el bolso. Después, la chaqueta. Llaves, dinero, un pintalabios. Ordenadamente consiguió salir del apartamento, cerrar la puerta y bajar las escaleras bien sujeta a la barandilla.

Conforme descendía los pisos, su mente no cesaba de recordarle una y otra vez que la persona que la esperaba abajo no era una cita, no era alguien interesado en ella sino un profesional al que había pagado por acompañarle. Y aquello no era ni ético ni moral.

—Cállate —se regañó a ella misma—. Hay cosas más horribles... ¿no? ¿No fue peor para Albert Einstein saber que sus inocentes descubrimientos llevaron a la bomba atómica? Sí, rotundamente el señor Einstein debió de sentirse mucho peor.

Llegó a la planta baja. La puerta estaba ya a pocos pasos y Mark Twain, al otro lado. Sacó valor y avanzó un par de zancadas. Pobre Einstein, pobre. Él lo tuvo peor.

Posó la mano en el picaporte y lo hizo girar. Había un hombre apoyado en el marco de la puerta.

Era alto, fuerte, ocupando casi todo el hueco, tapando la tenue penumbra de la calle. Llevaba un traje oscuro, las solapas levantadas cubriendo su cuello dándole un aspecto despreocupado, su rostro... terriblemente perfecto. No tenía la melena alocada ni blanquecina de Mark Twain, sino un cabello ordenadamente desordenado castaño claro. Sus ojos azules, chispeantes a la luz parpadeante del portal, una nariz recta, los labios... Marina se dio cuenta de que le miraba con insultante desvergüenza y parpadeó dirigiendo su atención hacia el Porsche Boxter rojo que esperaba aparcado a pocos metros.

—Hola —dijo el chico—. ¿Anne Rice?

—Sí. Bueno... ¡no! Llámame mejor Marina —le tendió la mano y él se la estrechó con cordialidad.

—Perfecto, Marina. Yo soy Will —consultó su reloj—. Deberíamos irnos, el tráfico a esta hora es complicado.

Ella asintió varias veces con la cabeza y le siguió hacia el llamativo deportivo.

—¿Yo he escogido un Porsche?

—Muy buena elección —Will le dirigió una sonrisa resuelta—. ¿Quieres conducir tú?

—Oh, no —estrujó entre las manos el bolso hasta casi convertirlo en monedero—. No tengo ni idea de conducir.

—Entonces mejor que lo haga yo —le abrió la puerta del copiloto y después se dirigió hacia su lado.

Marina nunca había estado en un coche similar ni, por supuesto, en una situación similar. Tragó saliva y disfrutó del suave tacto del cuero, de las sinuosas formas del deportivo, del rugido del motor cuando Will lo arrancó.

—Instituto Mount Vernon High—dijo él y giró el volante hacia la avenida Ámsterdam—. No tardaremos más de veinte minutos, así que deberíamos darnos prisa en ponernos al día.

—¿Ponernos al día?

Él hizo un gesto rápido de asentimiento sin separar la vista de la carretera.

—Claro. Vamos a algún tipo de celebración, ¿no? ¿El décimo aniversario de la promoción?

—Sí —ella miró con cierto disimulo su perfil, la mandíbula cuadrada, el cuello largo. Sin temor a equivocarse, llegó a la conclusión de que nunca había estado sentada al lado de alguien tan científicamente perfecto.

—Ajá. Y nosotros somos... ¿novios?

El calor ascendió hasta las mejillas de Marina. Tardó un rato eterno en contestar:

—Sí.

—Muy bien —dijo él como si fuera lo más normal del mundo—. ¿Tienes alguna idea pensada de cómo nos conocimos y esas cosas?

—No.

—¿Te puedo preguntar a qué te dedicas?

—Soy... física, astrofísica más bien.

—Vaya —Will le lanzó una mirada de reojo cargada de curiosidad—, me lo pones difícil.

—¿Por qué?

—¿Qué clase de tipo está capacitado para salir con una astrofísica? Me tendré que esmerar.

Marina sonrió.

—Trabajo en el Planetario Hayden —añadió ella.

—Me encanta ese sitio, al menos lo habré visitado una docena de veces. ¿Qué te parece si decimos que te conocí mientras dabas una charla allí?

—A veces hago visitas guiadas.

—Perfecto. Yo podría ser...

—¿Abogado?

—¿Parezco un abogado?

Marina torció el gesto y le miró discretamente. Cielos, no. Parecía un modelo.

—Dentista —respondió ella para su propia sorpresa—. Podrías ser dentista.

—Vale, me gusta. Seguro que a mis padres les haría ilusión tener un hijo dentista —se incorporó a la autopista. A aquellas horas, el tráfico de Manhattan resultaba imposible—. ¿Cuánto tiempo llevamos juntos? ¿Tres años?

Ella asintió. La conversación resultaba de lo más inverosímil.

—¿Funcionará? —preguntó en voz alta sin querer.

—¿El qué? ¿Esta cita? Claro que sí. Ya verás como sale bien, nadie se ha quejado antes.

—¿Haces... esto... mucho?

El rostro de Will se tensó ligeramente.

—Preferiría no hablar de ello, si no te importa. Centrémonos en lo que tenemos por delante.

—Sí, perdona. Es que me entra curiosidad, yo jamás hubiera... pensado en... contratar a alguien para acompañarme... es un poco de... locos.

—No te veo muy loca.

—La locura va asociada con los científicos.

—Ah, entiendo. Me cuidaré entonces —se giró hacia ella con el coche detenido tras un inmenso camión de basuras—. No te preocupes, Marina —dijo con aplomo, sus ojos clavados en los de ella, otorgándole una seguridad pasmosa—. Disfruta de esta noche. Solo se cumplen diez años una vez.

El camión avanzó y Will lo sorteó para evitar un nuevo atasco.

—Supongo que no guardas un gran recuerdo de tu etapa del instituto, ¿verdad? Me imagino compañeros bromistas y chicas populares y despiadadas. Eso se repite en todas partes, nadie puede decir que no se ha topado con amigos indeseables en su etapa escolar.

—¿Tú también?

—Yo también.

Costaba creerlo. Marina se recolocó la falda alisándola sobre sus rodillas y miró por la ventanilla.

—Había un chico llamado Bruce Wayne. Me gustaba un montón —recordarlo dolía, pero se encontró contándoselo a un desconocido—. Le pedí una cita tras años coladita por él y me dijo que sí, que después de la final del partido de baloncesto que enfrentaba a nuestro equipo con el instituto rival, iríamos a festejarlo. Ganábamos por muchos puntos de diferencia. En uno de los descansos, el fantástico mozalbete agarró el micrófono y delante de todo mi colegio, una cámara de televisión que retransmitía el partido en directo y varios fotógrafos, me llamó de boba para arriba.

—Menudo imbécil.

—Me dolió mucho, más que una patada en el estómago. En las siguientes semanas me hice famosa en todo el estado de Nueva York gracias a la tele, con el apodo de la «desdichada chica calabaza». Durante años el nombre me acompañó, hasta le cogí cariño. Recibí cartas y correos electrónicos, de Estados Unidos y del resto del planeta, tanto animándome a seguir adelante y a no darme por vencida en el amor, como mensajes desagradables y soeces de gente que o carecían completamente de sentimientos, o eran robots humanoides infiltrados en nuestra sociedad para desbaratar el sistema y conseguir la victoria de las máquinas sobre la raza humana.

—Marina, esta noche lo vamos a pasar muy bien, aunque acuda ese desecho humano, o los robots hayan tomado el instituto e impuesto sus reglas.

Ella asintió con una ligera sonrisa que luchaba por salir de sus labios. No sabía lo que sucedería a continuación, pero por ahora estaba siendo la mejor cita de su vida.

El alargado edificio del instituto Mount Vernon High apareció ante sus ojos demasiado rápido, cuando aún no se había hecho a la idea. A pesar de la hora, el aparcamiento delantero se encontraba repleto de vehículos. Una limusina blanca kilométrica, de la que salieron como mínimo veinte personas, se hallaba junto a las escaleras de entrada.

Marina inspiró hondamente e hinchó los pulmones, Will debió percatarse de sus nervios porque añadió:

—Solo se trata de gente normal con familias y trabajos normales.

—Sí —musitó ella resignada.

Will aparcó el coche ante la atenta mirada de los que se acababan de bajar de la limusina. Marina repasó sus rostros disimuladamente, buscando algo familiar en ellos.

—¿Reconoces a alguien? —preguntó su acompañante mientras apagaba el ronroneo del motor.

—No, a nadie. Claro que fuimos más de doscientos los que nos graduamos a la vez.

—Y también estarán más calvos y terriblemente más gordos.

Ella sonrió. Encontrarse junto a un desconocido al que había contratado para acompañarla no resultaba tan intimidante como había supuesto.

—Gracias.

—¿Por qué? —él se encogió de hombros sorprendido.

—Por hacerme esto tan fácil.

—Es mi trabajo —salió del coche, rodeándolo para abrir la puerta de Marina—. Y me gusta —le ofreció el brazo para que se sujetara y se dirigió hacia la puerta de entrada.

Pese a que el corazón seguía galopando en el pecho de Marina, se sentía más optimista. Sin darse cuenta, estrujó el brazo de Will más de lo debido cuando traspasaron el umbral de la doble puerta acristalada, y no pudo evitar apretarse contra su costado en cuanto se encontró en los pasillos, mil veces recorridos, de su antiguo instituto. Las hileras de taquillas, las puertas de madera oscura, ahora cerradas, que albergaban clases, laboratorios, salas de música y de teatro.

Por todas partes resonaban risas y el ritmo frenético de tacones y pasos. Un poco más adelante, el pasillo giraba y se ampliaba para acceder al gimnasio.

—Un momento —Will frenó de repente—. ¿Cómo te apellidas?

—Eisinga. ¿Tú?

—Smith —respondió reanudando el camino.

—¿Will Smith? ¿Como el actor?

—A mis padres les encantaba el *Príncipe de Bel Air*. ¿Y a qué se debe un nombre tan peculiar como Marina Eisinga?

—Mi apellido proviene de un tatarabuelo holandés que curiosamente era astrónomo. Y Marina, de un cuadro del Museo Metropolitano, delante del cual mis padres se enamoraron. Era la imagen de un mar abrupto rompiendo contra un acantilado.

Se encontraban junto a las puertas abiertas del gimnasio, decoradas con tiras de tela. Will las apartó a un lado y el gigantesco pabellón quedó al descubierto. Rebosante de color, música y gente.

—Podía haber sido peor —comentó Will sujetando la mano que ella llevaba anclada en su brazo tratando de destensarla—, imagínate que tus padres llegan a encontrarse junto a un cuadro de naturaleza muerta.

Marina soltó una carcajada, quizás por los nervios quizás por la ocurrencia, y varias miradas se dirigieron hacia ellos mientras hacían su entrada en el gimnasio. En ese momento, pese a los malos recuerdos que le traía aquel lugar, se dio cuenta de que no le importaba. Contempló las gradas recogidas para dejar sitio a las numerosas mesas que ocupaban parte de la sala. En las paredes, fotografías a gran escala colgaban de las vigas metálicas del techo. En ellas reconoció a compañeros y a profesores, en bailes, actuaciones, excursiones. Sin embargo, no se encontró a ella misma en ninguna. ¿Es que no había sido nadie todos aquellos años?

—¿Marina? —una voz aguda le llegó desde varios metros de distancia. Provenía de una chica con coleta alta que se encontraba charlando con un grupo amplio de gente.

Antes de que pudiera reconocerla, la mujer estaba a su lado tras varias zancadas seguidas de pasitos rápidos. La estrechó entre sus brazos.

—¡Cuánto tiempo! —se separó de ella una fracción de segundo para mirarla a la cara y la abrazó de nuevo.

Olía a regaliz y pese a que quizás ahora fuera más rubia y algo más rellenita, debía tratarse de Rita Reynolds, la preciosa jefa de las animadoras.

—¿Rita? —se arriesgó Marina.

—¡Sí! —su ex compañera se alejó un paso y la observó con sus expresivos ojos azules, después le lanzó un vistazo curioso a su acompañante—. No te veo desde la graduación, Marina. ¿Qué ha sido de tu vida?

Rita no solo era la chica guapa y sumamente popular del instituto, sino también la presidenta de varias asociaciones y organizaba tanto partidos benéficos como bailes frívolos. Independiente, divertida y, sobre todo, buena persona.

¿Cómo se resumían diez años en unos segundos? Marina optó por una solución que solía funcionar:

—Pues nada, aquí estoy.

—Luego seguimos hablando —dijo ella viendo que la llamaban—. Me he encargado de preparar todo esto y es una locura. Tendremos más tiempo después de la cena.

Y se marchó dando saltitos como si aún fuera la jefa de las animadoras.

—Esa chica me cae bien —dijo Will.

—Sí. Era una de las pocas personas decentes de mi clase.

—Pues veamos al resto —esta vez le dio la mano para avanzar y Marina sintió un cosquilleo subirle desde las yemas de los dedos hasta el hombro. Su mano era grande y fuerte y abarcaba la suya con facilidad. Se concentró en no dar un traspiés y olvidar la tibia sensación que le proporcionaba Will.

Llegaron a un tablón en el que se habían dibujado las mesas con los nombres de los invitados en cada una. Buscó el suyo y también el de los compañeros que se encontrarían junto a ella.

—Vaya por Dios —se quejó.

—¿Está el imbécil en nuestra mesa?

—No, menos mal. Pero sí tres que se hacían llamar Pink Ladies.

—¿Esas no eran las de *Grease*?

—En efecto —ella resopló—. No eran muy originales, además de mentirosas, pérfidas y malévolas.

Will sonrió y tiró de ella hacia la mesa que les había tocado, mientras los invitados comenzaban a hacer lo mismo.

—Veamos a tus Pink Ladies.

Cuando llegaron a la mesa que les correspondía, Marina trató de esbozar una sonrisa cortés. Enseguida reconoció a las chicas de rosa, igual de rubias, igual de maquilladas, igual de indiscretas.

—Increíble. ¡La chica calabaza! —la que se hacía llamar Pepper, aunque tenía por espantoso nombre Clotilda, abrió la boca con desmesura mientras masticaba un chicle rosa fucsia.

Marina miraba el recargado centro de flores de la mesa como si no la hubiera escuchado.

—¿Perdona? —preguntó Will tensándose a su lado.

Pepper se tapó la boca con la mano.

—Quería decir... —se giró hacia su amiga y en un susurro mal disimulado le preguntó—. ¿Cómo se llamaba ésta?

—Marina —contestó la aludida sin mostrar interés hacia las chicas y tomando asiento con una tranquilidad que no sentía.

—Sí, eso... Marina. ¿Qué tal estás? —sin darle un segundo a responder Pepper-Clotilda continuó—. ¿Quién es tu acompañante?

Lo sabía. ¡La habían descubierto!

—Me llamo Will —contestó él ante la tardanza de Marina—. ¿Y vosotras sois...?

—¿Marina no te ha hablado de nosotras? —preguntó la otra rubia mascando también un chicle rosa fucsia como si fuera una lavadora con centrifugado.

—¿Debería? —Will se encogió de hombros con inocencia.

—Hombre, éramos muy populares. ¿Verdad Marina?

—La verdad es que... —Marina dirigió un vistazo furtivo a Will— no me acordaba de vosotras.

Las chicas parecieron escandalizarse por un segundo, pero acto seguido dirigieron su atención a otra pareja que se acercaba a su mesa.

—¡No me lo puedo creer! La gorda Tyler.

La gorda Tyler, o más bien Camilla Tyler, había sido una chica bajita y ligeramente entrada en kilos que mantuvo su apodo desde segundo hasta que finalizó el instituto con tres tallas menos. Ahora parecía una modelo. Sin embargo, siempre sería la gorda Tyler para ellas.

—Marina, me alegro de verte —Camilla le sonrió desde el otro lado de la mesa—. Estás estupenda.

—Lo mismo digo, Camilla. Tengo que decir que sigo tu programa de deportes, así que es como si no te hubiera perdido de vista en los últimos años.

—Muchas gracias —Camilla se sonrojó ligeramente—. Este es mi marido, Tom.

—Encantada, Tom.

—Ya que no me presenta —añadió Will—, yo soy su novio. O eso creo. Ya que ha decidido olvidarme esta noche. Mi nombre es Will.

Marina se rio y Will le dio un suave codazo.

—Le sucede en todas las reuniones, pasa de mí —continuó él—. Enseguida la asedian periodistas y científicos y debo mantenerme a un lado.

Las Pink Ladies habían vuelto su interés hacia ellos de nuevo, ya que nadie hablaba con ellas.

—¿Y a qué te dedicas, chica calabaza?

—Soy astrofísica.

Las tres perfectas caras de las tres perfectas rubias se arrugaron en un gesto extraño.

—Astrónoma —aclaró Marina.

—Los que miran estrellas —Pepper consideró necesario explicar el significado a las demás. Las otras asintieron como si lo supieran.

—Bueno, en realidad analizo nebulosas.

—Y agujeros negros —añadió Will.

Eso hizo que la mesa en la que se encontraban y las tres más cercanas se silenciaran y clavaran su interés en ella. De repente, todos tenían preguntas sobre los agujeros negros y Marina tenía respuestas para cada una.

Las Pink Ladies quedaron rezagadas a un tenebroso segundo plano. A nadie le interesaban ya sus vidas ni sus mínimos logros. No era difícil darse cuenta de que, en aquel gimnasio, estaba naciendo una nueva estrella.

—Yo sigo creyendo que atravesando un agujero de gusano llegas a otra dimensión —apuntó Will mientras tomaban el primer plato, que servían rápidos camareros uniformados en negro con pajarita.

—Puede que llegues, pero sin pantalones —Marina sonrió—. La fuerza de atracción te dejaría en paños menores.

Todos rieron, incluso las Pink Ladies. Los temas de conversación variaron entre los viajes en el tiempo, un posible Armagedón y la colonización de Marte por los rusos. Marina disfrutó de cada minuto, respondiendo dudas, comentando anécdotas, pero también escuchando las historias de sus compañeros, muchas tristes, otras divertidas.

Se dio cuenta de que se sentía un igual, quizás siempre lo había sido.

Llegó el baile. Una banda tomó el escenario improvisado entre Rita Reynolds e Isaiah Brown, el capitán del equipo de fútbol. Un chico negro que seguía manteniendo un físico imponente y una sonrisa cautivadora.

Marina hubiera tenido que reconocer a los músicos, ya que también habían tocado en su graduación. Sin embargo, apenas se acordaba de lo que sucedió en una celebración en la que lo único que quiso hacer fue desaparecer. Aquel día tuvo que salir a recoger su diploma y lo hizo soportando algún grito de «pobre chica calabaza». Si no hubieran estado presentes sus padres y medio vecindario, se habría escapado llorando.

—¿No bailas?

Se dio cuenta de que Will le hablaba cuando ya debían de haber sonado un par de canciones. Casi toda su promoción se movía en la pista con mejor o peor resultado. Las luces habían bajado de intensidad y se habían encendido velas en las mesas.

—¿Disculpa? —Marina se giró hacia él, separando la mirada de los músicos.

—Creo que somos los únicos que no bailamos.

—Ah, no. Allí hay uno que está sentado.

—Va en silla de ruedas.

—Vaya por Dios —Marina se tapó la boca con la mano avergonzada—, es verdad.

—¿Entonces? —Will se levantó y le tendió una mano—. ¿Bailas conmigo?

Marina se dio cuenta de que, pese a que la gente parecía ocupada en mover sus cuerpos espasmódicamente, muchos mantenían el interés en ella. ¿Seguía siendo la pobre chica calabaza?

No, no lo era. Marina tomó la mano que le ofrecía Will y se levantó de un salto.

—Me gustaría mucho —dijo—, pero no tengo ni idea de cómo bailar esto.

—Ellos tampoco —Will la condujo hacia el centro de la pista.

—¿Podríamos situarnos a un lado y no en el punto medio exacto? —Marina trató de tirar de su acompañante y regresar a una zona menos iluminada.

Él agachó su cabeza hacia la de ella mientras apoyaba sus manos en la cintura con un movimiento muy natural, casi espontáneo. Notar sus dedos contra su piel la puso de inmediato nerviosa.

—Has pagado mucho por mí —susurró Will en su oído—. ¿No querrás quedarte encima en segundo plano? ¿No?

—Sí. En segundo o en tercero, no me importa.

Él rio sin separarse un milímetro. Su respiración rozaba la mejilla colorada de Marina.

—Pues no lo permitiré.

En ese preciso momento, y no en cualquier otro, la dichosa banda de carcamales decidió que ya era hora de tocar algo más íntimo. El pop ligero pasó a convertirse en una lenta balada.

Las manos de Will se mantuvieron inmóviles en su cintura y Marina se vio en la obligación de elevar los brazos hacia su cuello y colgarse de él como un mono rígido.

—Eso es —dijo él con una sonrisa—. ¿A que no es tan horrible?

—¿No podríamos bailar agarrados de una mano?

—¿Como los abuelitos? —inclinó de nuevo la cabeza y le habló en el oído. Su aliento le hizo cosquillas en el cuello y tornó su piel en la de una gallina asustada—. Tienes a las Pink Ladies mirándonos estrábicas, otros a los que no me has presentado nos lanzan vistazos indisimuladamente y el guapo capitán de fútbol no te quita el ojo de encima. Siento decirte que has causado furor.

—Siento decirte que lo más seguro es que hayas sido tú.

—A mí no me queda tan bien el vestido como a ti.

Su comentario la tensó más que a un cable eléctrico. Carraspeó nerviosa y trató de esbozar una sonrisa.

—Gracias.

—Es la verdad.

Sin darse cuenta, Marina se encontró bailando suavemente entre la marea humana como si fuera lo más fácil del mundo. Echó una ojeada alrededor y se percató de que era cierto que algunas personas los miraban con interés. La pobre chica calabaza estaba perdiendo su apodo.

Tras esa canción llegó otra. Ya no quería soltarse y regresar a la mesa, los músicos no le parecían tan horrorosos, ni el lugar tan frío.

Volvió la mirada hacia su acompañante y se atrevió a izarla hasta sus ojos. Los destellos de una bola de cristal que pendía del techo refulgían en su iris azul. No pudo apartar su atención de él. Will tampoco. Notaba con mayor viveza sus manos grandes en su cintura, sus dedos rozando el límite de la baja espalda. Sus cuerpos tan próximos que sentía el calor que emanaba del de su acompañante.

—Marina —susurró en su oído—, no sé cómo lo verás, pero llegados a este punto y si se supone que soy tu novio, debería besarte.

Marina se atragantó con su propia saliva.

—Pero...

—Si quieres —remarcó él.

—¿Eso está permitido?

Él arrugó la frente.

—¿Por qué no iba a estarlo?

—Tal vez infringe alguna cláusula de nuestro contrato.

—Nuestro contrato no tiene más cláusulas que las que queramos nosotros.

—¿Y lo ves apropiado?

Will descendió su mirada hacia los labios de Marina y ella contuvo el aire.

—Si quieres ser convincente, sí. Lo veo muy apropiado.

No se le ocurrió ningún pretexto que darle, ni siquiera uno patético. Estaba más agarrotada que un caracol cuando se acerca el cortacésped.

—Entonces debería decir que sí —soltó sin más.

—Me parece bien —la voz de Will sonó como un murmullo ligero e insinuante.

Ocurrió despacio, tan despacio como a cámara lenta. Will aproximó su boca a la de ella. Sus manos la habían acercado tan sutilmente hacia él que solo lo notó cuando se sintió aprisionada contra su cuerpo. Él elevó las manos y abarcó su cuello con ellas, los pulgares acariciaron el perfil de su mandíbula. Marina separó los labios para tomar aire. El tiempo parecía haberse detenido, la música era un vago recuerdo, la gente solo una mancha borrosa en el decorado.

Will se acercó aún más. Marina cerró los ojos involuntariamente. Lo primero que sintió fue su aliento rozando su nariz, después sus labios sobre los de ella. Suaves pero fuertes. Las manos de Will impedían que pudiera separarse fácilmente, pero ella tampoco lo hubiera hecho. Se apretó contra él, sus bocas unidas, un calor intenso recorriéndola de arriba abajo como una oleada de lava incandescente.

Entonces, en algún momento indefinido, Will se separó. Marina abrió los ojos aturdida y encontró los de él, brillantes de diversión. La vida seguía fuera de aquel instante. La música sonaba, la gente bailaba, las estrellas brillaban más allá de los muros del instituto.

—¿Habrá colado? —preguntó ella reaccionando. Se alejó disimuladamente un paso y forzó una sonrisa.

—Creo que hemos sido convincentes —terció él y la hizo girar mientras la música se animaba de nuevo con un rock.

Las piernas le temblaban, sentía el corazón estallar. «Solo ha sido un beso», se repitió en su cabeza a la vez que imitaba al resto de sus antiguos compañeros y bailaba divertida.

Will le enseñó un par de pasos básicos que servían para cualquier tipo de baile y rio entretenida repitiéndolos. Pronto se dio cuenta de que algunos les comenzaban a imitar y enseguida lo hizo toda la promoción. Elvis Presley llegó con su *Rock de la cárcel* y el gimnasio se convirtió en una simbiosis entre *High School Musical* y *Fama*.

Las horas pasaron veloces entre bailes, conversaciones y bromas. Los músicos recogieron sus instrumentos demasiado pronto para el ánimo de divertirse de los participantes. Cuando cesó la música, las luces se encendieron y todos comenzaron a abandonar el lugar sin demasiadas ganas.

Rita, del brazo de Marina, le contaba las travesuras de sus hijos gemelos. Will, asediado a la vez por las Pink Ladies, el grupo de coro y las animadoras, charlaba tan relajado como si estuviera acostumbrado a semejante asalto femenino.

Camilla y Rita se unieron a Marina en dirección a la salida. Contaron anécdotas graciosas. Marina se descubrió riendo a carcajadas. Si echaba la vista atrás a sus años de instituto, resultaba increíble cómo su cerebro prefería recordar los momentos tristes y hacerlos prevalecer sobre los agradables.

Will consiguió zafarse de sus admiradoras. Tomó a Marina de la cintura y ella inspiró profundamente, notando como se ruborizaba por momentos.

—Se os ve muy felices, chicos —dijo Rita con sinceridad—. Me alegro muchísimo, Marina. Sé que el instituto fue una época muy difícil para ti.

—El problema Bruce *idiota* Wayne, está superado —aseguró ella con firmeza—. Por cierto, ¿ha venido?

Todas se encogieron de hombros. Ni se habían dado cuenta ni le habían echado de menos. Peor insulto, imposible.

—No me refería a ese imbécil —añadió Rita—, sino al tipo aquel del laboratorio.

Marina no sabía a qué se refería, sin embargo, tanto Camilla como dos de las Pink Ladies asintieron con la cabeza con cierta consternación.

—En la televisión dijeron cosas monstruosas de él —musitó Camilla restregándose los brazos, al experimentar un escalofrío— y tú... tú estuviste con él.

No entendía nada. Marina se frotó la frente con un inicio de dolor de cabeza.

—¿Qué te hizo? —preguntó Pepper.

—Eso no es de tu incumbencia —la reprendió Camilla—. No tiene por qué hablar de ello si no quiere. Debió de ser una experiencia traumática.

—Yo no... —la cabeza parecía quererle explotar. Sintió un sudor frío perlar sus sienes. Will la tomó de la mano dándose cuenta.

—Será mejor que nos vayamos —dijo.

—Sí, claro —asintió Rita y la miró con preocupación—. Me gustaría llamarte un día de estos y quedar.

—Me apunto a esa reunión —saltó Camilla.

Pepper se iba a incluir en la invitación, pero la ex gorda Tyler la fulminó con la mirada.

Se despidieron con abrazos y se dirigieron a sus coches. El Porsche estaba congelado por dentro, aunque no tardó en tomar temperatura. Sin embargo, Marina seguía helada. Se alejaron del instituto y de Mount Vernon, cruzando hacia Manhattan. No había ventanas encendidas, Nueva York dormitaba aquella madrugada, cansada de la larga semana de trabajo.

—¿Puedo preguntarte a qué se referían tus amigas?

Marina separó la vista de la ventana y miró al conductor. Seguía tan atractivo como hacía pocas horas, incluso más.

—No lo sé —contestó confundida—. No me acuerdo de ningún incidente en el laboratorio. Seguramente se habrán equivocado.

—Entiendo —la miró de reojo—. ¿Y? ¿Ha sido una fiesta tan espantosa?

Ella sonrió y echó la cabeza hacia atrás.

—Me lo he pasado fenomenal.

—Me alegro mucho.

—Gracias —observó con consternación que su casa estaba cada vez más cerca.

—¿Gracias?

—Por haberme acompañado. Ha sido una noche... estupenda.

Will detuvo el coche y salió a abrirle la puerta.

—Yo no he hecho nada.

Vaya si lo había hecho. Marina carraspeó para acallar a su cerebro y se alisó el vestido de forma nerviosa. Después buscó las llaves del portal con el pulso acelerado. No había forma de quitarse de encima la sensación de haberle besado. ¿No podría repetirlo?

Se giró hacia él mientras subía el segundo escalón del portal, en un súbito acceso de espontaneidad, chocando de bruces contra su hombro.

—Perdona —se disculpó ella—. Has llegado muy rápido.

—Cuando no trabajo de esto, soy un guerrero ninja.

—No pensaba que me fueras a acompañar.

¿Iba a subir con ella? ¿A su piso? ¡A su piso!

—Tengo que estar seguro de que llegas sana y salva a tu hogar. Eso sí que está en el contrato.

Marina encontró las llaves cuando estaba a punto de darle la vuelta al bolso y desperdigar todo su contenido por el suelo. Abrió la puerta y él se la sujetó para que pasara.

—¿Te acompaño arriba? —preguntó con candidez, demasiado cerca de ella.

—Oh, no. El ascensor no funciona y son siete pisos andando. Estoy segura de que ningún ladrón llegará hasta mi piso sin sufrir un infarto de miocardio.

—Muy bien, pues nos despedimos aquí, señorita Rice —esbozó una sonrisa demasiado perfecta para no haberla ensayado horas ante el espejo.

—Encantada, señor Twain.

Hubo una pausa, demasiado larga, durante la que ninguno de los dos dijo nada. Entonces Will, haciendo un gesto de despedida con la cabeza se dio la vuelta y salió del portal. Volvió la vista atrás al cruzar la puerta. Solo un nanosegundo, puede que menos, y encontró a Marina con sus ojos clavados en él como una lunática de manual.

Con la poca dignidad que le quedaba, ella sonrió y comenzó a subir las escaleras rogando no resbalar en aquel preciso momento y dejarle así un buen recuerdo.

Aquella noche, los siete pisos no le parecieron tan pesados. Su cabeza flotaba como la protagonista de una novela romántica, recordando píxel a píxel cada segundo de su cita con Will. Y, más aún, su beso.

Tanto repetía en su cerebro aquellas escenas que le dieron ganas de estrujar sus meninges para no permitirles seguir dando vueltas a lo mismo. Pero cada vez que lo hacía, el estómago le daba un saltito y el corazón se le aceleraba.

Pues sí, como diría su hermano, tenía el día ñoño. Y la noche también.

Después de pasar el poco tiempo que quedaba hasta el amanecer dando vueltas en la cama como una peonza borracha, se levantó decidida a que fuera aquel el día en que comenzaría a correr. Central Park le quedaba a una distancia irrisoria y cualquiera mataría por poder tener la misma oportunidad.

Marina se dejó caer en la cama. La pereza había vuelto a ganar. Aquel no era el día señalado.

Se dio una ducha para espabilarse en cuanto se encontró con fuerzas para ponerse en pie de nuevo. Cuando salía con una toalla a modo de turbante enrollada en su cabello, sonó el teléfono.

Escuchó la voz de Eric.

—Cuenta, cuenta, cuenta.

—Son las ocho de la mañana de un domingo. ¿No duermes nunca? —Marina se dejó caer en el sofá con una sonrisa.

—Seguro que tú no has pegado ojo, así que cuenta. Por favor.

—Eric, creo que ha sido la mejor noche de mi vida.

—Lo sabía. No hay nada mejor que tener el listón muy bajo para que todo parezca una maravilla. ¿Y qué tal Mark Twain? ¿Tenía el pelo canoso y los mofletes abultados?

—Quitaba el hipo.

—¿Y el aire?

—Completamente.

Eric rio al otro lado.

—La próxima vez quiero al menos una foto.

—No habrá próxima vez —dijo Marina. La constatación del hecho la sumió en un océano de tristeza.

—Nunca digas nunca. Habla de posibilidades, así seguro que aciertas.

Sin embargo, Marina estaba completamente segura. Tan segura como que los planetas giraban en torno al Sol. Jamás volvería a ver a su acompañante.

Unos días más tarde de aquella fantástica noche, volvía a estar inmersa en el trabajo. La nebulosa Pacman seguía brillando en sus animados colores y con su curiosa forma de comecocos que le daba nombre, los cálculos que se obtenían seguían siendo difíciles de interpretar y la música de Elvis seguía ayudando a Marina en esa ardua tarea.

Se dio cuenta de que le hablaban cuando vio movimiento a su alrededor. Se quitó los auriculares y giró la cabeza hacia Tania, que blandía un periódico en la mano como si fuera un machete.

—Te lo tenías bien callado, ¿verdad? —dijo con el peculiar acento que acompañaba a su voz sexy.

Había conseguido que todo el departamento le prestara atención. Marina estaba más perdida que Colón cuando llegó a América preguntando por las Indias.

—No sé a qué te refieres —consiguió decir, mientras trataba de ver lo que la moldava llevaba en la mano.

—La doctora Eisinga tiene novio —Tania sonrió—, y encima está bien bueno.

Marina se lanzó a por el periódico, pero Lydia fue más ágil y se lo robó en un movimiento veloz digno del mago David Copperfield.

—¡Dios, es cierto! —soltó un gritito mientras se encaramaba a la silla para que Marina no pudiera alcanzarla—. «*Los alumnos de la promoción disfrutando del baile»* —leyó—. ¡Y tanto! ¡Te estás morreando con un buenorro!

Marina consiguió arrancarle el periódico y se encontró de bruces con una foto a tamaño colosal que mostraba uno de los momentos de la fiesta en el que ella, en el centro de la imagen, besaba a Will.

—Oh no —suspiró apoyándose en la mesa derrotada.

—Deberías enmarcarlo —farfulló Lydia—, no poner cara de pasa arrugada.

—¿Quién es? —preguntaron Oliver y Steve a la vez.

Marina observó las fotografías que aparecían en la página. Ella se encontraba en varias y en la principal, en la más visible de todo el reportaje, estaba en actitud cariñosa con un acompañante contratado en un falso club de lectura.

—Oh, no —murmuró de nuevo.

Tania agarró el periódico y se lo tendió a los otros investigadores que sonrieron mientras leían la suculenta crónica.

—Pues no hacéis mala pareja —concluyó Oliver—. Pensé que, si veíamos esta imagen alguna vez, el afortunado en cuestión tendría una pinta más parecida a la de uno de nosotros que a un modelo de Calvin Klein.

—Dime que ya le has visto desnudo —soltó Lydia.

—¡Lydia! —reaccionaron todos a la vez.

—¡Qué pasa! —exclamó la aludida—. Tendré el cerebro prodigioso, pero mis hormonas siguen siendo adolescentes.

—Hemos comenzado a salir hace poco —se defendió Marina—. Por eso no os he hablado de él.

—Pues empieza a largar rapidito —dijo Tania acercando su silla. Si era cierto el chismorreo de que la moldava había pertenecido a la antigua KGB, con ese movimiento de silla acercándose al sujeto al que debía interrogar, quedaba más que corroborado—. No tenemos mucho tiempo, el firmamento nos espera para desentrañar sus misterios.

¿Era el momento de admitir la verdad? ¿De decir a sus amigos que había pagado por compañía?

—Se llama Will —dijo con timidez—, y creo que... me encanta.

Lydia aplaudió con otro grito y Tania sonrió orgullosa.

—Nuestra pequeña astrofísica se ha enamorado —murmuró—. ¿Quién lo iba a decir?

—Bueno —la cortó Marina—, estamos conociéndonos.

—Doctora Eisinga —una voz grave y rotunda se oyó desde la puerta—, todo el Planetario Hayden se alegra de su noviazgo, pero creo que podría relatarlo en los momentos de ocio.

Marina y el resto del equipo se cuadraron ante el director.

—Por supuesto, doctor Keeler. Ha sido una encerrona por parte de mis colegas.

Todos rieron entre dientes.

—Lo suponía.

—Me alegro de que nos haya pillado —continuó Marina—, así me ahorraré el resto de la historia.

—¿Puede salir un momento?

Marina siguió al doctor Keeler fuera del laboratorio en silencio. ¿Se había molestado por un poco de charla? ¡Si era el departamento más discreto de todo el planetario!

—Doctora Eisinga —comenzó a decir el director con cierto apuro—, como ya sabrá, la semana próxima tenemos una cena benéfica en el planetario. Gracias a los fondos que recaudemos, podremos permitirnos llevar a cabo más investigaciones.

Ella asintió. Todos los años se celebraban varios festejos para conseguir inversiones. El planetario apenas podría vivir solo de las visitas turísticas, necesitaba más dinero para continuar con sus proyectos.

—Sé que mi proposición es un atropello, pero puede decirme que no si lo estima oportuno —continuó su jefe máximo—. ¿Podría dar una charla como experta? Habrá mucha gente interesada en escuchar en qué consisten nuestras investigaciones.

Marina nunca había sido invitada. Salvo políticos, gente importante y algún famoso, nadie de los departamentos de investigación solía asistir.

—Por supuesto, estaré encantada.

—Se lo agradezco mucho —dijo él marchándose por el pasillo visiblemente satisfecho—. Y lleve a su pareja, por favor. Estoy harto de que piensen que los científicos somos unos seres raros sin vida social.

Marina se quedó perpleja en el sitio y se balanceó pensativa. Todo parecía indicar que, si el director se lo había pedido precisamente a ella, era porque tenía novio. Algo rematadamente extraño.

—Me ha invitado a la cena benéfica —dijo al volver con sus compañeros.

—Claro —suspiró Tania dejando que su silla rodara sobre las ruedas hasta su mesa—, ahora eres la única normal del grupo.

—¿Por tener pareja?

—Por asistir a fiestas y disfrutar en ellas —Oliver señaló el periódico—. Y, además, ¡qué demonios, Marina! Estabas guapísima con ese vestido.

—No me parece justo —dijo Marina sonrojándose notoriamente.

—No seas exagerada. Yo odio las fiestas y Steve también —siguió Oliver—. Lydia es menor para beber champán. Y Tania es demasiado despampanante para que alguien haga caso a lo que dice.

—Deslenguado, los hombres me escuchan —masculló la moldava—. Puede que se distraigan y me dejen por imposible cuando hablo de ecuaciones, ¡pero es que me apasionan!

—Marina se expresa muy bien —añadió Oliver—, y consigue que lo que cuenta resulte fácil y entretenido a la vez. Acordaos de las caras de los niños cuando ella hace la visita guiada. Salen con ganas de ser astronautas o científicos.

Todos asintieron con la cabeza.

—Hay que darle la razón al director, pequeña —dijo Tania—. Eres la indicada y tu novio es un bombón. Sois la pareja perfecta.

La pareja perfecta. Marina se dejó caer en la silla preocupada. Su mentirijilla se estaba convirtiendo en una bola gigante de nieve, que rodaba montaña abajo aplastando lo que encontraba a su paso. Sin embargo, aquello no era lo peor. Lo peor, lo terriblemente peor, era que le apetecía lo indecible volver a ver a Will. Y aquella era su oportunidad.

El teclado volaba bajo sus dedos y las letras se confundían formando un galimatías. En vez de *Club de lectura Broadway* había escrito *Bulc de cultura Borway* y pese a eso, el navegador, más listo que Lydia y con menos mala leche, la redirigió a la página correcta.

De nuevo las elegantes letras, el sobrio escenario bajo el que se escondía un mundo menos literario del que parecía. Marina se encontró de bruces con los ocho novelistas norteamericanos. Ocho acompañantes bajo el pseudónimo de un gran escritor. ¿Cómo serían el resto? La verdad, le daba igual. Ella necesitaba al mismo.

Pinchó en Mark Twain y siguió todos los pasos de nuevo para concertar una cita. ¿Qué pensaría Will de ella? ¿Que era una depravada que gastaba su dinero contratando acompañantes? ¿Que estaba loquita por él? ¿Que daba pena por no tener vida social?

Agitó la cabeza para librarse de los pensamientos negativos y volvió a anotar los horarios y extras de la cita: pidió un coche, esta vez normal, no fuera que el director se creyera que le pagaba demasiado si podía permitirse un Porsche, y le bajara el sueldo; y ropa de etiqueta, significara eso lo que significara.

Aceptó dos veces con entusiasmo y después se dejó caer contra el respaldo de la silla. Por segunda vez tenía una cita con Mark Twain. Y volvía a estar de los nervios.

LA GALA

Marina miró el vestido que, colgado en la percha, llevaba dos días presidiendo su dormitorio. Era precioso. Destacaban unos finos tirantes de pedrería y un cuerpo vaporoso con diminutas incrustaciones con forma de estrella. No se podía negar que Tania tenía buen gusto para la ropa.

—Ni se te ocurra decirme que no, doctora Eisinga —le había dicho, o más bien ordenado, su compañera moldava cuando vino a entregárselo—. Es un préstamo. Quiero que destaques en el planetario como una estrella más y, sobre todo, que dejes a nuestro departamento a la altura del infinito y más allá.

—Palabra —levantó la mano para asegurar la afirmación y le dio un abrazo a la moldava que, tras un momento de vacilación, le devolvió el gesto.

Ya no había vuelta atrás. En pocos minutos su acompañante llamaría al timbre y se encontraría de nuevo sumergida en una mentira colosal que, quizás, no le importaría que se convirtiera en realidad. Sin embargo, él era un acompañante, ella una científica loca sin vida social y el futuro no podía ser más previsible: las posibilidades de un final feliz para ellos dos eran más escasas que las de encontrar vida medianamente inteligente en Marte.

—Según un comunicado de la NASA —la televisión se mantenía encendida mientras Marina descolgaba el vestido con vacilación—, las perspectivas de encontrar vida inteligente en el planeta rojo han aumentado con el reciente descubrimiento de...

Marina agarró el mando a distancia y apagó la pantalla. Lo que faltaba. Con tal de llevarle la contraria, el universo era capaz de hallar marcianos en plena cena benéfica.

Se abrochó la escueta cremallera de su espalda haciendo contorsionismo y se colocó unos zapatos de tacón. El resultado que arrojaba el espejo era bastante satisfactorio y respiró con alivio. No se parecía a la muchacha corriente de cada día, pero tampoco se había convertido en una aspirante a algún premio Oscar; fluctuaba en un asequible término medio bastante acogedor.

El timbre sonó despertándola de sus pensamientos y haciéndole pegar un bote y golpearse contra la espantosa lámpara de latón del techo, que se había prometido mil veces tirar a la basura sin conseguir nunca cumplir sus intenciones.

—Me cago en la lámpara —se frotó la frente dolorida y comprobó de repente dos cosas con horror. Una, tenía una brecha que había comenzado a sangrar, resbalando gruesas gotas rojas por su nariz y mojando el suelo; dos, había descolgado el telefonillo.

—¿Perdón? —dijeron al otro lado de la línea.

—Mierda.

—¿Vengo en otro momento?

—Sí... no, no por Dios —Marina tenía ganas de huir y lanzarse ventana abajo—. Esto... voy en un segundo.

Colgó el telefonillo y corrió veloz hacia el lavabo. Se arrancó la mitad del maquillaje para lavar la herida y viéndose incapaz de detener la hemorragia terminó colocando en la brecha una ridícula tirita de un oso panda con patines.

Se limpió la cara, se peinó con los dedos y acordándose de los planetas que en ese momento debían estar alineándose en su contra, salió del apartamento.

Después de bajar los millones de escalones, se detuvo en el portal, amparada todavía en la seguridad que le daba la gran puerta que la separaba de su acompañante. Inspiró aire hasta llenar los pulmones como auténticos globos aerostáticos y giró el manillar.

Mark Twain estaba al otro lado.

En los últimos días había recordado y analizado cada secuencia de su cita anterior. La impresión que le había producido su acompañante la vez anterior se quedó corta. Vestido de etiqueta, aquel hombre resultaba el summum de la perfección. Su rostro serio se tornó en una atractiva sonrisa, sus ojos azules chispearon, su cuerpo fuerte y grande se separó a un lado para dejarle paso.

Marina soltó el aire almacenado, con una especie de horrible pedorreta. Deseó morirse en aquel momento y diluirse rápidamente en el alcantarillado.

—¿Te has hecho daño? —educadamente Will centró su interés en la herida de su frente.

—Sí, me ha atacado una lámpara.

—Espero entonces que no me invites a subir. No quiero que me agreda el microondas.

Tratando de eliminar de su cerebro el comentario de Will y lo que podía llegar a significar, Marina esbozó una sonrisa nerviosa.

—No te preocupes. La he intentado tirar a la basura en demasiadas ocasiones, me tiene un odio ancestral.

—Me tranquilizas. Y ahora, ¿qué? ¿Te acerco al hospital para que te miren la herida?

—No, no. Si quiero seguir teniendo trabajo el lunes, debo presentarme en el planetario, aunque me falte medio hemisferio cerebral.

—Muy bien, pero me mantendré atento por si dices cosas raras o te mareas. Te aviso que estás en buenas manos, he asistido a varios cursillos de primeros auxilios —señaló con un gesto el automóvil negro que estaba aparcado en doble fila—. ¿Vamos?

Marina asintió. Le iba a resultar ridículo acudir en coche al lugar al que caminaba a pie todos los días y más aún hacerlo con un vestido elegante, zapatos altos y... una pareja que quitaba la respiración.

Se sentó y mientras el coche arrancaba le dirigió una mirada disimulada al conductor. Había fantaseado con verle de nuevo y la realidad superaba mil veces la ficción. Tragó saliva y se concentró en la gala. Debía dar lo mejor de sí misma y eso no se lograba estando más acelerada que un Fórmula 1 cerca de la línea de meta.

—Estás muy guapa.

Concentrada en mantener la mente bajo control, las palabras de Will hundieron cualquier intento. Marina se sonrojó hasta las cejas.

—Gracias —musitó desprevenida—. Tú también.

Mierda, mierda y mierda. Marina se obligó a cerrar los labios convirtiéndolos en una pequeña línea fina. ¿Por qué hablaba sin darse cuenta?

—No estoy acostumbrado a los halagos —dijo él riendo—. Has conseguido ruborizarme, doctora Eisinga.

—No pretendía...

Will detuvo el coche, apagó el motor y se inclinó hacia ella. El movimiento rápido pilló a Marina distraída y se encontró de repente tan cerca del rostro de su acompañante que podía haberle mordido la nariz fácilmente si eso estuviera bien visto en sociedad.

—Será mejor que te quite esto —Will acercó su mano amplia a su rostro. Su palma rozó la mejilla de Marina. Involuntariamente cerró los ojos con una sacudida gélida en todo su cuerpo—. Ya está.

Marina arrugó la nariz y entreabrió un párpado. Will sujetaba entre sus dedos la tirita del oso panda con patines, manchada en sangre reseca.

—No puedo permitir que te vean con algo así —murmuró él con una mueca mientras se alejaba de ella—. Pensé que los astrofísicos llevarían tiritas de *Star Wars* como mínimo.

—Se me acabaron la semana pasada.

—¿Te atacó algún otro mueble?

—El chihuahua de la vecina del quinto.

Will se rio mientras salía del coche y acudía a abrirle la puerta. Se apoyó en el techo del vehículo contemplando el Planetario Hayden iluminado para la fiesta.

—¿Sigo siendo dentista?

—Tienes muy buena memoria —se sorprendió Marina. Si diciendo la verdad ella tendía a olvidar todo lo que contaba, no quería imaginarse si encima tuviera que mentir.

—Gajes del oficio. Y además... —susurró con aire misterioso— tengo una agenda. Apunto cada detalle de cada cita. Así puedo recordar el nombre de tus compañeras de instituto, el del idiota que se burló de ti y los años que llevamos saliendo.

—¿Y si no hubiéramos vuelto a quedar?

—Nunca hay una sola vez —le guiñó un ojo con picardía y le tendió el brazo señalando con la cabeza la entrada del edificio—. Ahora, señorita Eisinga, disfrutemos de la gala. Jamás he estado en el planetario por la noche y tiene un aspecto asombroso.

—Si no lo tuviera tan visto, me parecería sin lugar a dudas el sitio más interesante del mundo.

—¿Y el Caribe al atardecer?

—¿Es tan bonito como suena?

—Ni idea. La mejor puesta de sol que conozco está en Carolina del Norte, pero te comen los mosquitos a mordiscos.

Marina sonrió para sus adentros mientras dejaba la chaqueta en el ropero y dirigía una mirada nerviosa a los asistentes que, elegantemente vestidos, comenzaban a llenar el vestíbulo principal del edificio. Will, con el cuello estirado, observaba los planetas gigantes que pendían del alto techo acristalado.

Alrededor de los grandes meteoritos que destacaban en la sala se habían colocado mesas con aperitivos. Decenas de camareros uniformados servían bebidas y diminutos platos de comida aún más diminuta. Will cazó al vuelo un par de copas y algo de cena. Eran bolitas de queso que semejaban la Luna con sus cráteres y valles bien marcados.

—Siempre he sabido que la Luna estaba hecha de queso —dijo Will tragándose simultáneamente varias bolas—. Y tú, ¿qué pensabas cuando eras niña? ¿O nunca has sido pequeña?

—¡Claro que sí! Yo también creía cosas disparatadas. Por ejemplo, que los anillos de Saturno eran duros, como *hula hoops* que bailaban alrededor del planeta.

—Muy disparatado, sí —bromeó él—. ¿Quién en su sano juicio piensa que los anillos de un planeta son como anillos?

Marina soltó una carcajada.

—Están hechos de polvo y pequeñas piedras.

—Me acabas de hundir otro mito.

Absorta en la peculiar discusión que habían iniciado sobre extrañas leyendas del espacio, Marina no se dio cuenta del escenario que habían colocado en el extremo del vestíbulo y al que había subido el director del planetario junto con el alcalde de la ciudad.

El silencio se hizo en la sala, las luces se atenuaron y un foco potente se concentró en el escenario. El doctor Keeler agradeció la asistencia y también (¡cómo no!) los futuros donativos. Habló de las investigaciones que se llevaban a cabo en el planetario, de los escasos fondos de los que disponían y de la gran utilidad de sus estudios. A medio discurso, los fotógrafos de la prensa se cansaron de tomar instantáneas y la mitad de los asistentes habían vuelto a sus conversaciones.

—Este hombre aburre a los meteoritos —susurró Will a Marina demasiado cerca de su oído. El olor a colonia masculina llenó las fosas nasales de la muchacha, que no pudo más que asentir y alejarse un paso.

—Espero que mi exposición de los trabajos que llevamos a cabo no haga que salgan corriendo —musitó ella.

—¿Vas a hablar?

—Por desgracia. Lo llevo aquí apuntado por si... —el estómago de Marina se convirtió en un higo, sin que por una vez mediara la cercanía de Will ni su apetecible olor. Rebuscó en su bolso como una auténtica posesa—. ¡Mierda!

—Esa palabra no solo la utilizas para contestar el telefonillo, ¿verdad?

—¡Me he dejado el discurso en casa!

—Seguro que te lo sabes de memoria.

—¡No! Me lo apunto para no tener que recordarlo. ¿Sabes la de cifras que manejo a diario? Mi cabeza es una especie de bola de bingo repleta de números. ¡No hay espacio para las letras!

Will la tomó de las manos en un gesto tranquilizador.

—Tranquila —susurró—. Me dijiste que hacías visitas guiadas. Esto es lo mismo.

—Aquí está el alcalde.

—Da igual. Piensa que son turistas a los que tienes que entretener con tu visión del espacio. Piensa que son como yo, que no saben si la Luna está hecha de queso o de nata. Cuéntales cuánto te apasiona tu trabajo.

—Puedo hacerlo.

—Claro que sí —Will soltó las manos de Marina, dejando un tibio calor en sus palmas.

Ella esbozó una sonrisa agradecida.

—Y me gustaría que una de nuestras grandes científicas —dijo el director elevando la voz sobre el ya dominante murmullo—, subiera a relatarles su trabajo. Con ustedes, la doctora Marina Eisinga.

Marina se atragantó y tosió. Will le quitó rápidamente la copa de la mano y la empujó sutilmente hasta el borde del escenario.

—Venga, estrellita, tú puedes —musitó, terriblemente cercano, en su oído.

Marina subió vacilante los seis peldaños de la escalera hasta situarse junto al doctor Keeler. El director le dio un corto abrazo y se apartó a un lado, disgustado con el poco entusiasmo que había provocado su exposición.

Marina se acercó al micrófono. El foco la cegaba y únicamente le permitía distinguir una marea negra delante, que esperaba sus palabras en silencio. El flash de una cámara aceleró su ya de por sí desbocado corazón, su respiración parecía perceptible en toda la sala.

—Vamos —oyó a Will.

Inspiró hondo.

—Me han preguntado muchas veces —comenzó a hablar primero en un ligero susurro, después con mayor seguridad—, qué hay ahí fuera tan interesante como para perder mi tiempo con ello. Realmente a los seres humanos nos parece más importante analizar nuestra vida en la tierra, nuestro organismo, incluso el de los animales que nos rodean o el del mismo planeta. Sin embargo, más allá de la bóveda celeste que nos recubre, ¿qué más da lo que suceda?

»Yo no puedo pensar así. Llevo toda mi vida con la vista puesta en los puntitos lejanos que brillan en la noche, miro esas estrellas como antes de mí lo hizo la humanidad desde sus comienzos. Todos nuestros antepasados se preguntaron qué era aquello y muchos decidieron averiguarlo. Porque el hombre necesita saber qué está más allá, qué nos rodea, qué nos convierte en lo que somos.

»Tuve un antepasado llamado Eise Jeltes Eisinga. Nació en 1744 en Holanda y era cardador de lana. En aquel entonces, la alineación de la Luna y los planetas Mercurio, Venus, Marte y Júpiter hizo correr la voz de un supuesto fin del mundo. Ahora puede parecer una tontería, pero entonces provocó un pánico absoluto. Los planetas y la Luna colisionarían, empujando a la Tierra fuera de su órbita y dejándola flotando por el cosmos. ¡Un horror!

Los fotógrafos habían comenzado a disparar sus cámaras. La gente se mantenía en un espectral silencio, todos la escuchaban atentos.

—Eise —continuó—, sin estudios y con un interés desbordante por la astronomía, construyó un planetario a escala y con movimiento en su propia casa, simplemente para explicar a sus vecinos que ni los planetas iban a chocar entre ellos ni se iba acabar la vida por ese motivo. Ese planetario es actualmente el más antiguo en activo del mundo. El trabajo de mi pariente tuvo una razón, sirvió para algo.

»Yo también creo que cada paso que damos en nuestras investigaciones, sea para entender cómo nace una estrella o la energía tan bestial que desprenden algunas de las más famosas, llámese el Sol, por ejemplo, nos explica lo que somos y por qué lo somos. Ahora solo necesitamos un poco de su ayuda para seguir desentrañando estos misterios.

Marina se detuvo con la garganta seca y el corazón a mil por hora. Sentía cientos de ojos sobre ella. Miró a la oscuridad de la sala y buscó a Will, que se encontraba a poca distancia del escenario. Entonces él aplaudió y todos los presentes le imitaron. El vestíbulo del Planetario Hayden parecía venirse abajo por el estruendo y Marina no pudo más que sonreír y hacer un gesto de agradecimiento con la cabeza.

El director la abrazó con entusiasmo y la acompañó escaleras abajo mientras elogiaba su perfectamente preparado discurso.

—Pensé que hablarías sobre las nebulosas —le dijo extrañado.

—Bueno, podía convertirse en un tema algo aburrido para los profanos —si de una cosa estaba segura Marina era de que el discurso que había olvidado en casa trataba únicamente de nebulosas—. He preferido contar algo personal.

—Sí, sí, tienes razón. Me alegro de que hayas venido, tengo la sensación de que este año tendremos una buena recaudación.

—Es un honor, doctor Keeler.

—Ahora, preséntame a tu novio. Mi mujer me ha dicho que es más espectacular que la tormenta sobre Júpiter que captó la sonda Juno allá por el 2017.

—Su mujer sabe cómo decir un piropo —Marina soltó una risita y buscó a Will con la vista. Sus miradas se encontraron. Will avanzó hacia ella con la elegancia y el aplomo de un felino mientras varias cabezas femeninas se giraban a su paso.

Aquel hombre era realmente más espectacular que cualquier tormenta, terremoto o explosión que jamás hubiera captado un astrónomo.

La gala finalizó demasiado pronto. Pasaban de las tres de la mañana cuando Will aparcó el coche cerca del portal de Marina.

Se bajaron riendo del vehículo mientras recordaban las extrañas conversaciones con los asistentes.

—Es curioso que, aunque tú eres la científica, se han empeñado en preguntarme a mí las dudas —Will la llevaba de la mano como si aquel gesto fuera lo más natural del mundo.

—Y tú no parabas de repetirles que eres dentista y que lo más parecido al espacio que conoces es una caries profunda —Marina se enjugó las lágrimas provocadas por la risa mientras trataba de encontrar las llaves.

—Evolucionamos demasiado lento, doctora Eisinga. Las mentes humanas parecen encontrarse aún en la Edad de Piedra.

Consiguieron acceder al portal. Justo en ese momento una mujer abría la puerta del ascensor llevando la correa de un diminuto chihuahua con falda rosa de tul detrás. Los miró a ambos con curiosidad mal fingida y se marchó a la calle sin siquiera saludar.

—Buenas noches —se despidió Will en alto para que se diera por aludida y sujetó la puerta—. Mira, tenemos suerte. El ascensor funciona.

Marina se había quedado paralizada a un metro de la escalera.

—Prefiero ir a pie —musitó.

—Oh, no. Con esos tacones tendré que acabar cargándote a la espalda. Y eso es al menos un plus de 50 dólares.

—Los pagaré.

Él se rio como si hubiera bromeado.

—Vamos. Adentro —tomó su mano y tiró de ella hacia el ascensor.

Marina entró en la cabina más intranquila por el roce de los dedos de Will en los suyos que por el hecho de encontrarse en un espacio reducido e inestable. Sin embargo, en cuanto la puerta se cerró tras ellos y el cubículo inició su lento y agónico ascenso, Marina comenzó a encontrarse mal.

Apoyó la espalda en la madera envejecida tratando de pensar en cualquier otra cosa, pero el chirrido del mecanismo le recordaba que se encontraba dentro del ascensor y que solo había subido una planta. Le pareció que había tardado toda una eternidad en hacerlo.

—¿Estás bien?

Will le hablaba, pero ella no le entendía. Las cuatro paredes a su alrededor comenzaban a acercarse, el aire se hacía más denso, el techo empezó su descenso. Marina no podía pensar, su cuerpo estaba rígido, tenso, angustiado.

Escuchó un gemido y descubrió que era ella la que lo producía.

Will la había agarrado de los brazos y la agitaba con suavidad.

—¿Qué te sucede? —le oyó en la lejanía.

El ascensor era ya un diminuto cajón donde no había oxígeno, las paredes golpeaban a Marina y la estrujaban entre violentos movimientos.

—Marina, estamos llegando —le susurró él tan cerca que su mente se separó momentáneamente de la angustia del encierro y se percató de su proximidad.

—Tengo claustrofobia —consiguió decir fijando sus ojos en los de él.

—Creo que me he dado cuenta. Pero no tienes que preocuparte, estamos llegando. No va a pasar nada malo.

—Nunca digas nunca.

En ese momento el ascensor se detuvo.

Will se separó de ella para ver qué sucedía, Marina volvió a encontrarse sola en un lugar pendido del aire por cuerdas roñosas, que comenzaba a mermar de tamaño irremediablemente.

—No, no —musitó notando cómo sus músculos se paralizaban y su mente se colapsaba por el miedo.

—Estoy aquí —Will la sujetó de los hombros—. Respira.

Intentó inspirar. Sin embargo, el oxígeno escaseaba y pronto se ahogarían. El suelo tembló bajo sus pies, en cualquier momento caerían al vacío. Entonces tendrían oxígeno, mucho oxígeno, pero morirían aplastados contra el apestoso foso del ascensor. El final, fuera cual fuera, resultaría horrible.

—No pasa nada —Will tomó su cara entre sus manos y la obligó a mirarle.

—Vamos a morir.

—No pienso permitirlo.

El ascensor vibró, Marina dio un chillido y se abrazó a Will. Se quedaron muy pegados, ella clavando sus uñas en la espalda de él con Will a escasos centímetros de su cara.

—No pasa nada.

—No vuelvas a repetirlo —musitó ella. Elevó los ojos al techo, cada vez más cercano, arrugado, tenebroso. Las paredes parecían de hojalata, curvadas y oxidadas. Olía a cerrado, a naftalina, a tumba. El corazón se le desbocó y comenzó a marearse.

—Marina —la voz de Will fue como el ronroneo de un gato y le miró. Sus dedos acariciaban sus mejillas. Estaba tan próximo que, en ese momento, solo pudo oler su aroma, notar su calor, la cercanía de su cuerpo, de su rostro, de sus labios.

En el instante en el que volvía a sucumbir a la angustia del espacio cerrado y opresivo, cuando el cubículo comenzaba a achicarse, el oxígeno se hacía denso y difícil de respirar, Will la besó.

Tardó en darse, cuenta abstraída por el miedo irracional, imaginándose aplastada y asfixiada. Pero entonces él se pegó a ella, sus bocas unidas, sus manos asiendo su pelo y atrayéndola más y más cerca.

Olvidó lo que le acongojaba y respondió al beso. No había más escenario que ellos dos solos unidos. El ascensor se puso en marcha con un violento salto. Se separaron, ambos con la respiración agitada.

Will esbozó una sonrisa distendida.

—Te dije que no pasaba nada.

—¿Sabías que eres gafe? —dijo ella con las piernas temblando más por el beso que por encontrarse metida en una de sus pesadillas.

—Reza entonces para que lleguemos rápidamente o tendré que besarte de nuevo.

Marina tragó saliva ruidosamente. El piso séptimo apareció de repente y el aparato se detuvo con un chirrido. Arrolló la puerta para salir y se lanzó al pasillo, inspirando turbada.

Will mantenía el gesto tranquilo e indicó con la cabeza la puerta de su casa. Marina se dio cuenta de que debía buscar la llave y se lanzó a la difícil tarea de encontrarla de nuevo en su diminuto bolso lleno de extraños escondrijos.

—Seguro que si lo intentas, encuentras ahí dentro un fósil de dinosaurio —dijo él aguardando apoyado en el marco de la puerta.

—Creo que en todos los bolsos hay un agujero negro que se traga algunos objetos y los devuelve cuando le viene en gana. En el mío hay dos.

Marina tocó el metal frío y sacó las llaves con aire de triunfo, como si hubiera logrado un preciado botín. Las introdujo en la cerradura bajo la atenta mirada de su acompañante. Notaba su vista fija en ella y trató de no ponerse aún más nerviosa.

En cuanto la puerta se abrió, exhaló el aire y dio un paso dentro de la casa. Se volvió hacia él, debía darle las gracias por demasiadas cosas. Chocaron de frente y él soltó una carcajada.

—No estamos hechos para compartir el mismo espacio —comentó despreocupado mientras lanzaba una ojeada al interior del apartamento.

¿Debía invitarle a entrar? ¿Pensaría que quería algo más? ¿Lo tomaría como una ofensa?

—Esto... —comenzó ella a decir. No tenía ningunas ganas de despedirse de él, pero... ¿cómo se lo decía?

—¿Te importaría si paso dentro? —preguntó él.

Increíble. Marina asintió fingiendo tranquilidad y le indicó el interior con la mano.

Will dio un par de escuetos pasos mientras ella cerraba la puerta. Su atención no estaba en el apartamento. Se había vuelto hacia ella y la miraba con descaro. No se limitaba a su rostro, sino que comenzaba a descender por su cuerpo.

Marina dio un paso involuntario hacia atrás, tocando la puerta con su espalda.

Acababa de meter a un extraño en su casa que bien podría ser un asesino. Un asesino asquerosamente atractivo, pero un asesino, al fin y al cabo.

—No me temas.

—Me he dado cuenta de que no te conozco demasiado y de que podrías ser un criminal —la frase le había salido sin pensarla.

—¿Un asesino?

—Por ejemplo.

Will avanzó un poco más hacia ella con una sonrisa en los labios.

—Se me ocurren muchas cosas ahora mismo para hacer contigo, pero ninguna consiste en asesinarte.

—Mejor. Mi vecina llama a la policía a las primeras de cambio.

Marina no podía apartar su mirada de él, de sus ojos, de su boca. Le tenía demasiado cerca, demasiado para no significar nada.

—¿Quieres beber algo? —se le ocurrió de repente.

—No —con un movimiento comedido le quitó el bolso de la mano y lo dejó caer al suelo. Después le retiró el abrigo con delicadeza. Sus manos puestas sobre ella emanaban una forma de atracción magnética seguramente no estudiada.

—La verdad es que solo tengo agua... y café. Café bastante malo.

—No quiero beber nada, Marina.

El estómago de Marina se tensó y soltó una pequeña bocanada de aire.

—¿Puedo? —preguntó él mientras levantaba su mano derecha despacio, meditando cada movimiento y la apoyaba en el hombro de Marina. Estaba caliente, demasiado, y la piel se le puso de gallina desde la oreja hasta el dedo gordo del pie.

Con sus pupilas llameantes clavadas en las de ella, Will enganchó entre sus dedos el fino tirante de su vestido y despacio, sumamente despacio, lo deslizó hacia su brazo. Después hizo lo mismo con el otro tirante.

El vestido ligero y traicionero de Marina se mantuvo un segundo escaso en su sitio y, de pronto, se escabulló por su cuerpo yendo a parar al suelo.

Marina tragó saliva, él también. Entonces como si lo hiciera diez veces al día y con mimada precisión, Will se desabrochó la camisa y la tiró al sofá. Los ojos de Marina se olvidaron de su propio cuerpo demasiado desnudo y se volcaron en el de él. En cada músculo, en cada pliegue y ondulación. Estiró la mano y la apoyó en su pecho. En parte para sentir cómo era su piel, en parte para cerciorarse de si estaba soñando.

Eso bastó para que los movimientos de Will dejaran de ser pausados y tranquilos. La atrajo hacia él con avidez y ya no hubo escapatoria, ni excusas ni impedimentos.

Aquella noche, las estrellas se quedaron solas en el cielo mientras lo que quedaba de oscuridad comenzaba a convertirse en día.

EL MENSAJE

Era bien entrada la mañana cuando Marina consiguió despegar los ojos. Se encontraba fantásticamente bien, pero a la vez se sentía igual que si la hubiera arrollado un camión, uno de esos gigantes que atravesaban el país de costa a costa con luces brillantes y bocinas estridentes.

Se incorporó con la luz del sol clavándosele directamente en las pupilas y tiró a ciegas del estor hacia abajo, para sumir el dormitorio en la penumbra y poder vislumbrar con mayor facilidad a su alrededor.

Estaba sola.

La realidad se le hizo difícil. Tampoco debería haber esperado lo contrario. En aquella habitación ya no quedaba nada de él, salvo su olor en las sábanas y un recuerdo demasiado bueno para ser real.

Marina se tumbó de nuevo con la vista fija en el techo. Se acordaba de cada paso que dieron desde que entraron en el apartamento y cada uno había sido mejor que el anterior.

Resopló con una súbita oleada de calor que la recorrió de arriba abajo.

Buf. Vaya noche.

El teléfono pitó desde algún lugar recóndito del salón y se vio en la obligación de dejar los recuerdos a un lado y levantarse trabajosamente de la cama.

Se puso una camiseta larga y salió arrastrando los pies de la habitación. ¡Le dolían todos los músculos del cuerpo! ¿Aquello era normal?

Ya no se acordaba de la última vez que estuvo con un hombre, puede que un año atrás, antes de que la dejara plantada para irse a California. De lo que podía estar segura era de que jamás se había despertado con los muslos temblando como gelatina.

Encontró su bolso en el suelo, junto a la puerta de entrada. Allí también estaban su vestido y su abrigo y sonrió sin poder evitarlo mientras regresaban de nuevo las imágenes y las sensaciones.

Sacó el teléfono y se sentó en el sofá. Había un mensaje de Eric en el que la instaba a llamarle. Eric el cotilla. Querría saber con pelos y señales cómo se había desarrollado la noche.

Marcó su número. Su cuñado lo descolgó al primer tono.

—¿Qué hago contigo? —soltó él sin ni siquiera saludar.

—Hola, Eric. ¿A qué te refieres?

—Pues tú sabrás.

Ay, madre.

—No tengo ni idea de qué quieres que te diga —contestó ella.

—Me ha llegado un mensaje con el cargo a mi tarjeta de tu nueva cita con el abuelo Twain.

—Sí, te lo pagaré el próximo sábado.

—Ya sé que me lo pagarás, eso me da igual —Eric bufó—. Lo que me preocupa es que la noche con el escritor ha salido ciertamente más cara que la anterior.

—Oh, no.

—Ahora es cuando me dices qué diferencia ha habido entre las dos fiestas para que la segunda valga el doble.

—¡¿El doble?! —exclamó ella alarmada.

—Espero que, por ese precio, al menos no puedas caminar.

—Mierda.

—Lo sé. Siento ser el gilipollas que te haga bajar de la nube del día después y te diga que has pagado a un hombre por tener relaciones sexuales contigo.

Conforme Eric hablaba, Marina había comenzado a hundirse en el sofá. Ya casi se encontraba al nivel del suelo.

—Soy lo peor —murmuró.

—No es muy ético, la verdad. Entiendo que puedas estar algo desesperada, pero ¡mujer! Ve a una discoteca, a un pub, allí te saldrán gratis los hombres.

—No pensé lo que estaba haciendo —se disculpó ella, más para sí misma que para Eric—. Parecía que él quería.

—Sería muy idiota para no querer.

—No, en serio, yo no fui la que se lanzó... fue él. Pensé que yo... le gustaba.

Se dio cuenta de que se había puesto a llorar. El teléfono estaba anegado en lágrimas y moqueaba sin cesar.

—No te pongas así, *chérie*. Es su trabajo y parece que lo hace de maravilla. Te creo cuando dices que tú no tenías la intención.

—¡Claro que no la tenía!

—Ha estado mal.

Ella asintió limpiándose la cara con un pañuelo.

—Muy mal —repitió él con dureza—. Ahora, después de la bronca de hermano mayor que te he echado, dime... ¿cómo ha sido? ¡Y no te ahorres una coma!

Marina sonrió de medio lado.

—Necesito procesar estas nuevas sensaciones, Eric. Ya hablaremos la próxima semana, puede que con una ducha y un paseo llegue a saber qué demonios me ha pasado.

—Lo entiendo, pero llámame si necesitas hablar.

—Gracias, Eric —Marina tiró el teléfono al sofá y se levantó en dirección a la cocina. ¿Cómo podía haber sido tan idiota? ¿Por qué no le paró los pies en la puerta? ¿Por qué no le dijo simplemente que no podía pasar?

Puso en marcha la cafetera y se apoyó en la encimera. El sonido del agua caliente al hervir le aclaró la mente. Le dejó pasar porque le apetecía, porque aquel hombre le gustaba un montón, porque la hacía sentir especial y porque besaba de maravilla. Eso.

Entonces se fijó en un papel que tenía apenas a un palmo de distancia. Había algo escrito y no era precisamente su letra:

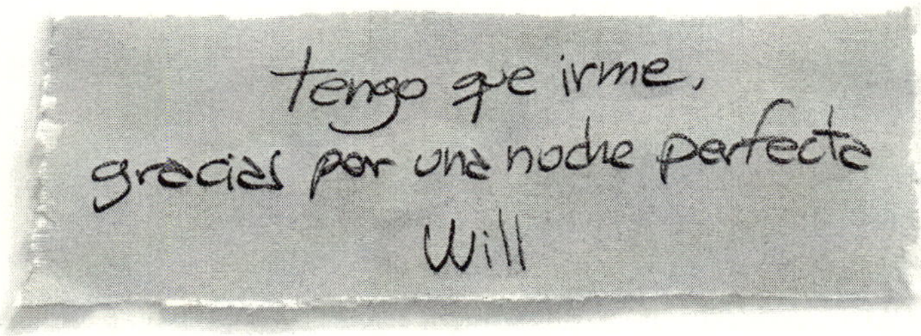

Estuvo a punto de perder el equilibrio. La banqueta en la que intentaba sentarse resbaló hacia atrás y, aturdida con el mensaje, le costó sujetarse. A un centímetro de las baldosas, recuperó la verticalidad y, de un salto, se aferró a la nota. La releyó.

Una noche perfecta.

Suspiró como una colegiala y, feliz de repente, se preparó un buen desayuno.

El lunes todas las bromas y los comentarios se centraron en su persona. Sus compañeros querían saber qué tal fue la gala benéfica y qué personajes relevantes acudieron. Lydia y Tania se morían por hablar de su acompañante.

Las fotografías del evento ya circulaban por el correo interno del planetario y aunque Will y ella solo aparecían de refilón en una, Oliver la había ampliado, recortado y clavado en uno de los corchos donde apuntaban sus anotaciones.

—Nuestra niña se está haciendo mujer —rio Oliver dando un codazo a un inamovible Steve, enfrascado en sus cálculos.

—¿Nos darán más fondos? —preguntó este sin levantar la cabeza.

—Me parece que las nebulosas dejaron de ser para ellos manchas borrosas en el cielo y se han convertido en nidos de estrellas —dijo Marina con una perenne sonrisa en los labios.

—¿Un nido? —se extrañó Lydia—. Siempre lo he considerado como un útero.

—Por eso no te llevaron a ti a la cena —comentó Tania—. Hay que ser poética.

—Y una mierda.

—Esa lengua, niña —le amenazó la moldava frunciendo el ceño.

—Sí, señora.

—El director está satisfecho —añadió Marina—. Si completamos bien nuestro estudio y se lo hacemos interesante, no creo que los invitados de anoche tengan problemas en contribuir un par de años más a nuestra investigación.

Tania se abrazó a su compañera con entusiasmo, asfixiando a Marina entre sus pechos abundantes.

—Esta chica sí que es un sol para nuestro cosmos —gritó—. Hoy desayunamos fuera y yo invito.

Pese a las circunstancias, Marina se sentía contenta. Su trabajo iba viento en popa y sus compañeros la apreciaban de verdad, tenía una familia unida y un apartamento en Nueva York. No se necesitaba nada más. Sin embargo, la vista se le escapaba continuamente a la pared que tenía enfrente donde, clavada en el corcho, estaba la foto de la gala. La foto de Will.

Aquel día trabajaron hasta tarde. Rozaban las diez cuando abandonaron el planetario. La esfera Hayden, alta como un edificio y que representaba un impecable planeta blanco, estaba iluminada, irradiando en unos llamativos tonos azulados.

Se despidieron en la puerta y cada uno tomó la dirección hacia su casa. A Lydia le esperaba su abuela en el coche, que hacía sonar la bocina repetidas veces para que se acercara.

—Qué prisas... —murmuró la muchacha.

—Está preocupada, no son horas para una jovencita como tú —la picó Marina.

—Tengo un cerebro de cuarenta años embutido en un cuerpo de dieciséis. Es un horror.

Marina le pasó un brazo por los hombros mientras la acompañaba al vehículo y saludaba a su abuela.

—Paciencia, pequeño saltamontes.

Lydia le sacó la lengua y se sentó farfullando en el coche.

Marina sonrió viéndola alejarse. Ella la entendía. Había terminado la carrera de Física tres años antes que sus compañeros y se había doctorado muy joven. Con veintiocho años ya había alcanzado un nivel para el que otros necesitarían aún un par de lustros. Puede que no tuviera el altísimo coeficiente intelectual de Lydia o de Tania, pero destacaba entre el resto. Y no resultaba nada fácil.

La temperatura en la calle era perfecta. Caminó sin prisa hacia casa, sin Elvis en los oídos, aunque entretenida por los mil sonidos diferentes de Manhattan de noche. Un camión de bomberos atravesó ululando la avenida Columbus, se escuchaba un televisor en un piso cercano, un perro ladró a su paso.

Cuando llegó a su portal había una carta en el buzón. El sobre típico. Gracias a Dios no parecía ninguna invitación a otro evento pomposo. Sin embargo, la idea, tan aterradora meses atrás, ahora no le parecía en absoluto desagradable. Con una excusa así podría contratar de nuevo a Will.

Agitó la cabeza disconforme. Una vez era una insensatez, dos una idiotez, pero tres... tres rayaba en el acto delictivo. ¿Se le había olvidado ya que había pagado por sexo? ¿No era eso absolutamente deleznable?

Claro que realmente era Eric el que había puesto la tarjeta de crédito y ella, solo la ejecutora de los actos moralmente impúdicos. No. Aquello no bastaba para exonerarla de culpa. Jamás volvería a repetirlo. Nunca, nunca jamás.

Había abierto la carta sin darse cuenta. Dentro un papel blanco doblado. Cuatro palabras escritas a mano con una caligrafía esmerada. Cada letra del mismo tamaño que la anterior y completamente iguales.

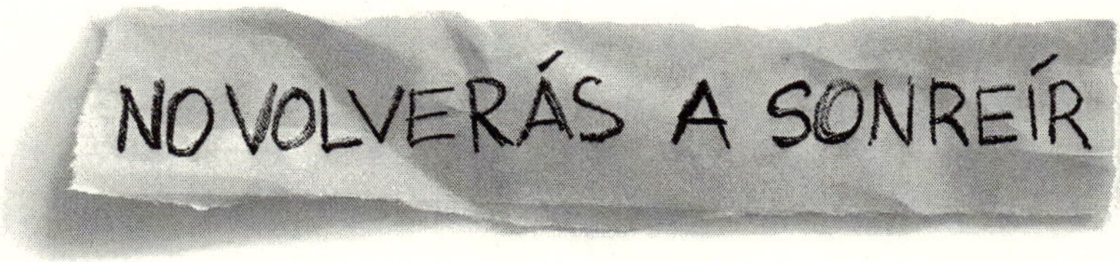

Leyó dos veces la frase y comprobó que la carta iba dirigida realmente a ella. Ni la entendía ni sabía a qué se refería. Guardó la nota en el bolso y comenzó a subir los escalones de dos en dos. Si no fuera porque con seguridad se trataba de un error, habría jurado que aquellas palabras despertaban un recuerdo. Algo en su mente se afanaba en buscar conexiones.

Llegó a su piso sin apenas darse cuenta. Jadeaba por las siete plantas de esfuerzo, pero no se preocupó en descansar en el rellano y abrió la puerta. Dejó su bolso y la chaqueta en la entrada y revoloteó por el salón perseguida por una extraña sensación.

¿Dónde había visto antes aquella frase?

Abatida por la falta de explicación, se sentó en el taburete de la cocina y recorrió con la vista el pequeño apartamento. ¿Dónde lo había visto y por qué aparecía en su buzón?

Se encontraba encerrada en un ascensor. Las paredes menguaban hasta dejarla comprimida en un espacio reducido donde apenas podía hinchar el pecho para respirar. Olía a naftalina y a humedad, a tierra mojada. Pronto se dio cuenta de que aquel lugar no era un ascensor. No. Era un ataúd.

Se despertó con un ahogado jadeo y una necesidad imperiosa de aire. Marina se sentó en la cama con el corazón palpitando con fuerza.

No volverás a sonreír.

Se levantó nerviosa y caminó hacia la estantería del salón, donde almacenaba sus libros más queridos, casi todos obras de astrónomos reconocidos y una copia del tratado sobre astronomía de su tatarabuelo Eise Jeltes Eisinga, escrito cuando solo tenía diecisiete años en el siglo XVIII. También había novelas románticas (¡más de treinta!), alguna de ciencia-ficción y todas las de su cuñado, dedicadas y firmadas con cariño. Pasó el dedo índice por los lomos hasta llegar a un tomo de color crema sin título.

Lo sustrajo del resto y se sentó en un sillón que, junto a la ventana, constituía el mejor lugar del mundo para leer. Abrió el libro por la primera página: Instituto Mount Vernon High.

Sí, su anuario. Lo odiaba y le gustaba a partes iguales. Se había colado dentro de su caja de libros cuando se mudó desde la casa de sus padres a Manhattan y aunque no lo había ojeado en diez años, tampoco le apetecía deshacerse de él.

Pasó las páginas con rapidez. Voló sobre las fotos de los profesores y las de los alumnos de la promoción. Obvió las imágenes de su día a día en el instituto, las clases de gimnasia, las representaciones de teatro o el aula de informática. Llegó a las dos últimas páginas, originariamente en blanco, en las que todo el mundo escribía dedicatorias para sus amigos y les deseaba lo mejor. Marina se sorprendió. No recordaba haber tenido tantas. Casi creyó que se encontraría apenas con cuatro. Sin embargo, poco espacio quedaba para rellenar con más nombres o mensajes. Leyó por encima algunos mensajes y los encontró divertidos y simpáticos. Unos la llamaban chica calabaza, pero más como recordatorio gracioso, sin ánimo de ofender. Divisó el corazón enorme con el que firmaba Rita Reynolds y los besos marcados con abundante pintalabios rosa de otras chicas.

Se detuvo consciente de que algo faltaba. Aunque desconocía qué. Pasó despacio a la última página. La que debería estar en blanco porque constituía el interior de la tapa trasera.

Ahogó un gemido. El corazón se le detuvo incapaz de entender.

En medio, con unas letras tan perfectas que parecían hechas a máquina, se leía:

Después de meditarlo durante casi dos semanas, Marina llegó a la conclusión de que debía contarle a su hermano el contenido de la carta. La persona que había firmado en su anuario del instituto con aquella frase ahora le había mandado una carta. La misma persona.

Roger no solía hablar del instituto, era un tema que evitaba cuando estaba con ella. Marina había supuesto hasta entonces que trataba de evitar recordarle los momentos desagradables que había pasado. Pero empezaba a dudar que fuera únicamente aquel el motivo. Dejó de darle vueltas en cuanto llegó a su parada de metro.

Había quedado con Lydia y llegaba tarde. Su compañera debía de estar esperándola, por lo que anduvo con pasos ágiles y rápidos, como los de la gacela Thompson cuando presentía la cercanía de un león.

La Universidad de Columbia era como una pequeña ciudad, encontrar la facultad de Física para alguien ajeno al campus podía ser un deporte de riesgo. Todos los edificios resultaban parecidos y era fácil perderse entre sus calles y parques. Pasó junto al curioso edificio Earl Hall y se detuvo un segundo a tomar aire. Recordaba sus años de universidad comiendo un sándwich sentada en sus escalones, entre las altas columnas griegas.

Cuando iba a emprender el camino escuchó una voz conocida e instintivamente se giró hacia el lugar de donde procedía.

Ni por todos los dioses del Olimpo juntos hubiera esperado encontrarse con él allí, en medio del campus, con unos vaqueros que le quedaban demasiado bien y una camisa remangada que dejaba intuir el cuerpo fantástico que había debajo.

Will.

Jamás le hubiera reconocido si no fuera por la voz, quizás porque aquel no parecía su lugar, quizás porque no vestía para una celebración. Sin embargo, se trataba de él.

Su cabello despeinado y su mandíbula recta eran lo único que mostraba su perfil, a pocos metros de distancia. Estaba apoyado en un árbol, con el móvil en la mano y una mochila en el suelo a su lado.

Marina intentó avanzar hacia el edificio de Ciencias Físicas para encontrarse con Lydia, pero sus pasos se encaminaron hacia el lado contrario, como una tonta mariposa embelesada por una bombilla. Con el cerebro actuando por cuenta propia, se plantó en tres zancadas junto a Will.

—Hola —dijo en un murmullo.

Él se giró hacia ella. Marina no se había hecho una idea de qué pasaría a continuación. En los segundos que separaron su saludo de la contestación del que había sido su acompañante y algo más, le dio tiempo más que de sobra para pensar en varias posibilidades. Que no la reconociera fue la más firme candidata. Al fin y al cabo, era probable que él quedara con decenas de mujeres diferentes al mes y a ella no la veía desde hacía mucho. Otra opción era que se alegrara de verla. Esa era una alternativa optimista, demasiado optimista.

—¿Qué haces aquí?

Ninguna de las dos posibilidades se había producido. La voz de Will no era de sorpresa ni de alegría, más bien de indignación.

—Vengo a ver a una amiga —respondió ella rápidamente, dándose cuenta de su error.

—No deberías...

—¿No nos presentas?

Debido a que el campo visual de Marina se había centrado en Will, no se había dado cuenta de que detrás del árbol de tronco grueso en el que se apoyaba el hombre, había una chica resultona, de pelo claro ondulado, ojos chispeantes azules y una amplia sonrisa en el rostro.

Will se giró hacia ella, después hacia Marina. Se le veía indeciso, puede que nervioso.

—Ya se iba —dijo al fin señalando a Marina.

—Estás siendo un maleducado, Billy —apuntó la muchacha y se dirigió hacia la estupefacta Marina tendiéndole la mano—. Soy Sabrina.

—Marina —consiguió decir la aludida mientras estrechaba su mano. En su estómago bullía un amasijo de celos, nervios y disgusto con Will.

—Me gusta conocer a las amistades de Billy —dijo Sabrina sonriendo—. Siempre es muy parco hablándome de su vida en Manhattan.

—Sí. Me lo creo. Parco, parco.

Will... o Billy miraba a ambas inquieto. Seguramente le preocupaba que su novia Sabrina supiera que aquella muchacha desgarbada y simplona que tenía delante le había contratado no una, sino dos veces como acompañante. Marina notó como la sangre se instalaba rápidamente en sus mejillas. Sabrina les dirigió un vistazo rápido mientras torcía el gesto en una mueca graciosa.

—Ah, ya entiendo —dijo—. Qué callado te lo tenías, Billy. Es ella, ¿verdad?

—¿Quién? —preguntó él agarrando su mochila del suelo con claras intenciones de largarse de allí.

—Tu novia.

Marina tragó saliva ruidosamente, Will se detuvo en su escapada.

—No —respondieron los dos a la vez.

—No me engañáis —rio ella—. Nunca te he visto más azorado en la vida, primito. Resultas hasta cómico.

—Ella no...

—Ni caso —Sabrina se volvió hacia Marina—. Llevamos mucho tiempo queriendo conocer a la chica que retiene a Billy todo el año en Nueva York. No viene a casa ni siquiera en Navidad, atareado entre su trabajo y su novia. Comenzábamos a pensar que se lo estaba inventando para ocultar una vida secreta poco recomendable. Pero ahora podré volver a Carolina con buenas noticias. Existes y eres encantadora.

La cara de Marina debía ser de todo menos encantadora.

—Oh, muchas gracias... Sabrina

—Llámame prima. Ya somos de la familia. Este verano te queremos de visita en Carolina.

—Sabrina —Will intervino repuesto del sobresalto—, aún es temprano para que ella pase el trance de conocer a mis padres.

—Se lo debes —su prima levantó un dedo acusatorio—. Tus padres son raros, todo hay que decirlo, pero te quieren y apoyan. Id un par de semanas y te dejarán tranquilo en cuanto conozcan a Marina. Ellos esperan que sea una estirada de Central Park, o una profesional del tatuaje. Así que les tranquilizará mucho tu elección —señaló a Marina de arriba abajo.

—Lo pensaré —murmuró él.

—Sería estupendo —contestó Marina sin darse cuenta.

—¿Ves? —Sabrina dio un brinco—. Realmente les va a encantar.

El móvil de Marina vibró en su bolso.

—*«¿Dónde demonios estás????»* —¡Lydia estaba a punto de hacer su exposición! Tomada por los nervios y despidiéndose aceleradamente, Marina le dio un beso a Sabrina, otro a Will-Billy y salió trotando hacia la facultad.

Llegó corriendo al edificio, encontró el aula y se sentó en la segunda fila, saludando con los pulgares hacia arriba a Lydia, que pareció tranquilizarse con su repentina aparición. Desde allí la vio como lo que era, una niña entre estudiantes con barba. Lydia parecía el culmen de la sabiduría, pero realmente era una adolescente insegura llena de mil complejos, que necesitaba la aprobación del resto. Sin embargo, allí no estaban sus padres ni nadie para acompañarla.

La niña hizo su exposición tan segura y elocuente que, pese a que evidentemente no era lo más normal, Marina rompió en un aplauso cuando terminó. Y forzó de esa forma a que el resto de público lo hiciera también.

Lydia le sacó la lengua abochornada. Aunque en el fondo se lo agradecía.

Más tranquila, Marina se repantigó en la butaca, dispuesta a escuchar las exposiciones del resto de alumnos. Siempre había teorías interesantes a las que atender, los genios estaban ocultos tras fachadas normales, solo había que preocuparse de observar.

De pronto, se dio cuenta de un hecho, un hecho que hizo que su estómago se viera inundado de hormiguitas molestas. No sabía cómo había sucedido, pero al marcharse tan súbitamente, se había despedido de Will con un beso. Un beso en los labios.

Se sentía tremendamente ridícula. Principalmente por haber besado a Will, o a Billy, o a cómo se llamara. Verle de nuevo había provocado un pequeño Big Bang en su adormecido corazón, había despertado mil sentimientos.

«Contigo estaba fingiendo», le dictaminaba su malévola razón. «Tú le pagaste por ejecutar un papel».

Un papel estupendamente realizado. Para un Oscar al menos.

Aquella noche el cielo se encontraba ligeramente encapotado. Las estrellas se distinguían a ratos, engullidas por las nubes. Marina cerró los ojos por un instante y trató de acallar las voces que gritaban en su cerebro. El aire fresco nocturno le acarició el rostro y calmó sus ánimos. Si quería mantenerse centrada debía olvidar a Will. Él era un espejismo, un sueño, un ser irreal. Apeló a su yo más científico y consiguió aislar de su mente las sensaciones. Debía obrar como una persona adulta e inteligente. Pero por desgracia, sentía que no era ninguna de las dos cosas.

Recogió la tumbona y la dejó apoyada en el peto de la azotea del museo. Después bajó las escaleras sin ganas de silbar. No se le ocurría ninguna canción con la que sorprender a Pete, el vigilante, y tampoco tenía ganas de hacerlo.

—Tienes peor cara que los animales disecados de la sala de África —dijo Pete en cuanto Marina llegó a la planta baja.

—Apenas había estrellas allá arriba.

—Ya, ya. Según Lydia, te has enamorado.

—Lydia es una bocazas.

—Puede ser —añadió el guarda—, pero te aprecia. Todos aquí te tenemos cariño y deseamos que seas feliz.

—Gracias, Pete —Marina no pudo evitar sonreír.

—Si te echas novio y sales por la noche, me libraré de escuchar lo mal que silbas. Esa azotea no es lugar para una jovencita con toda la vida por delante.

—Te equivocas, es el mejor lugar del mundo.

—¡Ah, no! El mejor lugar del mundo es abrazado a la persona que amas.

La frase no parecía apropiada para aquel armario empotrado con pinta de duro de película.

—Eso es muy bonito, Pete —dijo Marina deteniéndose ante la puerta de salida.

—La pura verdad.
—Me gustaría poder pensar así.
—Cuando encuentres a la persona indicada, me darás la razón —él le guiño el ojo y abrió la puerta—. La razón y veinte dólares por las molestias.
—Palabra.
Marina salió a la calle sonriente. Ella había tenido algún novio con anterioridad, incluso pensó que podría compartir su vida con el último, antes de que él escogiera marcharse a trabajar a Los Ángeles a quedarse con ella en Manhattan. Pudo haberle seguido, pero comprendió que realmente prefería su planetario a aquel hombre. ¡Si ni siquiera sabía el muy bruto que Plutón había dejado de ser un planeta bastante tiempo atrás! De haberle querido realmente no le hubiera importado que pensara que la Tierra era plana o que el Sol gira en torno a ella, le hubiera dado lo mismo. Pero él no volvió la vista atrás al marcharse y ella le dejó ir. Fin de la historia. Desde entonces, nada memorable hasta la irrupción del meteorito Will... o Billy, o como se llamara.
Agitó la cabeza y buscó los auriculares. Necesitaba a Elvis. Entonces se dio cuenta de que tenía un nuevo mensaje en el móvil. Lo curioso era que se trataba de uno de esos de texto de la época pre-WhatsApp, que ya apenas recibía de tarde en tarde. Lo abrió intrigada. Había una imagen adjunta que tardó en descargarse con nitidez. Pasados unos segundos, distinguió la fotografía que les habían hecho a Will y a ella en el baile del instituto.
Miró el número de teléfono desde el que la enviaban, pero aparecía como desconocido. A ciencia cierta se trataba de una broma de algún compañero del departamento para recordarle a su supuesto novio. ¡Seguro que ansiaban que llegara la cena de Navidad para conocerle! Menos mal que para entonces ya habría encontrado la forma imaginaria de romper con él.
Llegó a su portal. Una sensación extraña la hizo girarse hacia la calle. Había una pareja paseando a un perro y un señor mayor apoyado en un bastón saliendo del edificio de enfrente. Pasó un coche con la música alta y un taxi libre.

Rebuscó en el bolso y por primera vez en la historia encontró las llaves con rapidez. Cuando cerró la puerta tras de sí, se lanzó a correr escaleras arriba. Hasta entonces nunca había tenido aquella sensación. La de sentirse vigilada.

Se olvidó de sus extrañas imaginaciones durante la semana, pese a que sus compañeros juraron y perjuraron que no le habían mandado ninguna foto. Era cierto que todos estaban demasiado atareados para perder el tiempo con tonterías. En breve, tendrían que presentar la conclusión de sus investigaciones al comité y esperar recibir más aportaciones para los siguientes proyectos. Era un momento complicado e histérico donde su departamento se jugaba mucho.

Así que cuando Lydia le pidió el viernes, después de tres jornadas seguidas de dieciséis horas de trabajo, si la podía acompañar a la universidad para ver la calificación de su presentación, a Marina le pareció lo más cercano a unas vacaciones.

—Por supuesto que iré. ¿No pueden venir tus padres?

—No, están demasiado ocupados salvando pingüinos en el Ártico.

—Es difícil competir contra eso.

—No sabes la de pajarracos de esos que llevan mi nombre, ¡como si me hiciera ilusión! Prefiero mil veces tener a mi lado a los aburridos de mis padres, con su perenne olor a pescado, que dar nombre a toda la fauna del planeta.

Marina la entendía perfectamente. Sus padres tampoco la habían acompañado en momentos muy importantes de su vida, pero jamás se perdieron uno cuando estaban vivos. Por más trabajo que tuvieran en la universidad, nunca dejaron de asistir a sus exposiciones, a sus obras de teatro o a sus partidos de tenis, aunque ella fuera simplemente la recogepelotas.

—¿Crees que sacaré un nueve? —le preguntó Lydia ya ante las puertas de la facultad de Ciencias Físicas.

—Objetivamente y si yo fuera la profesora, no podría ponerte menos de un diez.

Lydia le agarró la mano y entraron en el vestíbulo del edificio nerviosas y esperanzadas.

Diez minutos después salían pegando botes por los escalones de acceso. Lydia con una matrícula de honor y Marina con una oferta de trabajo en la universidad que le había propuesto uno de los profesores. La enseñanza le atraía, para qué negarlo, pero su laboratorio del planetario tenía también su encanto. Con la suerte de los que pueden elegir su destino, Lydia y Marina saltaron por el caminito que recorría los edificios, evitando matojos y árboles, estudiantes en chanclas y otros con bufanda, riendo y gritando.

Marina se detuvo a respirar apoyando sus manos en las rodillas y Lydia se sentó en el césped con una sonrisa boba en el rostro.

—Dentro de nada dejaré de ser una estudiante en prácticas, puede incluso que llegue a ser tu jefa —la muchacha la señaló con un dedo— y te haré pasar por las calamidades que me has hecho sufrir.

—Exagerada. Soy una santa.

—Ya verás.

En ese momento sonó el teléfono de Marina y sacándole la lengua a la niña, cogió el móvil del bolso.

Era un número desconocido.

El timbre sonó apenas dos veces. Después llegó un mensaje de texto. Esta vez no había una imagen adjunta. Solo cuatro palabras. Palabras que Marina ya conocía.

El teléfono se le resbaló de la mano y cayó junto a su amiga. Lydia lo recogió mirando la pantalla. Sus ojos leyeron rápidamente el mensaje.

—«No volverás a sonreír» —musitó devolviéndole el móvil con la cara preocupada—. ¿Por qué pone eso? ¿Quién demonios te manda algo así? No tiene gracia.

—No lo sé —Marina trató de restarle importancia, pero estaba igual de tensa que su amiga—. Aunque no es el primero que recibo.

—Acojona que no veas.
—Debe de ser algún gracioso.
—¿Y conoce tu número de teléfono?
—Eso parece.
Lydia silbó asustada.
—Tienes que ir a la policía.
—Me tomarán por loca. No tiene importancia.
—¿Que no qué? —Lydia se incorporó de un salto y le quitó el teléfono—. Es increíble, pero ahora mismo es más adulta una chica de dieciséis años que una vieja de veintimuchos. O vas tú a la poli o lo hago yo, decide.
Jugó con el móvil en la mano y se dispuso a salir corriendo.
—Espera —la detuvo Marina—. Primero necesito hablar con mi hermano, creo que me oculta algunas cosas.
—Te acompaño —Lydia guardó el teléfono en su mochila para que Marina no se lo intentara quitar—. No quiero que luego te acobardes y no me hagas caso.
—¿Te das cuenta de lo que la tele ha hecho a tu pequeño intelecto?
—Ríete. Ya llorarás cuando ese psicópata te corte los brazos con tijeras.
Marina claudicó y la siguió hacia el metro. Algún gracioso ya se estaba pasando de rosca con su broma pesada. Por más que quisiera mostrar tranquilidad, la situación comenzaba a ser turbadora. Lo que no sabía era qué pensaría su hermano de todo aquello.

Llegaron al 71 de Claremont Avenue en veinte minutos. Lydia nunca había estado en Mount Vernon y le pareció un lugar idílico.
—Cuando me den el Nobel me compraré aquí una casita —dijo observando los cuidados jardines y la tranquilidad de sus calles—. Y viviré el resto de mis días con diez gatos y un periquito.

Marina llamó a la puerta con impaciencia. No sabía si estaba actuando de la mejor manera. Su hermano podía ser demasiado sobreprotector.

Roger abrió la puerta y se quedó mirando a las dos muchachas incrédulo.

—¿Venís a vender galletas para los scouts?

—Marina está en un aprieto —se adelantó Lydia con los ojos clavados en el brazo con el que Roger sostenía la puerta. Acto seguido, se coló por debajo hacia el interior de la casa.

—¿Un aprieto? —su hermano se apartó a un lado dejando sitio a Marina y a su peculiar acompañante y les indicó el salón.

Lydia recorrió la estancia sin disimulo observando fotos y muebles, parándose a cotillear cada detalle.

—Voy a por unos cafés —dijo su hermano y desapareció hacia la cocina.

—Creo que tu hermano se ha llevado la genética buena de la familia —susurró Lydia tomando asiento junto a Marina.

—Eres una bruja.

—Es imponente. ¿Te has dado cuenta de que sus brazos tienen el mismo grosor que tu cabeza?

—No te tenía que haber traído.

—Es lo más emocionante que me ha pasado en todo el mes, déjame disfrutar.

Roger entró con una bandeja y la depositó delante de las chicas. Además del café, también había bollos de canela y unas galletas. Lydia se lanzó a por ellas con ansia desmedida.

—¿Y...? —Roger hizo un gesto con la mano instando a Marina a continuar la conversación.

—Me han mandado un mensaje al móvil bastante... extraño.

—Un psicópata —añadió Lydia con la boca colmada de galletas.

Roger pasó los ojos de una a la otra receloso.

—Lydia está exagerando. Debe de ser una broma de algún gracioso.

—Claro —Roger cruzó los brazos sobre su pecho, adoptando la postura de investigador de la CIA—. Por eso estás un día entre semana en esta casa con una niña rara comiendo galletas como el monstruo de la tele. Algo muy inquietante está pasando si has roto todos tus esquemas y te plantas aquí pidiéndome ayuda.

—También me escribió una carta.

—¿Una carta? —ambos la miraron con sorpresa.

—Así que no solo sabe tu teléfono sino también tu dirección —añadió Lydia.

—Rog... —Marina sabía que quedaría como una estúpida, pero debía preguntarlo—, ¿pasó algo en mi último curso del instituto?

—No recuerdas nada, ¿verdad? —dijo él. Se echó hacia atrás en el asiento pareciendo meditar. Se masajeó las sienes despacio y levantó la vista hacia su hermana. Sus ojos oscuros estaban colmados de pesadumbre—. Marina, ese año te secuestraron.

EL ÚLTIMO AÑO

—¿Qué?

—Estuviste desaparecida una semana. No sabes lo largos que se pueden hacer siete días sin la persona que quieres, sin saber dónde se encuentra o si está viva —Roger tomó aire para hablar, había comenzado a sudar. Lydia y Marina permanecían en un mutismo opresivo. El único sonido era el segundero de un reloj sobre la chimenea—. Un lunes fuiste a clase y ya no regresaste. Te buscamos por todas partes. El último lugar en el que alguien te había visto era el laboratorio.

»Ese mismo curso había comenzado a trabajar en él un asistente del profesor Halley. Un tipo normal, silencioso. Después descubrimos que había asesinado a tres chicas en diferentes colegios de varios estados. Tú ibas a ser la cuarta.

—¿Yo? —Marina no daba crédito a lo que oía. Todo parecía absolutamente irreal.

—Estuviste esa semana encerrada en una caja, no mayor que un ataúd —el tono de Roger se debilitó, su voz se entrecortó.

—¿Dónde? —preguntó Marina, que no podía creer lo que acababa de escuchar.

Roger dudó antes de contestar:

—Bajo su jardín.

La sensación de ahogo regresó como en su sueño. El ataúd, la humedad.

—¿Por qué no puedo recordarlo?

—La policía dijo que te durmió con alguna sustancia y permaneciste casi todo el tiempo inconsciente.

—No todo el tiempo —musitó Marina. Ahora veía las paredes oscuras, sus manos manchadas en tierra, el agua filtrándose por las rendijas.

—No. Escapaste. Llovió durante dos días y el terreno que te cubría se humedeció. La tapa de madera debió ablandarse y conseguiste empujarla y salir. Te encontró una mujer a las afueras de Mount Vernon, manchada de tierra y completamente exhausta.

—Joder —murmuró Lydia atónita.

Marina tenía tantas preguntas, tantas dudas, y no conseguía convertirlas en palabras. Su cabeza parecía querer estallar, sometida a una presión intransigente que creaba ella misma al intentar resucitar los recuerdos.

—No puede ser real —murmuró.

Roger se levantó del sillón y sentándose a su lado, la abrazó contra él.

—Nos dijeron que recobrarías la memoria poco a poco.

—Ya han pasado diez años —dijo ella, reconfortada contra el cuerpo de su hermano—. Ni siquiera siento un vacío en mi vida. ¿Cómo puedo haber estado una semana perdida y no recordarlo?

—El cerebro reconstruye las lagunas poco a poco, como una araña tejiendo su tela.

—Joder —repitió Lydia. Apartó las galletas y los miró a ambos—. Y ahora, ¿qué? ¿Dónde está ese tío? ¿Le pillaron?

—Sí —contestó Roger—. Le cogieron cuando iba a secuestrar a otra chica en New Jersey. Jamás saldrá de la cárcel.

—Nunca volverás a sonreír —Marina levantó la mirada hacia su hermano—. Esa frase es suya, ¿verdad? Y ahora me hace llegar estos mensajes. ¿Por qué? No lo entiendo.

—Eso deberá averiguarlo la policía.

—Así se habla —apuntó Lydia.

El segundero del reloj volvió a ser el único sonido de la habitación. Cada uno estaba encerrado en sus propios pensamientos.

—¿Qué ven mis ojos? ¡Mi querida cuñada nos visita entre semana!

Eric se acercaba por el pasillo con uno de sus manuscritos en la mano. Solía sacarlos a pasear para que les diera el aire y cogieran nueva energía. Marina y Roger hacía tiempo que ya lo veían como un hecho normal. Unos sacaban a los perros, otro a las novelas.

Lydia se tensó en el sofá y abrió la boca con desmesura.

—¡No me lo puedo creer! —exclamó levantándose de un bote y señalando a Eric con la mano.

Eric miró a su alrededor con interés.

—Eres... —Lydia avanzó un paso hasta situarse junto a él—. ¡Eres Eric Buisson!

—Anda, pues sí.

—¡El escritor!

—Eso parece. ¿Y tú quién eres, aparte de una niña?

—Soy Lydia, compañera de Marina en el planetario.

—¿Y has leído mis libros? —Eric la miró, divertido.

—Todos.

Él se rio, pero entonces debió de percatarse de que el silencio del salón no era del todo normal. Dejando de lado a la muchacha, los miró con atención.

—¿Qué sucede aquí? —preguntó a Roger—. ¿Ha pasado algo malo?

—Lo sabe —dijo únicamente el aludido.

Eric pasó la atención de Roger a Marina. Sus ojos la observaron con preocupación.

—¿Te has acordado?

—No. El asesino le manda mensajes —contestó Lydia—. Como en alguna de tus novelas.

—Gracias por el apunte.

—Chicos —dijo Marina levantándose y dirigiéndose a Roger y a Eric—, no pasa nada. Ese hombre está entre rejas. Lo único que puede hacer es enviarme cosas. No puede hacerme daño.

—Estoy seguro de que es cierto —añadió Roger—, pero haremos partícipe a la policía. No pueden permitir esto.

—Está bien. Se lo contaré.

—Ahora mismo.

—Pero...

—Ahora —Roger puso los brazos en jarras. No iba a admitir un no por respuesta.

—Vale. Solo espero que no se rían de mí.

La comisaría de policía de Mount Vernon se encontraba cerca de la estación de metro y del ayuntamiento, en la zona comercial y de ocio de la pequeña ciudad. Era un cuidado edificio de ladrillo de tres plantas en el que, durante un tiempo, se había llevado la investigación de la desaparición de Marina. Hasta que al relacionarlo con los otros secuestros se hicieron cargo las autoridades federales.

Habían pasado diez años. Sin embargo, aún recordaban el caso y el inspector que estuvo al mando todavía se mantenía en activo, casi cerca de la jubilación.

Andrew «Iron» Wilkinson. Todo en él se le hizo demasiado familiar a Marina. Su porte fuerte y autoritario, pero también humano y accesible. Su voz sosegada y tranquilizadora. Un vago recuerdo se coló en su mente: «Lo encontraremos, te lo juro».

—Me alegro de verla tan bien —le dijo mientras apretaba su mano.

—Es una campeona —añadió Roger tomando asiento enfrente de la mesa del inspector. La familiaridad con la que su hermano se movía en la comisaría parecía indicar un tiempo continuado entre aquellas paredes. ¿Cuántas veces habría visitado Roger ese lugar?

—Decidme —el inspector se sentó mientras señalaba unas sillas de madera.

—¿Sigue el ayudante del laboratorio en la cárcel? —preguntó su hermano con rapidez.

—Sí. Jamás saldrá de ella —el policía les dirigía una mirada prudente.

—He recibido varios mensajes con el texto: «Nunca volverás a sonreír» —Marina se lanzó—. No creo que signifiquen nada, pero Roger estima que debería advertir de ello.

—¿Cuándo?

—Hace casi un mes llegó el primero. Yo no sabía a qué se refería. Mi hermano me ha explicado hace poco rato lo que me sucedió el último año de instituto.

—¿No lo recordaba? —inquirió el inspector Wilkinson apoyando los codos en la mesa—. ¿Nada?

Marina negó con la cabeza. La última pesadilla regresó a su mente.

—Tengo pánico a los ascensores —dijo—. Creo que es la angustia de encontrarme en un lugar pequeño cerrado.

—¿Me puede enseñar los mensajes?

Lydia le tendió su móvil y Marina se los mostró al policía. Después rebuscó en el bolso hasta encontrar la carta.

El inspector la tomó por una esquina y la desplegó con la ayuda de un bolígrafo.

—¿Quién la ha tocado? —preguntó mientras observaba su contenido.

—Solo yo.

—Si me lo permite, la analizaremos en busca de huellas —levantó la vista de la carta y echó una ojeada al móvil—. ¿Cuándo está tomada la foto que aparece aquí?

—Hace poco más de un mes. Fue en una fiesta de mi promoción del instituto. La fotografía salió en la sección de ocio del periódico de Mount Vernon. Si no fuera porque una compañera del planetario vive en esta ciudad, jamás nadie se hubiera enterado de que había aparecido en la prensa.

—¿Puedo preguntar quién es el hombre?

Tanto el inspector como su hermano la miraban expectantes. Marina tragó saliva. Eric elevó los ojos al cielo.

—Su novio —Lydia contestó por ella. Quizás no era lo que Marina hubiera dicho, pero se le asemejaba bastante.

—Es un chico al que he conocido hace poco —mintió como una bellaca, con la mirada persistente de su hermano taladrándole la sien.

Por fortuna el inspector no indagó en la cuestión, sino que se balanceó hacia atrás en la silla en silencio.

—¿Qué hacemos? —preguntó Roger pasados unos segundos.

—Informadme si se produce algún otro hecho similar.

—¿Y ya está, Iron? —su hermano había perdido su vena cabal—. ¡Se supone que nadie sabía lo que aquel loco dejó escrito sobre el ataúd de mi hermana! ¡No apareció en los periódicos! Así que debe de tratarse de él.

La frase estaba escrita sobre su ataúd. Marina dio un respingo, se forzó a inspirar profundamente.

—Lo sé, Roger —el inspector trató de apaciguarle con un gesto de la mano—. Hablaré con la penitenciaría para saber si el recluso está enviando cartas o teniendo algún contacto con el exterior, pero mientras tanto solo les pido que estén atentos y, ante cualquier situación distinta a lo normal, me informen.

—Eso haremos, inspector —Marina asintió levantándose de la silla.

—No, no es suficiente, Iron —seguía gruñendo su hermano—. Ese pirado la ha tomado de nuevo con Marina. Volveré a presentarme aquí cada día hasta que se solucione.

El policía inclinó ligeramente los labios en una especie de sonrisa.

—Lo entiendo. Ahora, si no les importa, me pondré a trabajar en el caso.

Un caso. Marina era un caso. Aquello se salía de los límites del mundo real. Abandonaron el edificio sin intercambiar una sola palabra. A Roger se le había hinchado una de las venas del cuello, muestra de que estaba enfadado. Eric le detuvo tomándole del brazo.

—El inspector va a ocuparse. Es un buen profesional, déjale hacer su trabajo.

Roger pareció claudicar y respiró hondamente.

Aquella noche, pese a la insistencia de su familia para que durmiera en Mount Vernon, Marina regresó a Manhattan en el coche de la abuela de Lydia. La dejaron delante del portal y esperaron pacientemente a que encontrara las llaves y entrara.

Cuando llegó a su piso, aún continuaba sin aceptar que aquel asunto tuviera algo que ver con ella. Secuestrada. Enterrada.

Haciendo caso omiso del escalofrío que recorría su espalda, colocó el portátil encima de la mesa baja del salón y comenzó a teclear.

La última vez que lo había utilizado era para buscar un acompañante, ahora lo hacía para encontrar un pasado.

De los cientos de artículos y noticias que encontró relativos al caso de «el ayudante del laboratorio», muchos tenían que ver con ella. Demasiados. Nunca se mencionaba su nombre, pero aparecía en alguna fotografía realizada desde lejos y algún periodista trazaba un vago esbozo de su vida. Las otras víctimas, en cambio, aparecían retratadas con minuciosidad: su historia, su calvario, su horrible desenlace. Todas habían sido enterradas con vida en lugares dispares, no muy lejos de sus propios domicilios. El suyo había sido en el mismo jardín del asesino. Quizás porque iba a ser el último que ejecutaba en el estado de Nueva York, quizás porque le daba la gana. La había abandonado con varios metros de tierra sobre una caja de madera en forma de ataúd para que muriera.

Del asesino se sabía bastante. Nacido con el nombre de Tobias Miller, había cambiado de identidad en varias ocasiones, la última como Owen Taylor, y había trabajado en varios institutos y colegios en funciones de ayudante de laboratorio. Había estudiado Química en Harvard y aunque en la universidad le recordaban como un muchacho muy inteligente y atento, pocos podían dar más detalles de su vida. No estaba casado, ni tenía familia.

La razón que le había llevado a secuestrar muchachas y enterrarlas hasta la muerte era motivo de diversas elucubraciones. Muchas páginas se hacían eco de las opiniones de psicólogos y psiquiatras sobre una supuesta infancia de abusos o algún trauma infantil.

Pero no había nada que la hiciera entender realmente por qué aquel hombre había decidido escogerla precisamente a ella para morir.

Lo que más la perturbó fue el rostro del asesino. Durante la extensa lectura de aquellas páginas de internet se había forjado una imagen de aquel ser, mitad diabólico, mitad enajenado. Sin embargo, no se parecía en nada a la fotografía que tenía ante sus ojos. Era una cara corriente, incluso ligeramente atractiva, facciones proporcionadas, ojos claros, cabello abundante. Una fisonomía atlética, de estatura media. Una persona estándar, sin matices que le hicieran sobresalir. Una persona con la que se podría haber cruzado cien veces sin reparar en ella, el perfecto don nadie.

Owen fue detenido un mes después cuando intentaba secuestrar a una estudiante en Newark. Se declaró culpable de todos los asesinatos y de los dos intentos de homicidio y fue condenado a cadena perpetua.

El ayudante de laboratorio llevaba en prisión diez años sin haber recibido visitas ni haber producido altercados. Un auténtico preso modelo.

Marina se durmió a duras penas, un par de horas después de haber terminado de leer toda la información disponible en Internet. Que aquel sujeto se encontrara entre rejas, en una cárcel de alta seguridad y privado de comunicación con el exterior, no le producía ni la más mínima tranquilidad.

Los días que siguieron a ese fueron caóticos. El departamento de astrofísica bullía en el caos y en el nerviosismo por la inminente presentación de sus investigaciones, las cuales nunca parecían encontrarse lo suficientemente bien expuestas.

Steve, que provenía de la familia de los reptiles por su temperamento calmado y su sangre fría, se encargó de mantener al equipo en un equilibrio mental bastante satisfactorio. Escogerle como capitán fue la mejor de las elecciones pese a la dificultad que le produjo a Tania ceder el testigo a un compañero norteamericano.

Dos semanas después, sus investigaciones y conclusiones sobre las nebulosas en general y la NGC 281 en particular quedaron entregadas y listas para sentencia. Entonces se permitieron un descanso.

Steve y Oliver se embarcaron en un crucero por el Caribe y Lydia tomó un vuelo para encontrarse con sus padres en un punto intermedio entre sus localizaciones, la Patagonia argentina.

Tania y Marina se quedaron al cargo del departamento mientras se decidía su siguiente cometido. Al final de la primavera aumentaban las visitas escolares al planetario y Marina colaboraba en ellas. Así que no disponía de demasiado tiempo libre para perderlo pensando en aquella historia desdibujada que le había sucedido diez años atrás y que recordaba a las novelas de su cuñado.

Por lo menos hasta la tarde del seis de junio.

EL ENCUENTRO

El seis de junio fue un viernes caluroso. Había tenido tres grupos diferentes de visitantes en la misma tarde y aunque disfrutaba explicando a los niños los misterios del universo, Marina también acababa agotada por su infinidad de preguntas. Muchas resultaban muy difíciles de contestar.

—Mi padre dice que en 2029 caerá un meteorito en la Tierra, ¿vamos a morir? —le preguntó un niño de tercero de primaria con unas simpáticas gafas azules y sonrisa de pilluelo.

—Por supuesto que no.

—Pero los dinosaurios se extinguieron por uno y ¡eran más fuertes!

—Ya, sin embargo, los dinosaurios no contaban con pequeños científicos e investigadores que conseguirán evitar la colisión del meteorito antes de que pase.

—¿Quiénes son esos? —saltó otro niño.

—Vosotros —les señaló Marina—. Lo más seguro es que ese pedrusco del espacio se desintegre al tocar la atmósfera o que incluso jamás nos roce, pero para evitar que nunca suceda debéis estudiar. El futuro está en vuestras manos.

Los niños se marcharon satisfechos, los profesores más. Todos habían prometido atender en clase y comportarse como buenos científicos.

Con la tarea bien hecha, Marina se despidió de Tania y se dirigió hacia su casa. Apenas dedicaba ya unos minutos a la búsqueda de información del ayudante del laboratorio, incluso el día anterior había olvidado hacerlo. Había comprendido que aquel criminal jamás saldría de la cárcel y menos aún iba a poder hacerle daño.

Se entretuvo unos minutos con la señora Zimmerman, que salía del portal a comprar unas medicinas. Para la anciana mujer los doctores, fueran de la especialidad que fueran, incluso los de astrofísica, sabían de problemas gastrointestinales.

—Y es que la diarrea ha cambiado de color —le decía como si le confiara un secreto. Marina no quería imaginarlo—. Ahora tiene un tono azulado con grumitos.

Cachis. Lo acababa de visionar.

—Eso debe consultarlo con su doctor, señora Zimmerman.

—Prefiero hablarlo contigo.

—Y yo se lo agradezco —un montón—. Sin embargo, los excrementos de colores extraños no indican nada bueno. ¿Ha comido algo diferente últimamente?

—Pétalos —dijo de repente—, pétalos de azucena.

—¿Por qué?

—Porque dan suerte.

Marina suspiró.

—Deje de tomarlos, hágame caso. Y acuda al médico.

Ella sonrió y se despidió por fin, saliendo a la calle. Marina se encontró frente al ascensor y de nuevo lo eludió, armándose de valor para ascender siete pisos con el calor que desprendía Manhattan aquel día.

El primer detalle extraño con el que se topó al llegar a su planta fue que el felpudo estaba desplazado hacia la derecha. Jamás en su larga existencia se había dignado a moverse. La segunda circunstancia fue si cabe más llamativa: la puerta estaba entornada.

Desde donde se encontraba podía ver un alargado retazo de su salón. No había movimiento en el interior, ni siquiera un solo sonido. Pese a ello se mantuvo petrificada en el sitio. ¿Podía haberse olvidado de cerrar la puerta? No. Era meticulosa hasta la extenuación en ese sentido. Sin embargo, en las últimas semanas había tenido el cerebro demasiado ocupado para realizar todas sus funciones correctamente y si...

No. Sacó el móvil del bolso y con un tembleque indomable en los dedos marcó el número de la policía.

Durante un tiempo aguardó en el portal mientras una patrulla subía a su apartamento y revisaban su contenido. En ese rato comenzó a meditar en serio si no había sido ella la culpable de semejante equivocación. Después llegó el inspector Wilkinson de la comisaría de Mount Vernon y la idea se esfumó de su mente. Algo no iba nada bien.

—Señorita Eisinga, acompáñeme —le indicó las escaleras como si no fueran las que ella subía, como mínimo, un par de veces cada día.

—¿Por qué ha venido usted? ¿Hay algo arriba relacionado con mi caso? —preguntó mientras ascendían.

—Ahora lo veremos.

Era parco en palabras, pero tenía una forma física envidiable. Llegó al rellano del séptimo piso sin descansar un solo instante y con el mismo tono de voz que tenía en la planta baja.

—Soy el inspector Wilkinson —les dijo a los policías que se encontraban custodiando la puerta, enseñándoles una placa.

—Nos dijeron desde comisaría que usted se encargaba de este asunto. Entre, por favor.

Accedieron al salón. Todo parecía igual, todo parecía distinto. La sensación de anormalidad era patente en cada esquina. Alguien había estado allí, Marina podía notarlo. El orden, tan importante en su vida, había sido vulnerado. A simple vista y para cualquier ojo mundano, nada había cambiado. Sin embargo, lo percibía en la ligera inclinación de uno de los libros, mayor a la habitual; en el estor, algo más abajo que el contiguo; en el salero, demasiado próximo al pimentero.

—Alguien ha estado aquí —murmuró.

El inspector asintió con la cabeza y le indicó el dormitorio. Por un momento, Marina dudó en seguirle. No quería ver lo que fuera que había alarmado a los dos policías que patrullaban su salón. No quería saberlo.

—Marina.

La voz del inspector provenía del cuarto e hizo que ella se animara a seguirle. La cama estaba hecha, tal como la había dejado, pero se apreciaba una leve ondulación en su extremo, como si alguien se hubiera sentado en ella.

Trasladó la mirada hacia donde Iron Wilkinson tenía clavada la suya. La sorpresa se convirtió en temor y sus rodillas temblaron.

En la pared, arañadas en el papel celeste, alguien había escrito unas palabras demasiado conocidas:

NO VOLVERÁS A SONREÍR

Ahogó un gemido y retrocedió golpeándose contra la cama y quedándose sentada en ella.

El inspector la ayudó a levantarse, quizás para evitar que destruyera pruebas, y la acompañó del brazo hasta el salón.

—Estos agentes la llevarán a casa de su hermano, ¿le parece bien?

Asintió por inercia.

—Cuando terminemos de revisar su piso se lo comunicaré —continuó.

Volvió a asentir.

—No debe preocuparse.

Aquella frase ya la había escuchado de sus labios con anterioridad. Marina se vio transportada a la pequeña comisaría de Mount Vernon, con un Iron Wilkinson diez años más joven y rodeada de su familia. El brazo de su madre sobre sus hombros, estrechándola contra ella. Por un instante pudo oler su colonia. Después, la imagen se alejó, desapareciendo tan rápido como había llegado.

Durante más de un mes vivió en la que siempre había sido su casa y en la que ahora se encontraba como una extraña. Su dormitorio había sido convertido en gimnasio, por lo que dormía en la antigua habitación de Roger, entre trofeos de fútbol, pósteres de jugadores de béisbol y una curiosa fotografía dedicada de Cher.

Eric y Roger se desvivían para que se sintiera a gusto y para que olvidara la agobiante sensación de que un desconocido había invadido su lugar seguro, su casa.

Retomó la rutina del trabajo para mantener la mente ocupada, aunque no fue una buena idea. No hubo consenso a la hora del desplazamiento en tren hasta el planetario. Eric y Roger se turnaron para llevarla o irla a buscar, como si volviera a ser una niña pequeña. Pensaba que Lydia se carcajearía de lo lindo al verla en una situación similar a la suya con bastantes años más. Sin embargo, solo la notó preocupada.

Tania vivía a pocas manzanas de Roger y comenzó a compartir con ella el trayecto. Su hermano se quedó tranquilo al saber que la moldava era además cinturón negro de kárate.

Por desgracia, todo el departamento ya conocía su situación y, pronto, la noticia se extendería al planetario entero. Las buenas noticias tardan siglos en desplazarse; sin embargo, las odiosas vuelan tan rápido como el viento gélido del invierno.

Mientras el calor aumentaba en Manhattan, el avance en la investigación resultaba muy lento. ¿Cómo podía el ayudante del laboratorio contactar con el exterior si lo tenía completamente vetado?

A principios de julio, Marina entró por primera vez en su apartamento después de aquel horrible suceso. Había algo a lo que no dejaba de darle vueltas. Fue directa a la estantería del salón, sin fijarse en el revoltijo que había ocasionado la policía, y sacó el anuario del instituto. Lo abrió por la última página. La frase, demasiado conocida, se volvió a mostrar ante sus ojos. Entonces se dio cuenta de lo que rondaba por su mente. Era un simple problema de lógica. El ayudante del laboratorio la había secuestrado casi dos meses antes del fin de curso. Fue detenido dos semanas después por la policía, cuando trataba de raptar a otra muchacha. Hasta ahí los datos. Ahora, la incógnita: si el anuario se entregaba el último día de clase, ¿cómo pudo aquel hombre, ya en prisión, escribir en la última página del suyo?

La contestación era solo una. Habían detenido al hombre equivocado.

La idea creció en su cabeza mientras el tren se acercaba a la parada de Mount Vernon East. Su secuestrador, el hombre que había querido dejarla morir enterrada, estaba en la calle. No había otra explicación.

La comisaría quedaba a pocos pasos de la estación, pero Marina se encaminó directamente a su casa con el anuario bajo el brazo y una pequeña bolsa en la que había recogido parte de su ropa. No se sentía tranquila donde aquel hombre había puesto sus pies. No se trataba de un imitador, ni de un gracioso. Era el propio asesino.

Apretó el paso por las calles, demasiado plácidas a última hora del día. Giró hacia Claremont Avenue y casi corrió hasta el número 71. Entró en la parcela. De pronto tampoco allí se encontraba segura. Él sabía dónde vivía ella en Manhattan, pero seguramente sabía mejor dónde residía antes.

Subió las escaleras del porche. La puerta de entrada estaba abierta. Se detuvo estremecida. Aquello no era normal. Aguzó el oído. Ningún ruido. Ni rastro de su hermano trajinando en la cocina, ni rastro del golpeteo de los dedos de Eric en su teclado.

Avanzó un paso hacia el interior. El vestíbulo estaba desierto. Sacó el móvil del bolso y llamó directamente al número que el inspector Wilkinson le había facilitado. El suyo. ¿Y si su hermano había salido a sacar la basura? No. La alfombra se encontraba ligeramente desviada en el recto trayecto hacia los dormitorios. Una fotografía de su familia colgaba inclinada en la pared.

—¿Roger? ¿Rog? —murmuró.

El teléfono seguía marcando.

Se acercó al salón. La mesa baja estaba volcada, el cuerpo de su hermano contra ella. Inmóvil.

El aire se le congeló en los pulmones. Quiso gritar, pero no pudo.

La voz del inspector resonó en su oreja, llamándola por su nombre.

—Mi hermano —se oyó decir Marina en un susurro.

Después corrió hacia Roger con desesperación.

Veía el rostro recio de Iron Wilkinson por tercera vez en demasiado poco tiempo. Observando sus gestos mientras daba directrices a otros policías, podía entender su sobrenombre. *Iron*, hierro. Serio, firme, sólido.

La ambulancia se había llevado a un inconsciente Roger al hospital hacía menos de media hora. La noche ya llenaba el jardín que su hermano había dejado vacío sin su presencia.

No había habido una pelea en el salón. El asaltante le atacó por la espalda, sin darle tiempo a reaccionar. El inspector estaba seguro de que, si hubiera querido matarle, lo hubiera hecho. Les estaba transmitiendo una advertencia. Un aviso que había quedado escrito en la pared del salón, junto a una copia de la marina que le había dado nombre y que su padre había regalado a su madre el día de su nacimiento.

Las cuatro palabras volvían a reinar en el que había dejado de ser el lugar seguro de Marina. *Nunca volverás a sonreír*. Y era verdad. Ya no lo hacía.

Debajo de la frase, había una fotografía: Roger y Eric en París. Hasta el momento no dejaba de ser una imagen tierna de dos personas que se querían con locura; ahora, el rostro de Roger aparecía arrancado. Un número 1 escrito en su cuerpo, un 2 en el de Eric.

—El siguiente es Eric —musitó Marina.

—¿Dónde está ahora? —preguntó el inspector.

—En Chicago. Iba a firmar un contrato con una nueva editorial.

—Debe mantenerse allí un tiempo. Hasta que todo se aclare.

¿Cómo iba a decirle a su cuñado que se quedase en el sitio mientras su hermano se hallaba en un hospital? Sería imposible detenerle.

—Inspector —la voz de Marina sonó extraña a sus propios oídos, una mezcla de enfado y desazón—, ¿qué debe aclararse? El asesino del laboratorio sigue en la calle, no sé por qué reaparece en mi vida diez años después, pero es él. No quiere que vuelva a sonreír y para eso no le basta con asustarme, ha decidido atacar a mi familia.

—Es una opción —aseveró él—. Nunca estuve realmente seguro de que el hombre que detuvimos fuera el culpable de los asesinatos. Sí del último intento de secuestro, pero no del resto. Sin embargo, confesó. Nada pude hacer contra ello.

—¿Y buscar al verdadero asesino? —preguntó Marina con un tono demasiado mordaz.

—Durante un año lo compaginé con mis otras investigaciones. No dio frutos. Tuve que olvidarlo.

—¿Por qué ahora, inspector? ¿Por qué vuelve a por mí?

Iron se rascó la barbilla despacio, después giró la puerta que daba a la cocina. Allí había otra fotografía. Una imagen de mala calidad impresa de algún periódico.

Marina no tardó en reconocerla. El baile de aniversario de la graduación. Will y ella fundidos en un beso. El cuerpo de su acompañante se encontraba bajo un número 3 garabateado.

—Ahí está la clave, Marina —dijo el inspector señalando la foto—. Han pasado diez años y el asesino del laboratorio la ha visto de nuevo sonreír.

Roger estaba fuera de peligro. Salvo el susto y una contusión en la cabeza, se encontraba perfectamente. Lo suficiente como para quejarse del menú del hospital en general y del postre en particular.

—Una gelatina —decía—. No hay nada más aburrido que una simple gelatina.

Iron Wilkinson le había interrogado en dos ocasiones. En ambas recordaba lo mismo. Nada. Había entrado en el salón al escuchar un ruido y después había sentido un golpe tremendo en la cabeza. Nada más.

—Tengo unos brazos con los que podría partir un cuello. Y no me han servido de nada —se sentía tan impotente como el resto—. ¿Eric sabe algo?

—Le he estado dando largas. Ahora debes llamarle y contárselo tú mismo —contestó Marina—. A mí no me creerá y querrá regresar.

—Es importante que se quede en Chicago —remarcó el inspector—, puede convertirse en una posible víctima.

Roger asentía aturdido por tantas órdenes.

—Eso me lleva al número 3 —Iron se giró hacia Marina—. Su novio.

—¿Mi qué?

—El hombre del baile.

—El que me has ocultado —añadió Roger detrás, mientras volcaba la gelatina en un plato y le añadía trocitos de manzana.

—¿Cuál es su nombre? —preguntó el inspector.

—Will —¿Cómo iba a explicarle al inspector y, por consiguiente a su hermano, que no era su pareja sino un acompañante de pago?

—¿Apellido?

—Smith.

—¿Will Smith? —se oyó a Roger—. ¿Es negro? ¿Por eso me lo has ocultado? Ya te vale, en pleno siglo XXI y con un hermano gay, y te preocupa el tono de piel. Pensaba que eras más lista.

—Necesitaremos hablar con él —le cortó Iron—. Puede estar en peligro.

El estomagó de Marina se hizo una pelota arrugada. Los miró a ambos nerviosa.

—No tengo su número de teléfono. No puedo contactarle...

—No es su novio —añadió el inspector con firmeza.

—No.

—¿Y quién demonios es entonces? —dijo Roger—. ¿Un fantasma que merodea por el instituto? ¿Casper?

—Un acompañante —Marina levantó la vista, que hasta entonces mantenía paseando por las baldosas del suelo—. Pagué a Will para que me acompañara a la fiesta.

Roger se atragantó con la gelatina y esta salió propulsada por toda la inmaculadamente blanca sábana del hospital. El inspector no torció ni el gesto. Marina se preguntó por un instante si algo hubiera cambiado en su rostro si hubiera dicho que se trataba de un zombi.

—¿Cómo contacta con él? —preguntó Iron.

—A través de una página web.

Roger seguía soltando espumarajos de gelatina, por lo que no podía añadir nada. Mejor. Marina estaba esperando el sermón, que llegaría en cualquier momento.

—Cítese de nuevo con él. Hay que advertirle de lo que sucede.

—¿Es realmente necesario? —inquirió ella.

El inspector le puso una mano en el hombro de forma paternal.

—Absolutamente. Puede ser incluso vital.

Por tercera vez, la página del Club de lectura Broadway se mostraba en la pantalla de su portátil. Recostada en el sofá de la habitación de hospital de Roger, mientras este dormía plácidamente después de haberla reprendido con todos los tonos posibles de voz, introdujo el usuario y su clave. De nuevo, los rostros de los ocho escritores famosos la saludaron. Se dirigió directamente a Mark Twain.

¿Quieres unirte a su club de lectura?|

No. No quería. Aquella vez no.

Resultaba deprimente habérselo encontrado en la universidad y que él no quisiera ni verla, pero más deprimente iba a resultar contactarle de nuevo y hacer como si aquel encuentro no hubiera pasado.

Y encima, llevarlo a comisaría.

Iba a ser un momentazo digno de película dramática.

Marina inspiró profundamente y clicó encima del sí. Rellenó los datos para concertar una cita a la mayor brevedad y cerró la tapa del portátil con un par de improperios entre dientes.

El siguiente viernes tenía una cita con Will. Una cita que en otras circunstancias le hubiera resultado tan apetecible como degustar uno de los postres de su hermano recién salido del horno... incluso más si rememoraba su noche juntos. Sin embargo, esta vez los intestinos se le hacían un nudo de angustia, tan solo pensando en ello.

Trató de abandonar aquellas ideas sustituyéndolas por alguna mejor, pero entonces el verdadero asesino del laboratorio irrumpió en su mente. Sabía dónde vivía y estaba dispuesto a dañar a su familia. Quedar con Will pasó a un segundo plano. Nada podía ser peor que volver a perder a un ser querido.

Quedaban dos días para el viernes en el que se había citado con su acompañante. Desde que Roger había salido del hospital, ambos se encontraban alojados en un sencillo hotel en la zona este de Central Park. Como en una de las novelas de suspense de Eric, se habían registrado con una identidad falsa facilitada por la policía y no les estaba permitido abandonar las habitaciones. Por lo que después de casi una semana, Roger se subía por las paredes literalmente y ella echaba de menos el planetario, a sus compañeros y la libertad de subir a la azotea del museo para ver el cielo nocturno de Manhattan.

—A la mierda ese individuo —dijo de pronto Roger entrando en su habitación a través de la puerta que comunicaba ambos dormitorios—. Vamos.

Marina le miró perpleja despegando la vista del libro que leía.

—¿A dónde?

—Si no me sigues, te llevo a rastras —le agarró del tobillo y tiró de ella.

—Vale, vale. Pero, ¿debo preocuparme por este acceso de agitación y llamar al hospital?

—Llevamos seis días encerrados entre cuatro paredes sin gimnasio ni huerto, lo raro es que me mantenga cuerdo. Acompáñame, tengo una sorpresa para ti.

Marina se levantó llena de curiosidad y le siguió fuera de la habitación. Su hermano se dirigió a las escaleras de emergencia y comenzó a ascender por ellas con la facilidad de una cabra montesa.

—¿Dónde vamos? —preguntó Marina con la respiración entrecortada cuando alcanzaban la planta veinte.

—Ahora verás —Roger se detuvo al final de la escalera y señaló la puerta que probablemente conducía a la azotea. Había un cartel de prohibido el paso.

—Ahí dice que... —Marina pasó los ojos de la señal a su hermano.

—Bah, ni caso —giró el picaporte y abrió la puerta—. Recuerda que yo siempre he sido el que se saltaba las normas.

—Y yo la que se la ganaba por ello.

Roger soltó una carcajada.

—Anda, avanza —la apremió saliendo al exterior.

Fuera, la claridad menguaba por momentos. El anochecer se dejaba entrever por los tejados y edificios de la ciudad. Las ventanas se encendían y las oficinas se apagaban. Desde muchos metros más abajo se escuchaba la sinfonía del tráfico de Manhattan.

Marina observó a su alrededor, sintiendo el aire fresco en su cara. La azotea estaba vacía, el suelo era viejo y descuidado y el peto bajo que separaba la zona de la muerte segura por caída se encontraba desconchado y roto.

Roger señaló a su izquierda. En la esquina, iluminada por un farol, había una mesa y dos sillas. Tenía mantel, platos y vasos perfectamente colocados y algo tapado en el centro que desprendía un aroma maravilloso.

—Esto es...

—Impresionante, lo sé.

Marina corrió hacia la mesa y tomó asiento con rapidez y con el estómago rugiendo como un león hambriento.

—¿Cuándo lo has organizado?

—Llevo toda la tarde tocando las narices en la cocina —levantó la tapa mostrando un rollo de carne relleno que olía a gloria—. Al final me han dejado preparar esta cena si hacía el postre del restaurante.

—Y no has podido decir que no.

—Estaban tan perdidos que me han dado pena.

—Eres un santo —Marina probó un bocado y cerró los ojos feliz. Sabía espectacular.

—Y ahora que estamos los dos solos cenando y mirando las... ¿dos? estrellas que hay en el cielo de Manhattan, me contarás por qué demonios se te ocurrió contratar a alguien para llevarte a tu baile.

—Come y calla.

—Marina.

Ella abrió los ojos y buscó los puntitos de luz que manchaban la oscura noche de la ciudad. Después volvió la vista hacia su hermano.

—Me pareció una buena idea —dijo resignada.

—Una idea que no puede salir de un cerebro tan racional como el tuyo.

—Los cerebros de los físicos y de los matemáticos no son racionales, dicen que se parecen mucho al de los artistas. Pura inspiración.

Frunció el ceño.

—Así que fue Eric.

—Yo no he dicho eso.

—Lo sabía —Roger masticó con saña y bebió un sorbo largo de vino—. Estos franceses...

—Yo fui la ejecutora del plan. No la tomes con él.

—No lo entiendo. Eres lista, guapa y aún más bonita por dentro. No necesitas corroborarlo con un machito al lado. Tú sola te vales.

Marina suspiró reclinándose en la silla.

—Solo quería que dejaran de verme como «la pobre chica calabaza».

—Eso lo olvidaron en el siguiente curso, cielo.

—Claro, cuando me convertí en «la víctima del ayudante del laboratorio». Todo un palmarés. Tengo más títulos que la Reina de Inglaterra.

Roger esbozó una sonrisa amarga.

—Debí habértelo contado hace tiempo.

—Hiciste lo que te recomendaron —Marina posó su mano sobre la de su hermano. Era fuerte y algo callosa. El cuidado del jardín pasaba factura hasta a los más aguerridos pasteleros—. Olvidemos el pasado. Toca hacer frente a lo que nos depara el futuro, aunque dé miedo.

—Normal, se trata de un asesino.

—La verdad —Marina notó como sus mejillas se calentaban—, me refería más bien a quedar de nuevo con un acompañante de pago la mar de atractivo.

Roger se rio y levantó la copa buscando un brindis.

—Por esa cita que acabará en tragedia —sonrió maliciosamente.

—Porque se te agríe la nata un mes entero.

—Bruja.

—Desalmado.

Chocaron sus copas con el mismo deseo. Que cuando despertaran a la mañana siguiente, aquellos horribles acontecimientos no hubieran sido más que un espantoso sueño.

Sin embargo, los deseos no se cumplieron. La siguiente mañana y después la consecutiva, fueron exactamente iguales: continuaban encerrados en el hotel.

Marina estaba harta de sentirse enclaustrada, pero a ese sentimiento se unieron el viernes, ya pasada la comida, unos nervios frenéticos que la hacían moverse más rápido por toda la habitación.

—Cielo, no lo pienses más. Bajas a recepción, te encuentras con él y le convences para subir aquí —Roger estaba recostado en el sofá mirando la televisión.

—Va a pensar que soy una salida.

—No creo que le importe.

Marina se tiró de los pelos y gruñó.

—Si continuas así —Roger hizo una mueca mirándola—, no querrá ni acercarse. A mí me darías mucho miedo.

—No quiero que se crea que busco una nueva noche de pasión.

Roger se incorporó accionado por un resorte maquiavélico.

—¿Nueva noche?

¡No se le escapaba una!

—Me voy a vestir —Marina salió escopetada hacia el baño cerrando la puerta tras de ella.

Roger la siguió.

—¿Te has acostado con él? —gritó aporreando la madera.

—¿Quieres enterarte tú o todo el edificio?

—Marina, ¡eso es una guarrada! ¡Sal de ahí y ten el valor de contármelo!

—No.

—Ese tío me caía mal y ahora le odio más que a los cocineros de los programas de la tele.

Marina se vistió a toda prisa mientras escuchaba a su hermano blasfemar al otro lado de la puerta. ¿Por qué demonios tenía que ser tan protector? Se miró al espejó y trató de colocarse el pelo en su sitio. Con tanto tirón, de los nervios más parecía un león que hubiera metido la zarpa en un enchufe que un ser medianamente humano.

Will o Billy, o como se llamara, estaba seguramente acostumbrado a que las mujeres buscaran sexo en sus citas. Al fin y al cabo, él trabajaba por dinero y eso era un extra importante. Se mordió la lengua para no gritar lo estúpida que había sido y se echó un poco de colorete.

Si aquel muchacho suma y asquerosamente guapo la iba a odiar de por vida, que al menos ella estuviera presentable para la ocasión.

Miró el reloj. Quedaba apenas un cuarto de hora y su hermano había dejado de gruñir. Se aventuró a salir y, cogiendo una de las tarjetas de acceso a la habitación, se marchó rápidamente sin mirar atrás.

El pequeño hall del hotel estaba atestado a aquellas horas. Marina sabía que entre los turistas que entraban y salían, cargaban maletas o consultaban sus guías de viaje, había varios agentes de policía vigilando.

Sus órdenes habían sido claras. Debía esperar quieta junto a la columna más cercana a la recepción y cuando localizara a Will, Bill, o como se llamara, dirigirlo a su habitación. Por las escaleras. Gracias a Dios.

Marina apretó su espalda al pilar y paseó la mirada entre el barullo. Ni siquiera sabía si podría encontrar a su acompañante entre aquel caos.

Sin embargo, se equivocaba. Sus ojos le encontraron en cuanto traspasó la puerta giratoria de la entrada y puso un pie en el hotel. Como Marina había solicitado en la página del club de lectura, iba vestido informal. Llevaba unos vaqueros ceñidos y una camisa fina azul que destacaba el color de sus ojos. Estaba guapo a rabiar y... se dirigía hacia ella.

Marina tragó saliva escandalosamente y trató de controlar su pulso acelerado pensando en alguna nimiedad, como los años luz que separaban las galaxias más conocidas, o lo que pesaría su cuerpo en la Luna tras el banquete de Navidad.

—Hola.

Will estaba enfrente de ella. Sus manos en los bolsillos traseros del pantalón, completamente despreocupado.

—Hola.

Un saludo estelar para una situación incómoda.

—Debería explicarte lo del otro día —dijo él con aquel tono fascinante de voz que tenía—. Me pillaste por sorpresa en el campus de la universidad. Siento haber sido tan desagradable.

—No tiene importancia. No debería haberme acercado —inspiró profundamente—. ¿Me acompañas?

—¿A dónde vamos?

—Arriba —Marina señaló con un dedo torpe las escaleras—. A mi habitación.

En el rostro de Will apareció una ligera sonrisa.

—Vaya —murmuró.

—¿Te parece mal? —ella comenzó a andar, dirigiéndole una mirada avergonzada.

—Claro que no. Me fío de ti. Creo que no intentarás robarme o matarme si estamos a solas.

Marina se atragantó y tosió disimuladamente.

—No. Eso no.

—Veo que el ascensor sigue descartado.

—Esta vez solo te llevo al segundo.

—Muy considerada —la tomó de la mano por sorpresa y comenzaron a subir las escaleras.

Marina sentía el calor de sus dedos alrededor de su palma. En el estómago, un agujero negro comenzaba a hacer estragos devorando toda la materia que encontraba a su paso.

Llegaron a la segunda planta sin haber intercambiado ninguna frase. Marina se internó por el pasillo tirando de él.

—¿Tienes mucha prisa? —rio Will haciendo que ella se detuviera y tratara de mirarle a los ojos.

—Es una situación difícil para mí.

Él soltó su mano y la levantó dirigiéndola hacia su rostro. Se detuvo en su mejilla y la acarició. Su sistema nervioso al completo se puso en guardia y mandó una corriente eléctrica desde donde él deslizaba su palma hasta su vientre.

Will dio un paso hacia ella, quedando a escasos centímetros de su cuerpo. Sus manos abarcaron su cara, su aliento rozó la nariz de Marina.

—Tranquila —susurró con los labios demasiado cercanos.

Marina tragó saliva y retrocedió.

—Vamos —le arrastró hacia la habitación sin mirar atrás.

—Perfecto.

Se situó delante de la puerta mientras trataba de pasar la tarjeta por el lector y que la luz se tornara verde.

—¿Nerviosa? —dijo el asquerosamente guapo acompañante.

Marina resopló por la nariz. La puerta se abrió con un clic. La empujó. Rogaba para que su hermano hubiera tenido la dignidad de irse a su cuarto y que el inspector Wilkinson la dejara explicarse antes de hacer su aparición peliculera.

La habitación estaba vacía. Con cierto alivio, Marina se volvió hacia Will, que la miraba con picardía en los ojos.

—Juro que no me esperaba esto de ti —avanzó hacia ella rápido. Demasiado rápido. Marina reculó hasta la cama y entonces le vio.

Iron Wilkinson, con su porte entre el sargento de hierro y Terminator, con los robustos brazos cruzados sobre el pecho, les observaba inmutable apoyado en la pared.

—Buenas tardes —dijo.

Will pegó un brinco alarmado. Tan poco favorecedor como un gato asustado por un pepino. Se encaramó a la cama.

—¿Quién demonios es ese? —miró a Marina con pánico mientras se sujetaba el pecho con una mano, como si quisiera evitar que el corazón le saltase fuera—. ¿Es tu padre? Un momento, a mí no me van estas cosas, sea lo que sea.

—Inspector Wilkinson, de la policía de Mount Vernon —el agente le mostró la placa desde la distancia con un movimiento rápido.

—Joder —masculló el, de pronto, mal hablado acompañante.

Marina se sentó en el borde de la cama sin saber bien qué hacer.

—¿Me puede decir su nombre? —preguntó el policía.

—No, claro que no —Will comenzaba a ganar cierta autoestima y se puso en pie con aparente indignación—. ¿Qué mierda es esta, Marina?

Le lanzó una mirada a la muchacha que hubiera congelado el mismo infierno.

—No he tenido alternativa —dijo ella.

—¿Me has delatado? ¿Es eso? ¿Por qué? —gritó él— ¿Porque no te saludé en el campus? ¿He herido tu orgullo y quieres hacérmelo pagar?

—Señor Smith —dijo Iron haciendo que el aludido dejará de echar rayos y truenos contra Marina y se volviera airado hacia el policía—. Si es ese su verdadero nombre.

—¿Y a usted qué cojones le importa?

—Me importan los suyos, precisamente.

Marina soltó una risita entre dientes sin poder evitarlo, en parte por los nervios acumulados, en parte por la comparación entre el rostro impertérrito del inspector y la cara obnubilada y fuera de sí de su acompañante.

—Creemos que puede estar en peligro —continuó Iron—. Por eso le solicitamos a la señorita Eisinga que nos pusiera en contacto.

—¿En peligro? —Will no daba crédito—. ¿Yo?

—Luego le pondré en antecedentes, pero mientras tanto tiene que saber que no puede volver a su residencia.

—¿Van a detenerme?

—No. Pero debería saber que comete actos delictivos y que son susceptibles de prisión.

—No me diga —murmuró Will.

—¿Hay algún sitio seguro en el que pueda esconderse durante un tiempo?

—¿Un tiempo? —Will pasó su mirada del inspector a Marina con los ojos como platos soperos—. ¡Un momento! ¿Qué demonios es esto? ¿De qué está hablando este tipo?

—Lo único que puedo decirle es que hay un supuesto acosador que está interesado en Marina y que también le tiene a usted en su lista.

—¿A mí? —se señaló con ambas manos.

—Parece que se creyó la pantomima del baile de graduación —musitó Marina—. Debe de pensar que eres mi pareja.

—Joder.

—Antes tenías un vocabulario más amplio —dijo ella con una ligera sonrisa.

—Antes no estaba delante de la policía. Así que, si me apetece decir joder, mierda, coñ...

—Lo hemos entendido, señor Smith —le interrumpió Iron—. Ahora establezcamos un plan de defensa. ¿Dónde vive?

—¿Para qué quiere saberlo?

—Para ir a vigilar su apartamento. Mientras tanto, se marchará a algún lugar distante del que nadie sepa nada.

—¿Me pagarán un viaje al Caribe?

—Lo máximo que le puedo ofrecer son unas vacaciones entre rejas. Usted escoge.

—Mi familia vive en Carolina —Will resopló frustrado—. No hay nadie en Nueva York que esté al tanto.

—¿Ni en su... trabajo?

—Ni en mi trabajo ni en la universidad.

—¿Qué estudia? —preguntó interesado el inspector.

—Derecho.

—¿Derecho? —Marina estaba sorprendida—. ¿Estudias Derecho?

—¿Tan difícil es de creer? Aparte de un cuerpo de escándalo, tengo cerebro.

—Bien —Iron comenzaba a impacientarse—. Entonces todo queda claro.

—¿Claro? ¿Qué demonios queda claro?

—Lo que va a suceder a continuación —el inspector tomó su chaqueta como si fuera a irse y avanzó hasta encararse con Will—. Mañana antes del alba saldrá en un coche alquilado hacia Carolina y permanecerá allí hasta que pillemos a ese hijo de puta.

—Ya veo que yo no soy el único mal hablado en esta habitación.

—¿Y yo? —preguntó Marina levantándose antes de que al inspector le diera por marcharse—. No puedo continuar recluida en esta habitación.

—Por supuesto que no, señorita Eisinga. Usted irá con el señor Smith.

—¡¿Qué?! —los dos aludidos gritaron a la vez.

—Lo que han oído. Ni una llamada de teléfono, ni un mensaje o carta, desde este momento están en paradero desconocido hasta que se resuelva la situación.

—Me opongo.

—No estamos en un juicio, señor Smith. O desaparece con Marina y evita que la encuentre ese hombre o le meto en la cárcel por prostitución.

Se hizo un silencio en la habitación. Las mejillas de Marina ardían de ofuscación.

—Entiendo —dijo finalmente Will sin levantar la mirada de la moqueta—. Me quedo con la opción A.

—Bien —Iron le tendió un sobre a Marina y las llaves de un coche—. He apuntado algunas notas y advertencias para prevenir cualquier problema. No se preocupe por su hermano, dudo mucho que el sospechoso vuelva a por él. Protegeremos a Eric a toda costa y puedo asegurar que nada le pasará.

Marina agarró el sobre y después se aferró a la mano gigante y fuerte del inspector.

—¿Es esto lo que debo hacer?

—Sí. No la dejo en las mejores manos, más bien en las últimas que hubiera escogido, pero sí en una situación segura.

—Estoy delante —farfulló Will.

—Muy bien. Pues recuérdelo, señor Smith. Si algo le sucede a Marina, no saldrá de la cárcel hasta que todos los presos se hayan divertido con usted.

—Es usted encantador, inspector.

—Eso suelen decirme. Ahora acompáñeme mientras le muestro su habitación e intercambiamos unas cuantas palabritas —con una breve sonrisa hacia Marina, Iron salió de la habitación junto a un cabizbajo Will y cerró con un portazo.

Marina no volvió a ver a Will hasta la mañana siguiente. Durante un tiempo le preocupó realmente si su antiguo acompañante había decidido darse a la fuga y desaparecer del hotel. Podía ser algo esperable dada la rocambolesca situación. Pero el inspector Wilkinson intimidaba más que un profesor con mala leche y la presencia de un posible acosador no mejoraba en nada la ecuación.

—No te dije anoche que tienes bastante buen gusto.

Marina se giró hacia su hermano mientras cerraba la puerta.

—Has estado cotilleando —ella se rio mientras metía el pijama en la escueta maleta que estaba sobre la cama. Ya no le quedaba nada más que guardar antes de darse a la fuga.

—Pero que conste —agregó Roger apoyándose en la pared—, el encuentro con Iron de anoche fue tremendamente patético. Pensé que tu mozalbete se haría caquita en los pantalones.

—Eso lo pensamos todos —Marina cerró la cremallera de la maleta y corrió a abrazarse a su hermano—. Ten mucho cuidado, Rog, por favor —murmuró espachurrándose contra su pecho duro y amplio—. Ese hombre no se anda con bromas. Recuerda que asesinó a unas cuantas chicas.

—Lo sé muy bien, cariño. Voy a ir a pasar una temporadita a la casa que la prima Claire tiene en New London. Nos vendrá bien un cambio de aires tanto a Eric como a mí. Y disfrutar de la playa y de la vida en el campo.

—Me alegro de que te haya invitado Claire, puede que se esté haciendo más amigable con los años.

—No, cielo, aún no sabe que vamos. Tengo unas ganas tremendas de verle la cara estirada y rancia que tiene cuando aparezcamos los dos con las maletas en su puerta. Guardaré una foto del momento para cuando vuelvas.

—Me encantará verla —Marina le abrazó aún más y después comenzó a soltarse por obligación—. Debo irme, Rog. Cuidaos mucho.

—Y tú, mi pequeña campeona.

Marina cogió la maleta al vuelo y se alejó rápidamente. No quería que su hermano la viera llorar.

EL VIAJE

Salieron de Manhattan sin demasiada dificultad. El tráfico del sábado resultaba mucho más digerible que el de los días laborables y, pese a que en aquella ciudad siempre había atascos y coches por doquier, escapar de ella fue fácil.

Pronto, los rascacielos dejaron paso a los edificios bajos, las casas a los árboles, y éstos al bosque. Nueva York era un estado frondoso y verde a escasos kilómetros de la gran urbe.

Se internaron en el tránsito aburrido de la autopista 95 en dirección sur. El coche que les había facilitado el inspector, un híbrido silencioso y cómodo, hacía más palpable la situación tensa del interior. Marina no sabía qué decir. Ni siquiera cómo hacerlo. Se desplazaban en silencio, sorteando vehículos que seguramente se dirigían a pasar un agradable fin de semana con sus seres queridos, en un sábado perfecto sin una sola nube en el firmamento.

—¿Dónde está tu casa? —se atrevió Marina a preguntar al fin.

—Ya lo dije. En Carolina.

—¿Carolina del Norte o del Sur? —añadió ella.

—Norte.

Otro silencio.

—El estado de Carolina del Norte —Marina no estaba dispuesta a darse por vencida—, tiene unos... ¿140.000 kilómetros cuadrados?

—¿Debo sabérmelo de memoria por haber nacido allí?

—Solo quería conocer dónde vamos exactamente dentro del 28º estado más grande del país. ¿A Raleigh? ¿A Charlotte?

—No.

—Antes eras más locuaz.

—¡Antes me pagabas para serlo! —Will levantó la voz—. Ahora estoy obligado a acompañarte a mi casa. Ni me apetece, ni quiero, ni tengo las más mínimas ganas de perder mi tiempo...

—Conmigo.

—Pues sí. Contigo —los nudillos de su mano se habían puesto blancos de agarrar el volante con fuerza—. Así que encima no me hagas mantener una conversación.

—Entiendo —Marina asintió cabizbaja y desvió la mirada hacia la ventana, hacia los campos, hacia el cielo cristalino. Hacia cualquier lugar con tal de no pensar en cómo había llegado hasta ese coche y por qué.

Del Will que la volvió loca en su antiguo gimnasio de instituto no quedaba más que la fachada. Era como tener al lado al actor más atractivo de Hollywood, Sean Weller por ejemplo y sus perfectos abdominales, para descubrir que realmente era tartamudo, o cojo, o imbécil. Las apariencias engañaban y allí, a escasos centímetros, tenía la prueba viviente.

Will se removía en el asiento inquieto, como si una araña estuviera de excursión por su pantalón. La sola idea hizo sonreír a Marina. Ojalá le picara en el trasero una familia entera y además le pusieran huevos. Esa sí que sería una buena venganza.

—Hay nueve horas de trayecto —se decidió a decir por fin el muchacho—. Duerme un poco.

¡Nueve horas! Marina puso cara de pánico. ¡Nueve horas encerrada con *soy guapo pero idiota hasta lo más profundo*! Aquello debía constituir algún tipo de castigo divino por tratar de desentrañar los secretos del universo y dejar de lado a Dios en cualquier teoría.

—Si me duermo puede que aproveches para lanzarme a la calzada y salir huyendo —contestó ella tratando de sonar divertida.

—¿Es eso lo que crees que haría?

—Sin dudarlo.

—Gracias por la idea. Pensaba abandonarte en la siguiente gasolinera, pero me gusta más lo de tirarte en marcha.

Las manos de Will habían recobrado un color normal y ya no apretujaban el volante como si fueran a estrangularlo. Se remangó aún más la camisa en un gesto nervioso y echó a Marina una ojeada rápida.

—No quiero parecer un capullo...

—No lo pareces. Lo eres —Marina se asombró de su propia rapidez verbal—. Con perdón.

—Perfecto. Ya no me siento en la tesitura de tratar de ser agradable.

—¿Agradable?

—Sí. Cortés, guapa.

—¿Seguro que utilizamos el mismo diccionario? Me parece que las definiciones no coinciden.

Las aletillas de la nariz recta y armoniosa de Will se abrieron como si fueran a echarse a volar. Resopló iracundo.

—No me hables —mascullό—. Me has jodido el fin de semana. ¡Qué demonios, todo el mes! Estoy perdiendo dinero cada segundo que paso en este coche.

—No lo estás perdiendo, lo estás dejando de ganar.

—Vete a la mierda —escupió fuera de sí y volvió a retorcer el volante—. Y mantente calladita de una puta vez.

Marina se mordió la lengua para no contestar. En situaciones tensas le costaba decir las palabras adecuadas y soltaba las menos indicadas. Si tenía la oportunidad de ganar, perdía en cuanto abría la boca. Aquel no era momento —pese a la rabia colérica que le bullía en las entrañas— de batallar con el único conductor homologado del vehículo.

Entonces hizo lo que cualquier adolescente harta de sus progenitores haría: sacó los cascos del bolso y puso la música a todo trapo.

Con el vehículo igual de tenso que si estuviera cargado hasta los goznes de nitroglicerina, pasaron los estados de Nueva Jersey, Pensilvania y Maryland.

Cada kilómetro que avanzaban era el recordatorio de lo que dejaba atrás y la incertidumbre de lo que estaba por venir. Ella tampoco quería perder el tiempo en aquel coche y menos aún con él sentado a su lado. Apretó las piernas para reprimir las ganas de ir al baño que arrastraba desde hacía al menos una hora y se quitó los cascos.

—Voy a parar en la siguiente gasolinera —anunció Will con voz monocorde.

Gracias a Dios. Marina suspiró aliviada y en cuanto se detuvieron salió corriendo hacia los aseos, más rápida que Usain Bolt con un apretón.

—Podías haber dicho que tenías necesidades —dijo él cuando Marina regresó sonriente y feliz del baño, silbando una canción despreocupada. Estaba apoyado en el coche, los brazos fuertes cruzados en el pecho, su pelo moviéndose por una brisilla loca de inicio del verano.

—¿Para qué? ¿Para soportar tus sapos y culebras? No sé si lo sabías, pero tienes un vocabulario de lo más soez.

—¿Sapos y culebras? —esbozó una sonrisa.

—Y rayos y truenos... ¿Nunca has leído un cómic?

—No tengo tiempo.

—¿Por los estudios o por tu... trabajo?

—Sube al coche.

Le hizo caso a regañadientes mientras Will se alejaba hacia la tienda de la gasolinera y regresaba con una bolsa cargada hasta los topes.

Dentro del vehículo se la tendió. Había patatas fritas, unos sándwiches y refrescos.

—Hablaré mal, pero al menos soy considerado —arrancó el motor, que sonó más como si fuera un silencioso vehículo espacial gravitando alrededor de Marte que un coche, y se incorporó a la autopista.

—Gracias.

—Eran los últimos dólares que tenía. Tu amigo el inspector ceñudo Iron no me permite pagar con tarjeta, así que espero que tú hayas venido más surtida de pasta.

—Puede.

—¿Puede? —la miró de reojo.

—Puede que te lo cuente si me dices adónde vamos o cómo es tu familia.

—Estás tentando a la suerte.

—Qué miedo.

Los labios de Will se curvaron en un inicio de sonrisa. Sin embargo, dirigió la mirada fija a la carretera y no añadió nada más.

Marina resopló para sus adentros y abrió la bolsa de patatas. Masticó la primera con saña. Aquello iba a ser más largo que la versión extendida de *El Señor de los Anillos*.

Bordeaban Washington D.C., a medio camino del trayecto hasta Carolina. Desde la autopista apenas se podía intuir algo de la capital. Marina estiraba el cuello cual tortuga para tratar de atisbar algún lugar famoso, pero todo quedaba demasiado lejos.

Cruzaron el río Potomac, que hacía de frontera natural entre los estados de Maryland y Virginia. El tráfico resultaba fluido sobre el ancho caudal de agua, los árboles de altas y densas copas resaltaban en un verde llamativo.

Marina abrió la ventana y respiró profundamente. El olor a bosque no resultaba tan intenso como esperaba, pero lo suficiente como hacerle esbozar una sonrisa. Cerró los ojos y se dejó acariciar el rostro por el aire cálido del mediodía. Si obviaba con quién se encontraba y por qué, podía incluso notar algo parecido a una paz interior. Ella, la carretera, el paisaje.

—Cierra la maldita ventana —faltaba el engendro en la ecuación—. Se va el aire acondicionado.

Marina subió la ventana sin ni siquiera abrir los ojos y apoyó la cara en el cristal. Si dormía un poquito, quizás y solo quizás, descubriera que todo únicamente era una terrible pesadilla.

Se despertó cuando notó la deceleración del motor. Estaban en otra gasolinera. Según el reloj del salpicadero, habían pasado dos horas más. Le sorprendió haber sido capaz de dormir tanto tiempo seguido. Últimamente solo conseguía descansar cortos intervalos de no más de media hora, enseguida le asaltaban miedos y pesadillas, y después el terrible insomnio.

Se incorporó y movió el cuello, que se le había quedado torcido. Will no estaba y ella aprovechó para hacer una nueva visita al cuarto de baño y para estirar las piernas, que, tras tantas horas inmóviles, iban a acabar sufriendo un síndrome de la clase turista en toda regla.

—Hemos pasado por Richmond hace poco —le informó Will una vez que regresó al coche—. Lo que significa que quedan unas escasas tres horas para llegar a Half Moon.

—¿Half Moon? ¿Vienes de un lugar llamado Media Luna? —el nombre hizo que Marina riera.

—¿Qué tiene de gracioso? —el rostro de Will se enfurruñó como una ciruela pasa.

—Pues que soy astrónoma. Yo debería haber nacido ahí. ¡Es un nombre fantástico!

—Sí, encantador. Ahora si me dejas continuar te explicaré qué tenemos que hacer —Will pareció esperar una réplica de Marina. Como ella se mantuvo callada, continuó—: en Half Moon vive mi prima Sabrina, la que conociste en la universidad. Ella se ha encargado de divulgar entre mi familia que tengo novia y cómo eres. Así que llevo los últimos meses aguantando a mis padres deseosos de que te lleve a casa.

—Ni hecho a propósito.

—Lo que no saben es que no he terminado la carrera.

—¿No lo has hecho?

Se removió tan incómodo que solo le faltaba rugir y desmelenarse para parecerse a un auténtico león enjaulado.

—Mis padres no son precisamente... ricos. El dinero que me dieron apenas cubrió los gastos del primer año de universidad. Así que me puse a trabajar, primero de camarero, después de... ya lo sabes.

—No lo sé, cuéntamelo —le retó Marina con una sonrisa.

—En un club de lectura para mujeres desesperadas.

Aquello era un golpe bajo. Marina controló la bilis de su estómago.

—Ya veo. Y supongo que tus padres no tienen ni idea de que trabajas en algo tan... cultural.

—No. Piensan que acabé la carrera y que soy abogado en Nueva York.

—¿Y realmente?

—Realmente, aún me queda el examen de colegiación para el que no tengo tiempo ni interés en estudiar, porque gano muchísimo más dinero ahora del que podré ganar como abogado en cualquier mierda de bufete.

—Pues lo tienes peliagudo —Marina resopló—. O sea que no solo hay que mentir con respecto a nuestra relación sino también con tu expediente académico.

Él asintió con la cabeza.

—Sabes que ahora me das pie al chantaje, ¿verdad?

—Sabes que te puedo dejar en la cuneta en cualquier momento, ¿verdad?

Marina frunció el ceño y se metió en el coche. ¿Se podía odiar a alguien con tantas ganas después de haber pasado con él las dos mejores citas de su vida?

Will se sentó tras el volante y encendió la radio. La música de Smash Mouth y su *Why can't we be friends* llenó el espacio. Marina contestó a la pregunta formulada por la canción: no podemos ser amigos porque eres un completo cavernícola.

—Ahora mismo tú me necesitas y yo a ti —dijo él—. Así que llevemos esta desagradable situación de la mejor forma posible.

Le tendió la mano como si tuvieran que cerrar un trato importante. Marina aguantó las ganas de darle un bofetón, más que nada porque si no se lo había dado a nadie en veintiocho años, aquel no era el mejor lugar para iniciarse. Estrechó su mano.

—Sí. Pasemos este trago amargo cuanto antes.

Will se dio por satisfecho y encendió el motor. Quedaba menos para llegar a un lugar con un nombre precioso y a Marina no le podía apetecer menos.

Abandonaron la autopista 95, compañera incansable de todo el trayecto, poco después de entrar en Carolina del Norte. Marina abrió la ventanilla alentada por un cielo aún más azul y una temperatura cálida, haciendo caso omiso de los improperios de Will.

Tomaron varios desvíos, las carreteras se estrechaban cada vez más y el paisaje, tan plano como si le hubiera pasado una plancha gigante por encima, se mostraba tremendamente arbolado. De vez en cuando hacía su aparición una casa de una planta, con láminas de madera en la fachada, un empedrado camino hasta la puerta y un buzón torcido junto a la carretera.

Tras varios kilómetros, los árboles se espaciaron y surgieron campos de cultivo y granjas lejanas delimitadas por vallas blancas. Marina contemplaba todo absorta. Debía reconocer que había viajado poco y siempre a lugares bastante poblados. En Boston vivían sus abuelos y cuatro millones de habitantes con los que pasaban gran parte del verano, y en Navidades disfrutaban de un Nueva York engalanado para las fiestas con sus más de veinte millones de transeúntes.

«Half Moon: 7.100 habitantes». ¡¿Qué?!

El cartel que anunciaba el pueblo y su censo había emergido cuando aún no se veía ningún edificio cercano. Pronto apareció una estación de bomberos voluntarios a la derecha, señal inequívoca de presencia humana, y una bonita iglesia baptista con su tejado rematado en un picudo y alto campanario, señal de que Dios también campaba por aquellos lugares tan alejados de su mano.

Si esperaba encontrarse con un centro urbano, no lo halló. Un restaurante, un supermercado, una tienda de repuestos, alguna casa y, sí, un campo de golf. Una extraña mezcla dispersa, y al parecer necesaria, para la vida cotidiana.

—No pongas esa cara de pánico —Will había detenido el coche y la miraba entretenido—. Jacksonville está cerca y allí hay de todo.

—¿Cines?

—Unos cuantos.

—¿Bibliotecas?

—También.

Marina respiró aliviada, pero la tranquilidad le duró lo que tardó en darse cuenta de que Will bajaba del vehículo y la conminaba con la cabeza a hacer lo mismo.

Abrió la puerta con recelo. Se encontraban delante de una casa baja de ladrillo, con un jardín delantero donde descansaba una camioneta, varios tiestos con flores y un perro canela, de sueño profundo.

—No estoy preparada, Will —siseó Marina pisando el jardín cautelosa.

Él se volvió hacia ella con los brazos en jarras.

—Ya conoces a Sabrina.

—Sí, eso sí. Pero debo darte una mala noticia. No sé mentir.

Will elevó los ojos al cielo y avanzó hacia ella.

—No tuviste reparos en hacerlo delante de tus amigas del instituto.

—Eso era diferente.

Por toda respuesta la agarró del codo y tiró de ella hacia la casa. Subieron a trompicones los cuatros escalones que daban a un pequeño porche y Will llamó a la puerta con los nudillos. Marina se fijó en una mecedora blanca con cojines rosas a su derecha. Trató de imaginarse allí sentada, con la brisa que olía a bosque y a calma, con el sonido lejano de un perro, con ningún problema en su cabeza.

—¡Cielo santo! ¡Billy! —un grito la despertó con brusquedad de su momento de paz haciendo que se girara hacia la puerta, ahora abierta de par en par.

En el umbral una mujer robusta, con vestido de lunares y delantal, se aplastaba los mofletes con sorpresa mientras dibujaba una *o* perfecta con la boca, por la que cabría al menos un convoy del ejército.

—¿Por qué no has avisado? —continuó la mujer dando un paso hacia él y abrazándole sin piedad alguna.

—Sorpresa, tía Mary —mascullo un Will sin oxígeno suficiente para continuar.

—Déjame que te mire, muchacho —le apretó la cara—. Estás muy delgado y bastante pálido. ¿No hay sol en la Gran Manzana?

Se rio ella misma con su ocurrencia y, entonces, giró la cabeza hacia Marina.

—¿Y tú eres...? Tú eres... —sus ojos azules y brillantes se abrían con desmesura conforme hablaba.

—Marina —contestó Will—... mi novia.

La mujer se abalanzó hacia ella y con el mismo ímpetu que había mostrado con su sobrino, aplastó a Marina entre sus brazos.

—Madre mía, qué flaca. ¿Qué coméis por el norte? ¿Espaguetis? —volvió a reírse y señaló el interior de la casa—. Entrad, os prepararé algo. Debéis estar muertos de hambre.

—Gracias, tía —Will agarró la mano de Marina, que había reculado disimuladamente hasta las escaleras, y entraron dentro.

La casa olía a albaricoque. Accedieron a un salón estrecho a la derecha, la única ventana daba al porche delantero. Un gato con cara de malas pulgas se estiraba en uno de los dos sofás, por lo que Marina y Will decidieron compartir el que quedaba, bastante más pequeño. Se hundieron en los cojines antiguos adhiriéndose entre ellos como dos calcomanías.

—Me estás clavando el codo —murmuró Marina tratando de alejarse de él.

—¡Y tú una costilla!

—¿Queréis café con la tarta? —la tía Mary sacó la cabeza por la puerta de la cocina y les echó una ojeada divertida.

—Sí, gracias —contestaron los dos al unísono.

—Uy, qué monos —dijo la tía y desapareció entre risitas—. Hablan a la vez.

En ese momento, la puerta de entrada se abrió. Pasos presurosos y un nuevo grito de sorpresa.

—¡Billy!

—¡Sabrina! —exclamó Will tratando de separarse de Marina y levantarse del mullido sofá, que más parecía haberle engullido, dejando solo visibles sus largas piernas.

Su prima tiró de él y consiguió alzarlo. Le dio un abrazo corto y después una colleja.

—¿Por qué demonios no me has avisado de vuestra llegada? ¡Podría haber organizado algo!

Marina se levantó a duras penas y también recibió una calurosa bienvenida.

—No quería molestar —dijo él.

—Tonterías. Se agradece cualquier novedad en la aburrida vida de Half Moon —le guiñó un ojo a Marina—. ¿Qué te parece nuestro concurrido pueblito?

—Es realmente... —¿qué se podía decir de un lugar así? —... pequeño.

Sabrina se rio con ganas.

—Vamos a pasar unos días con mis padres —añadió Will cuando su prima dejó de llorar de la risa.

—Les va a encantar —Sabrina los miró a ambos sin dejar de sonreír—. Hacéis una pareja tan mona... y, ¿qué? ¿Hay boda a la vista?

—¡No! —saltaron ambos.

—Ya, ya. Si hasta contestáis a la vez —la tía Mary apareció en el salón con una bandeja con el café en una mano y en la otra, una tarta de decenas de pisos que colocó con facilidad en la minúscula mesa del salón—. ¿Quién tiene hambre?

Marina no se había dado cuenta de que se encontraba famélica hasta que probó un bocado de la deliciosa tarta de

Mary. Los dos cafés y tres trozos del delicioso postre le supieron a poco, pero se abstuvo de seguir pidiendo más raciones como una desesperada.

No se extrañaron cuando Will les solicitó ropa, tras fabular que había perdido su maleta en el viaje. El hermano de Sabrina, alistado en el ejército, compartía talla con Will, así que salieron de la casa cargados con una maleta y ropa de su primo, dos trozos de tarta para el camino y un montón de abrazos y besos más.

Sabrina los acompañó hasta el coche.

—Avisaré a algunos amigos cercanos y organizaremos una fiesta. ¿Os parece? Hace demasiados años que no pasas por aquí, primito. ¿No será que te avergüenzas de nosotros?

—¡Qué va! —se lanzó a contestar Marina con un subidón exagerado de azúcar en la sangre—. Siempre habla maravillas de su gente.

—¿Ah sí? —Sabrina enarcó las cejas satisfecha—. Muy bien, Billy. Y cuídame a esta chica, que es estupenda.

—Por supuesto —Will tocó la bocina como despedida y maniobró para salir de la calle, mientras Sabrina les despedía con la mano.

—¿Tu casa queda muy lejos? —Marina lanzó su pregunta al comprobar que se alejaban de la zona habitada y que la carretera volvía a correr entre bosques y campos.

—Está en una población más diminuta que Half Moon.

—¿Más? Imposible.

Apenas pasaron un par de kilómetros. Un cartel anunciaba la llegada a Crescent Moon y a sus doscientos diez habitantes.

—Vaya, ahora no dices nada de su nombre, ni de lo cuqui que suena, ni de que tú deberías haber nacido aquí.

—¿En serio viven solo doscientas diez personas?

—No. El cartel es viejo. Ahora hay cien menos.

—Increíble —musitó Marina sin alcanzar a ver ni una sola edificación en las proximidades del cartel—. ¿Y tu casa?

Por toda respuesta, Will giró el volante hacia un camino sin asfaltar que surgía de entre los árboles de la izquierda.

El bosque desapareció y comenzaron los cultivos, extensas plantaciones abarcando hasta donde la vista llegaba. El coche botaba por el terreno, el polvo se levantaba alrededor manchando los cristales, dificultando la visión.

El limpiaparabrisas se puso a trabajar como un loco, intentando secar una lluvia que no existía.

Tras diez minutos de botes y silencio, Will torció a la derecha por un estrecho camino aún más accidentado. La tarta comenzó a bambolearse en el estómago de Marina peligrosamente.

—Creo que voy a vomitar —dijo.

—Ni hablar, el coche no es mío —Will señaló hacia delante con el dedo—. Mira, hemos llegado.

Marina inspiró profundamente, tratando de calmarse. Por fin. El coche se detuvo y ella abrió la puerta rápidamente.

¿Aquello era una granja?

En ese momento vomitó todo lo que había comido en la casa de tía Mary y en las veinticuatro horas anteriores.

—Pero qué asco, por todos los ángeles divinos que pueblan el cielo de nuestro señor bendito —soltó de carrerilla una voz femenina desde algún lugar lejano.

Marina levantó la cabeza buscando algo para limpiarse la cara. Will le entregó un pañuelo con las puntas de los dedos, como si acercarse a ella fuera peligroso y terriblemente contagioso.

—Marina no se encuentra muy bien —dijo Will avanzando hacia la mujer.

—No me digas. No hay que ser muy avispado para darse cuenta —la señora revisó a Will de arriba abajo, después le dio un corto abrazo—. ¿Y qué hace mi hijo pródigo de vuelta?

—Os debía una visita.

—Calculo que, en los últimos seis años, nos debías más de una.

—¡Qué ven mis ojos! —un hombre hizo su aparición por la puerta, llevaba un peto vaquero desabrochado de un lado, una barriga prominente y un sombrero de paja—. No puede tratarse del pequeño Ben. Imposible.

¿Ben? ¿Billy? ¿Will? Marina no solo estaba mareada sino hecha un tremendo lío. Se dio cuenta de que se había manchado los zapatos de vómito y le dieron más arcadas.

—¿Qué le sucede a la niña? —se preocupó el hombre mirándola con una mano en la frente que hacía de visera.

—Es de ciudad —contestó la madre de Will—. El campo les da alergia.

—Bueno, tía Mary la ha atiborrado de tarta de mil colores.

—Arcoíris. Se llama tarta arcoíris —le corrigió el hombre—. Llevemos a la niña dentro para que se le pase la acidez.

Arcoíris. Marina recordó las diferentes tonalidades de la gigantesca tarta y sufrió una arcada monstruosa, precedida de un extraño rugido ensordecedor, que se asemejaba a un eructo de camionero orondo y, bajo la mirada anonadada de los padres de Will, vomitó cual aspersor, regando los alrededores, el coche y toda su ropa.

—Madre mía del amor hermoso y del niño bondadoso Jesús que vive en los cielos y que no va a bajar aquí ni loco al ver esto —la mujer retrocedió asustada hasta el porche.

Marina tomó aire apoyando las manos en las rodillas. Will le tendió un nuevo pañuelo desde la distancia.

—No había visto nada así desde que Ben llegó borracho de la feria del ganado, ¿te acuerdas Maggie?

—Me pintó la pared del salón de arriba abajo —masculló la aludida—. ¿Qué demonios comiste para soltar trozos verdes?

—Col —respondió Will con la mirada fija en Marina y su desaliñada apariencia.

—Voy a morir —murmuró ella.

Will inspiró profundamente, como si fuera a sumergirse quinientos metros sin oxígeno hasta una fosa abisal y avanzó hacia ella.

—¿Te encuentras algo mejor? —le dijo agachándose a su altura—. Deberíamos entrar en casa y asearte un poco. A este paso, por aquí no van a saber distinguir entre un cerdo y la chica de Manhattan.

Marina levantó la mirada llorosa y asintió despacio con la cabeza.

—Vale —consiguió articular. Se volvió hacia los padres de Will—. Siento... esto.

—No pasa nada, muchacha —respondió el hombre rápidamente, propinándole una palmada fuerte en el hombro—. Date una ducha caliente y cámbiate esa ropa.

—Que a mí no me la dé a lavar, hay que quemarla —refunfuñó la mujer con una cara espantosa de asco.

Entraron en la casa. Era más amplia de lo que daba a entender desde el exterior. Estaban en una sala espaciosa con un suelo de largas tablas de madera oscura, una chimenea ancha sobre la que colgaba una cabeza de jabalí y muebles rústicos de apariencia acogedora. Delante, un pasillo extenso por el que Will la ayudó a internarse, tomándola ligeramente de la cintura mientras las piernas de Marina temblaban de frío.

Will abrió la segunda puerta a la izquierda. Había un baño de llamativas baldosas verdes y naranjas. Al encender la luz, brillaron más que la bola de una discoteca.

Marina entornó los ojos y trató de buscar la ducha.

—Espera, te ayudo —Will la dejó sentada en la taza del inodoro y enrolló unas pesadas cortina de ducha con una lazada, para dejar a la vista una bañera con patas de garras de león sobre las que colgaba una alcachofa, ondeando al viento como el semáforo de un pueblo abandonado—. Esta casa tiene cien años, no te extrañes de nada de lo que veas en ella.

—¿Hay agua corriente? —preguntó ella dudosa.

—Claro, mujer. ¿Dónde crees que te he traído?

—Por un momento me he visto teletransportada al Salvaje Oeste.

Will maniobró los mandos de la ducha y, tras un sonido lastimero, el agua comenzó a caer con fuerza.

—¿Ves? Agua —abrió un armario junto al lavabo y sacó un par de toallas. Las dejó enfrente de Marina—. Si necesitas ayuda, pega un grito.

Marina alargó la mano y sujetó la de Will.

—Gracias —dijo con sinceridad—. Siento haber dado semejante espectáculo.

Él hizo un gesto de asentimiento con la cabeza, esbozó un ligero inicio de sonrisa y salió del baño.

Marina se levantó del inodoro despacio, probando la eficacia de sus piernas para sostenerla. Las náuseas habían cedido y el tembleque de sus extremidades también, así que se quitó despacio la ropa y se metió en la bañera.

La sensación del agua caliente al recorrer su espalda le proporcionó un placer indescriptible. Se mantuvo bajo el chorro intenso intentando borrar de su cabeza las imágenes que la habían acompañado desde que puso un pie en Crescent Moon. Se lavó con una pastilla de jabón enorme que olía muy bien y pese a que le hubiera gustado pasar el resto de la tarde metida bajo el agua, finalmente se decidió a salir de la ducha.

Justo en el momento en que iba a alcanzar la toalla, la puerta del baño se abrió.

—¿Qué...? —consiguió articular mientras se lanzaba a por la toalla de forma desesperada.

—Te traigo la ropa —Will la observaba serio desde el umbral.

Marina consiguió envolverse como un faquir en una túnica y se le encaró enfadada.

—¿Nadie te ha enseñado a llamar?

—Lo he hecho. Dos veces. Deberías darme las gracias al menos —le tendió una muda limpia—. Y, por cierto, recuerda que no tienes nada que no te haya visto ya.

—Eres un...

Él cerró la puerta consiguiendo evitar el lanzamiento de jabalina que Marina realizó con la escobilla del váter. Tenía las mejillas, las orejas y la agresividad al rojo vivo. ¿Quién demonios se creía aquel individuo para verla desnuda con la misma cara con la que se mira a un hámster? ¿Y la última frasecilla? ¿No sobraba más que la piña en una pizza? ¡Por todos los astros! Le odiaba más conforme pasaban las horas, y su aversión no parecía haber llegado al punto álgido.

Se puso la ropa a toda velocidad y, tras dejar el baño todo lo organizado que pudo, salió de él.

Llegaban varias voces distorsionadas por el pasillo. Marina reconoció el tono sugerente de Will, el agradable matiz de su padre y el áspero de su madre. Dudó si acercarse a las voces o salir corriendo en dirección contraria. Su pensamiento racional ganó la batalla y comenzó a andar hacia la puerta por la que habían entrado.

A la izquierda estaba el salón. La cabeza de jabalí la saludó con una extraña mueca. Dio otro paso y quedó enfrente de Will y sus padres. La conversación se detuvo y todos la contemplaron en silencio.

Debía disculparse por su peculiar y nauseabunda entrada en escena de momentos antes.

—Señor y señora Smith —comenzó a decir—, siento horriblemente...

—¿Señor y señora Smith? —repitió el padre, palabra por palabra—. Solo conozco una pareja llamada así, salían en la tele y eran espías.

—Creo que quería decir Scott. Aún anda mareada —añadió Will guiñándole un ojo.

—Por supuesto, Scott —rectificó Marina mascando las palabras—. Qué cabeza la mía.

—Llámanos mejor papá y mamá —dijo el hombre con una sonrisa franca.

—Maggie y Henry —le corrigió la madre con aspereza.

Marina asintió con la cabeza.

—Únicamente quería deciros lo mucho que lamento mi numerito de antes. Si no es molestia, debería irme a descansar.

Se miraron de nuevo entre los tres como si pudieran leerse la mente y acto seguido se levantó Maggie.

—Qué correcta es —dijo el padre con orgullo—. No es ninguna molestia, hija.

—Molestia lo que se dice molestia... —murmuró Maggie al pasar a su lado y se encaminó hacia el pasillo seguida por Marina—. Este es el dormitorio.

Abrió una puerta. Era una estancia agradable, de colores primaverales y sábanas en tonos pastel. Había dos amplias ventanas por las que se filtraba la escasa luz del ocaso.

Antes de que Marina pudiera darle a la mujer las gracias, ella ya había desaparecido dejando el pasillo en silencio.

Marina entró en el dormitorio inspirando profundamente y tratando de calmarse. Se encontraba en un entorno hostil, con enemigos en todos los frentes y sola a más no poder. Echaba de menos a su pequeña familia, a sus amigos del planetario, incluso a Lydia y a sus comentarios mordaces. Le encantaba su vida solitaria, monótona y tranquila. Ahora se daba cuenta de cuánto daría por volver a ella.

Su maleta estaba sobre un sillón de lectura, junto a una de las ventanas. Sacó sus escasas pertenencias y las guardó en un armario lacado en blanco cuyos cajones olían a melocotón. Antes de ponerse el pijama, regresó al baño de puntillas para lavarse los dientes. Las voces provenientes del salón se reían con estridencia. Algo le hacía pensar que podría ser por su culpa, y aquello la entristeció aún más.

Un poco después, metida en la cama ancha y mullida, se dio cuenta de que estaba llorando. Quizás de pena, quizás de soledad. Quizás porque en un determinado momento todo su diminuto universo se había escapado de su control y ahora daba tumbos en una dirección errónea.

Se durmió hecha una pelota, abrazándose a sí misma. Sabía que en cualquier momento volverían las pesadillas, y el insomnio la encontraría en un lugar ajeno y arisco, en el que no quería estar.

Abrió los ojos despacio, deslumbrada por la luz del sol que entraba a raudales por las ventanas, consciente de que había dormido de un tirón.

Su cuerpo girado hacia la claridad notaba la tibia caricia del sol. Se estiró encantada, consciente de que aquel podría ser un buen día si conseguía tomárselo con filosofía, si conseguía evitarle... a él. ¿A él?

Pegó un salto en la cama y se abrazó a las sábanas con fuerza. Tumbado a su lado y completamente inerte estaba Will.

Marina le empujó con el pie desde su situación en la esquina opuesta de la cama, envuelta por la linda sábana de margaritas hasta los ojos. Él estaba desnudo de cintura para arriba, boca abajo y si no fuera por los ronquidos amortiguados por la almohada, parecería un completo cadáver.

—Despierta —le siseó ella dejando de lado la sorpresa para convertirla en enfado.

Will abrió un ojo y lo volvió a cerrar.

—¿Qué hora es? —murmuró con voz de enterrador furioso.

—¡¿Qué haces en mi cama?!

Otro ronquido. Will se había vuelto a dormir.

—Mierda —masculló ella y le dio una patada en el costado.

—Esas no son palabras para una chica fina como tú —murmuró él.

—Vete de mi cama.

—No.

Le empujó de nuevo con ambos pies, consiguiendo propulsarle hasta casi el borde del colchón. Will se levantó a regañadientes y se estiró ruidosamente mientras caminaba por la habitación en dirección a la ventana.

—¿Has dormido conmigo? —preguntó Marina viendo que él, apoyado en el alfeizar, respiraba, tranquilo y mudo, la brisa mañanera.

—Es mi habitación. ¿Dónde demonios quieres que duerma?

—¿Solo hay una disponible?

—Esto no es una mansión, guapa, sino una granja.

—Hay una bañera de tu tamaño.

—¿Vas a dormir esta noche en la bañera? —Will la miró de reojo—. Todo un detalle por tu parte, Marina. No sabes lo molesto que es que te despierten tan temprano.

—Yo no. Tú.

—Claro. ¿Y por qué no en el suelo?

—Sí. En el suelo —asintió Marina esperanzada—. Por favor.

—No te lo voy a impedir.

—Eres odioso —Marina apretó los labios y enfurruñó la frente.

—Y tú no paras de moverte y hablar en sueños. Nadie es perfecto.

—¿Sabes que dan ganas de matarte y escupirte después?

Se rio.

—¿Sabes que resultas muy graciosa?

Marina resopló levantándose los mechones descolocados que caían por su frente, recogió su ropa del armario y se marchó corriendo al baño. Allí la emprendió a golpes con una toalla. Después, más serena, se aseó y se vistió despacio. Ni ella quería estar allí, ni él tampoco. Algo tenían en común. Puede que si se evitaran llegara a ser un buen día.

Con esperanzas renovadas, salió al pasillo y tomó aire. Sí. Iba disfrutar de los siguientes días pasara lo que pasara.

La casa estaba silenciosa. Al final del pasillo distinguió claridad y avanzó hacia ella. Había una cocina de grandes muebles de madera y enormes ventanales que daban a la fachada trasera. Estaba tan recogida y pulcra como la de su hermano. Pasó la mano por la encimera sintiendo el tacto frío del granito y anduvo hasta la puerta de entrada.

Al otro lado había un gran porche de crujientes tablones de madera. La vista resultaba cautivadora. Los campos de cultivo se extendían por doquier, hasta el mismo horizonte, interrumpidos de vez en cuando por grupos de árboles de fornidos troncos. El sol brillaba en el cielo surcado por bandadas de pájaros, varios cuervos graznaron sobre un granero de paredes rojas a la izquierda, en el que ondeaba una veleta con una bruja en la punta.

—Todo lo que ven tus ojos será tuyo algún día, pequeño Simba —la voz ronca de Henry la hizo botar en el sitio. El hombre estaba sentado en una hamaca junto a la puerta y la observaba divertido mientras tomaba sorbos de una taza.

Marina sonrió y señaló su alrededor.

—¿Todo es vuestro?

—¿No te había dicho mi hijo que tiene cientos de acres de tierras? —Henry se levantó y anduvo despacio hasta la barandilla que bordeaba el porche. Se apoyó en ella y entrecerró los ojos—. Siempre se ha avergonzado de sus raíces.

—No es cierto.

—Seguro que jamás te ha hablado de la granja de sus padres, ni del ganado, ni de lo diminuto que es el pueblo donde nació.

—¿Hay ganado?

—¿Lo ves? Tenía yo razón —se giró hacia ella. Sus ojos azules eran más pálidos que los de Will—. Pero no me importa, ¿sabes? Mis otros tres hijos siguen en Crescent Moon, el mayor es ganadero, el segundo tiene una tienda de jardinería y el tercero es profesor en el colegio de la zona. Son sencillos y nobles. Ben nos salió escurridizo y ambicioso.

—¿Ben?

—Benjamin, el pequeño. Yo siempre le he llamado así. William me parecía un nombre muy de adulto para un niño raquítico y sucio que jugaba a médicos y enfermeras con todas las niñas de la zona.

Marina soltó una carcajada.

—No me lo imaginaba así.

—Pues sí, señorita. Ahora parece un adonis. Pero en el fondo sigue siendo el mismo pueblerino mal criado.

—No me lo jure.

El hombre le devolvió una sonrisa franca.

—Maggie os ha dejado el desayuno preparado. Ven.

Comenzó a bajar las escaleras del porche. Delante había un extenso jardín con tiestos de flores, un estanque rodeado por piedras y un árbol grueso del que colgaba un columpio viejo.

A la izquierda, antes de llegar al granero, se levantaba un cenador de madera sobre el que crecían varias enredaderas. Se notaba que había sido hecho a mano, pero resultaba encantador.

Debajo, una mesa con varias sillas de hierro y un estupendo desayuno, esperando a ser comido con urgencia.

—Muchas gracias —dijo Marina con el estómago rugiendo como el motor de un coche deportivo.

—Maggie es bastante... parca. Pero está encantada de que hayáis venido.

Marina tomó asiento junto a Henry y salivó ante el olor del pan tostado y el café caliente.

—Me da la sensación de que no le gusto demasiado.

—Oh, no. Está molesta porque Ben no ha se dignado a visitarnos desde hace mucho tiempo. Y bueno... cree que es por tu culpa.

Genial.

—Así que no le gusto.

—No mucho —se rio—. Pero no me preocuparía en exceso. No suele ser vengativa.

—Todo un alivio.

—No mientas, papá —Will apareció detrás de Marina, tenía el pelo mojado y olía rematadamente bien. Se sentó entre ellos—. ¿Te acuerdas cuando echó espuma de afeitar en vez de nata en el pastel de la señora Boggs?

—Eso fue diferente. Nos había robado dos vacas.

Marina dejó de masticar su tostada y la miró por ambos lados, desconfiada.

—Es una advertencia —hizo una mueca hacia Marina y se sirvió café—. Por cierto, ¿dónde está?

—Dando de comer a las gallinas —contestó el padre—. Cuando se estresa, las alimenta. Tenemos las gallinas más gordas de la zona. Alguna parece un pavo.

Marina no pudo evitar reírse al escucharlo. Henry la imitó a carcajadas. Will los observó aparentemente desconcertado y, al final, esbozó una sonrisa.

—Si Maggie me lo permite, me encantaría ayudarla con los animales —dijo Marina enjugándose las lágrimas.

—Es una buena idea —asintió Henry, reclinándose en la silla con la cara aún roja de reír—. Aunque se despierta bastante temprano.

—No me importa.

—Perfecto entonces. Se lo diré —le guiñó un ojo—. Así seguro que limáis vuestras asperezas.

—¿Qué asperezas? —la madre de Will se encontraba detrás de ellos, sus manos en las caderas y una mueca de desagrado.

—A Marina le gustaría acompañarte mañana en tus tareas —contestó Henry.

El rostro de Maggie no varió su expresión.

—Ah, ya. Me levanto antes de que salga el sol —dijo ella mirando a su marido.

—Yo también —apuntó Marina—, entro a trabajar cuando aún es de noche. Y la verdad es que salgo generalmente cuando ya ha anochecido. Soy lo más parecido a un vampiro.

—¿Y a qué te dedicas, hija? —Henry parecía interesado.

—Soy astrofísica.

El padre alzó las cejas extrañado. La madre asintió con tranquilidad, como si entendiera muchas cosas de repente.

—Las que leen el horóscopo —le explicó a su marido.

—Bueno, no. Más bien astrónoma —trató de aclarar Marina.

—¿Estás intentando liarnos? —dijo la mujer con los ojos clavados en ella como dos tizones.

—Marina trabaja en el planetario, es una científica muy importante —intermedió Will—. Estudia las estrellas.

—Guau —el padre abrió la boca con asombro—. Suena difícil.

—Es realmente impresionante —añadió Will con aparente sinceridad.

Marina le observó perpleja.

—Bueno, William es un reputado abogado —Maggie puso una mano en el hombro de su hijo, henchida de orgullo. El rostro de Will se volvió sombrío.

—¡Por supuesto! —Marina sonrió ampliamente—. Uno de los mejores que conozco. ¡Qué narices! ¡El mejor!

—¡Lo sabía! —exclamó Henry—. Siempre fue muy justo. Un poco cretino, pero justo al fin y al cabo.

—¡Henry! —le reprendió su mujer.

—¡Es verdad! ¿A que sí, Ben? No tolerabas las injusticias.

—Sí —Will sonrió—. Tienes razón en ambas cosas. Era un cretino bastante justo.

—No digáis tonterías —la conversación molestaba a su madre. Se limpió con nerviosismo las manos en un pequeño delantal que llevaba en la cintura—. Voy a preparar la comida.

Se marchó a paso rápido, casi militar. Henry se encogió de hombros.

—¿Por qué no la llevas a conocer nuestro gran pueblo? —preguntó a Will—. Seguro que le has hablado mucho de él.

Marina apuró el café y se levantó de la silla. Le dio una palmada en el hombro a Will, casi un puñetazo.

—Venga, querido. Ya es hora de que me hagas de guía en Crescent Moon.

Desde el coche, Crescent Moon tenía aproximadamente tres calles horizontales y cinco perpendiculares, dos decenas de casas bajas, un pequeño supermercado, un motel-restaurante y un centro de jardinería.

El resto lo constituían extensas tierras de cultivo y zonas de pasto, al final de las cuales se podían distinguir, desde la carretera, granjas de todos los tamaños y graneros rojos de tejados picudos.

Hacía calor al mediodía y la brisa que se colaba por la ventanilla bajada de Marina le traía el intenso olor de los árboles que acompañaban el camino.

Will detuvo el coche en un aparcamiento de grava, bajó de él y se puso a caminar en dirección a un bosque cercano con las manos en los bolsillos traseros de los vaqueros y la tranquilidad del que pasea solo.

Marina le siguió.

—¿A dónde vamos? —preguntó tras un cuarto de hora de mutismo y viendo como seguían un camino cada vez menos practicable.

—Que tenga que traerte conmigo no significa que además deba hablarte.

—Tienes razón. No es un deber, pero se llama buena educación —contestó ella con ganas de darle un bofetón con la mano bien abierta—, algo de lo que es obvio que careces.

Él no se detuvo y continuó avanzando. Marina vaciló entre seguirle o regresar al coche. Sin embargo, cabía la posibilidad de que se perdiera a la vuelta y la situación se hiciera más desagradable y ridícula.

El camino finalizaba unos metros adelante. El bosque se abría para mostrar el cauce serpenteante de un río de aguas oscuras, casi negras.

—El White Oak —dijo Will como si hablara consigo mismo—. Desemboca en el Atlántico a unos setenta kilómetros de aquí.

—Realmente interesante.

—¿No querías que hablara?

—Sigue, sigue. Que al final no pienso ser yo la insoportable —Marina le hizo un gesto con la mano para que continuara mientras se acercaba a la orilla.

A pocos metros, había un pequeño embarcadero de tablones de madera y una escalerilla metálica que se adentraba en el agua. Dos canoas ocultas entre la vegetación del margen del río llamaron su atención.

—Aquí solía venir a menudo. No teníamos piscina, así que la mejor forma de combatir el calor del verano era en remojo.

Marina giró la cabeza a izquierda y derecha. Troncos de árboles larguiruchos surgían del cauce, oscureciendo más el agua y dándole un matiz tenebroso.

—Son cipreses de los pantanos —señaló Will siguiendo su mirada—. Evitan que los rayos del sol den en el río.

—Es precioso —afirmó ella echándoles una rápida ojeada—. Te agradezco que me hayas traído aquí.

—No ha sido por ti —añadió Will, recuperando su pose de maleducado neoyorquino—. Quería ver si todo seguía igual a cuando me marché.

—Si te hubieras comido la primera frase, hubieras resultado hasta encantador.

—Lo siento. Ahora mismo no cobro por serlo.

—No lo jures.

Marina hubiera querido permanecer horas junto al cauce del rio, incluso meter los pies en el agua y notar el frío en sus tobillos. Sin embargo, en su lugar, comenzó a desandar el camino. Le daba igual perderse en el bosque con tal de no estar junto a aquel individuo más tiempo del necesario.

—Marina —Will la alcanzó en dos zancadas y la agarró del brazo—, no lo entiendes. Este fin de semana podría haberme embolsado más de dos mil dólares. Imagínate la semana entera. Puede que creas que soy un cabrón sin sentimientos, pero no sabes la de dinero que estoy perdiendo y la de gastos que he de afrontar. ¡Por todos los demonios, me estoy comprando un deportivo a plazos!

Estaba tan desesperado que Marina sintió lástima. Él era un daño colateral que se había visto envuelto en una situación que no le correspondía.

—Sí lo entiendo, Will. Yo tampoco quiero estar aquí y jamás he deseado hacer perder dinero a alguien o molestarle tanto. Lo siento terriblemente. Si pudiera, desearía no encontrarme en esta situación ni hacerte pasar un suplicio así, pero no puedo.

Las ganas de llorar la iban invadiendo por momentos, tragó saliva para amortiguarlas. El rostro de Will se relajó. Sus ojos azules buscaron los de Marina.

—Tampoco es un suplicio, mujer. Mis padres están muy felices. Algo bueno hay en todo esto.

Ella asintió con la cabeza y buscó el camino de vuelta con la mirada. No podía evitar que las lágrimas le nublaran la vista y, menos aún, que él se diera cuenta.

—Volvamos a casa, mi madre se enfadará si no estamos para el almuerzo.

Emprendieron el regreso en silencio. El aire fresco a la sombra de los árboles devolvió a Marina algo de entereza. Al llegar al coche, ya tenía la suficiente como para afrontar un día más. Esperaba que pronto, muy pronto, el inspector Wilkinson diera con aquel hombre y pudiera volver a su ansiada vida monótona.

ÉL

El hombre comenzaba a estar alterado. Las situaciones fuera de su control le perturbaban, le volvían terriblemente impredecible. Y él no quería eso, necesitaba pensar con claridad.

La chica había desaparecido.

Al final, el inspector Wilkinson había hecho un buen trabajo. Si se hubiera empleado de la misma forma diez años atrás, él estaría entre rejas y no descansando en su casa plácidamente.

Aquello era un eufemismo.

Solo podría sentirse tranquilo si los acontecimientos transcurrían por su curso normal. Y en ese momento, hallarse perdido y sin nada a lo que aferrarse le producía un gran dolor estomacal y una jaqueca acuciante.

La chica había desaparecido.

Maldijo entre dientes. Se había divertido asustando a la muchacha, borrándole la estúpida sonrisa del rostro. Y ahora se había esfumado.

Imbécil.

Se frotó la cara con ambas manos hasta hacerse daño. Diez años atrás la situación resultó diferente. Había acabado con la vida de indefensas conejitas. Estaba alcanzando popularidad, pronto le equipararían con Ted Bundy o con el asesino del Zodíaco. Incluso con Jack el Destripador. A los periodistas les encantaban los sobrenombres y las comparaciones rimbombantes.

Pero su ayudante de laboratorio tuvo que pifiarla. En vez de a una de las conejitas melosas que debían hacer desaparecer de la faz de la tierra, le trajo por equivocación a la más empollona e impopular de la clase. Esa pobre chica no necesitaba que alguien le quitara la sonrisa, ella no la tenía. Había sido el hazmerreír del instituto un año atrás y seguía estigmatizada, algo que le recordaba a sus años en el colegio. Años de sufrir insultos por su aspecto físico y golpes porque le habían enseñado a no pelearse, a ser buen chico.

Cómo odiaba aquellos tiempos. Gracias a Dios, había mutado, había salido de su crisálida y se había convertido en un hombre hermoso y fuerte. Los años habían pasado por él y ya no era el muchacho joven que anhelaba, pero seguía resultando atractivo.

Se giró hacia las dos pantallas del ordenador, que no cesaban en su actividad frenética. Varios años como informático en una multinacional le habían dado acceso a incontables programas de búsqueda de datos, reconocimiento facial y movimientos bancarios.

No podría esconderse demasiado tiempo. Pronto daría con ella y esta vez no jugaría a asustarla.

Simplemente cavaría un hoyo. La metería en él. Y se aseguraría de que esta vez no pudiera salir jamás.

LA FAMILIA SCOTT

El último tramo del accidentado camino hasta la granja de los padres de Will estaba inusualmente plagado de coches.

Marina miró perpleja por la ventanilla mientras se veían en la obligación de aparcar entre unos arbustos de forma precaria.

—¿Qué demonios pasa...? —preguntó a su acompañante, pero éste ya había salido del vehículo y caminaba hacia la casa.

En ese momento, y seguramente al escuchar el ruido del coche, la puerta de la granja se abrió y comenzó a surgir una avalancha humana de todos los tamaños y formas, cuyos integrantes se precipitaron sobre Will como un auténtico tsunami.

Con cierta indecisión, pero entretenida por la imagen de un Will en el suelo aplastado por tres moles y dos perros, Marina se atrevió a caminar hacia ellos.

Las miradas de todos los presentes pasaron del despojo humano rebozado en barro del suelo a ella. La observaron de arriba abajo.

Había tres hombres grandullones, los que habían incrustado a Will contra la grava del camino, dos mujeres casi tan fornidas como ellos y una infinidad de niños moviéndose tan rápido en todas direcciones que parecía imposible poder contarlos.

Will se levantó a duras penas tratando de limpiarse. Como toda la atención se hallaba puesta en Marina, se sintió en la obligación de hacer las presentaciones.

—Marina, estos son mis hermanos Noah, Daniel y Jonas, mis cuñadas Anna y Sophie y mis ocho sobrinos de los que no me sé todos los nombres. Familia, esta es Marina —dijo señalándola.

Comenzaron todos a hablar atropelladamente. Se turnaron en abrazarla y besarla y los niños le enseñaron juguetes y heridas, incluso un ratón muerto y un gusano retorcido.

—No te esperábamos tan... —comentaba Daniel, un rato después, por fin sentados y con comida humeante delante.

—¿Tan enfermiza? —preguntó Marina—. Ayer vomité nada más llegar.

—No... —sonrió el hermano mayor de Will. Era una copia de este, pero con unos kilos más y una perpetua sonrisa en el rostro—. Tan normal.

—Ah, bueno, podría ser peor.

—No nos malentiendas —saltó el segundo, Jonas—. En las películas, las chicas de Manhattan vendrían en tacones y minifalda. No en vaqueros y zapatillas.

—Qué burros sois —añadió una de las cuñadas—, que sea la novia del estirado de Will no significa que ella también tenga que serlo.

Marina rio ante el comentario. Will puso pucheros como un niño pequeño enfurruñado.

—Eso es verdad —claudicó Noah—. ¿Y qué hace una brillante astrónoma con un picapleitos paleto?

La madre de Will le dio un mamporro a su tercer hijo con la espátula en la cabeza.

—Tu hermano es un prestigioso abogado.

—Sí, mamá, lo que tú digas. Todos le queremos. Pero es más divertido si nos metemos con él.

Hacía calor en el jardín, varias mesas unidas daban cabida a diecisiete personas hablando a la vez. Los perros venían de vez en cuando a pedir algo de comida y después se marchaban trotando a buscar ratones entre la maleza. Los niños se perseguían con una manguera y en cuanto se mojaban, gritaban alborozados.

Marina jamás había estado involucrada en un fenómeno tan ruidoso. Sin embargo, en vez de molestarla, le hacía sonreír.

—Bueno, ¿y cómo os conocisteis? —Sophie, la cuñada pelirroja de risa contagiosa, había hecho la pregunta del millón. Will carraspeó, Marina le miró angustiada. Odiaba mentir y encima se le daba fatal.

—En un club de lectura —dijo nerviosa.

—¿Will lee? —Noah, Daniel y Jonas se miraron absolutamente desconcertados y después soltaron una carcajada.

—Pues sí, idiotas —saltó Will, divertido por la situación—. Allí nos conocimos, leyendo a Mark Twain, para ser más exactos. Después fue mi guía en el Planetario Hayden y me quedé fascinado por cómo hablaba. La verdad es que no entendía demasiado del espacio, pero daba gusto escucharla —apoyó su mano sobre la de Marina—. Y ella se quedó hechizada por mi atractivo.

Marina se atragantó y todos se echaron a reír.

—¡Ni hablar! —consiguió articular ella—. Me tuvo que perseguir varios días hasta que le hice caso.

—Estabas loquita por mí —sonrió Will guiñándole un ojo—. Decías que quitaba el hipo.

—Engreído.

—Unos días después, la acompañé a un baile de su antiguo instituto... y el amor afloró.

Las mejillas de Marina se encendieron de golpe.

—El afamado abogado se nos ha vuelto un cursi —clamó Daniel a carcajadas.

—Joder, así fue —se rio Will—, una auténtica película romántica.

—Una auténtica pesadilla —murmuró Marina por lo bajo, de forma que solo Will la oyera.

—Para los dos, preciosa —él le dio un beso rápido en la mejilla que la dejó completamente descolocada—. Y ahora un brindis por mi chica. La neoyorquina que robó mi corazón.

Los hermanos levantaron sus vasos fingiendo arcadas. Todos se sumaron al brindis y chocaron sus copas.

—Porque mi hijo ha vuelto a casa —dijo Henry—. Y parece alguien normal.

La madre le dio un codazo en las costillas.

—Me gustaría decir algo —Marina habló antes de poder refrenarse. Se preguntó si había bebido más de una cerveza sin haberse dado cuenta. Se hizo el silencio, todos la miraron. Incluso los dos perros. Tuvo que continuar—: me siento muy agradecida porque me hayáis acogido en vuestra casa, siendo una completa desconocida y sin siquiera haber llamado. Gracias, Maggie y Henry, por vuestra hospitalidad y a todos vosotros por hacer tan fácil y divertida mi llegada. Will —se giró hacia él. Él la miraba con los ojos como platos, parecía un mochuelo asustado—, ¿en qué demonios te pareces a tu familia?

Will tosió sonoramente, turbado. Las risas se acrecentaron. Marina se sumó carcajeándose y entonces tuvo la certeza absoluta de que se había emborrachado.

Marina no podía dejar de cantar. Había enlazado la banda sonora de *Titanic* con la de *Cuatro bodas y un funeral* y continuaba desgañitándose por el pasillo mientras Will la llevaba a rastras hacia el dormitorio.

—*I feel it in my fingers...*

—Y más que lo vas a sentir si no te callas un poco —masculló William abriendo la puerta a duras penas con el peso muerto de Marina colgando de un brazo.

—Estás molesto porque tu familia me quiere más a mí que a ti.

—Se divierten más contigo que conmigo, eso no te lo voy a negar —la alzó hasta la cama y la soltó sobre ella.

—Paparruchas —el bote que dio su cuerpo contra el colchón la hizo reír.

Will la miraba con los brazos cruzados, con una cara de póker que no conseguía ocultar cierto brillo divertido en sus ojos.

—Así que la señorita científica no domina el alcohol —dijo sentándose en el borde de la colcha—. Me extraña que no controles algo.

—¡No ha sido mi culpa! Tu hermano el de las pecas ha rellenado mi vaso sin que me diera cuenta.

—Ese no era mi hermano, sino mi cuñada.

Marina soltó una carcajada, los ojos anegados en lágrimas incontrolables.

—Ya decía yo que tenía el pelo muy largo —tartamudeó por la risa. De pronto se detuvo embargada por una idea y se incorporó—. ¿Qué habrán pensado de mí? ¿Que soy una alcohólica?

Parecía tan angustiada que Will la cogió de la mano y le dio unas palmaditas tranquilizadoras.

—Desde luego que no, Marina. Y me cuesta decirlo, pero —esbozó una rápida sonrisa—, has estado muy graciosa.

Marina se dejó caer derrotada hacia atrás.

—No quiero ser graciosa, quiero que me aprecien. Me he pasado toda la vida intentando gustar a la gente.

—Ya lo hacen, tranquila. Sin temor a equivocarme, eres la novia más agradable que ha pisado esta casa.

—¿De veras? —Marina abrió los ojos con desmesura, más que un búho sorprendido—. ¿Piensas que soy agradable?

—Sí. Y ahora quiero que descanses un poco.

—¿Y lista?

—Por supuesto —la empujó despacio forzando a que se tumbara y la tapó con la colcha.

—¿Y guapa?

—También.

—¿Mucho?

Will se rio y le cubrió la cabeza para que dejara de mirarle.

—Sí, muy guapa. Y ahora duerme, bella durmiente.

Antes de que Marina pudiera preguntar algo más, él salió de la habitación rápidamente.

El sol había rebajado su intensidad para cuando Marina abrió los ojos y se encontró estirada en la cama, sin saber cómo había llegado hasta allí.

Se incorporó con una pesadez inusual y se puso en pie. Extraños recuerdos con aún más extraños comportamientos comenzaron a darle dolor de cabeza. Si la mitad eran ciertos, había cometido un ridículo espantoso delante de la familia entera de Will.

Se asomó por la puerta y escuchó. No se oía nada. Cogió algo de ropa y se dio una ducha abrasadora intentando quitarse de encima el olor dulzón del alcohol transpirando por sus poros.

Después, más limpia y despierta, rebuscó por la casa alguna forma de vida. Salió al jardín extrañada e inspiró el aire fresco de la tarde avanzada. La soledad del lugar le confería aún más belleza. Se mantuvo un rato en el sitio admirando el paisaje, las diferentes tonalidades verdes de los cultivos, el azul pálido del cielo teñido con brochazos anaranjados.

El granero a la izquierda llamó su atención y se encaminó hacia él. La veleta con la silueta de una bruja oscilaba despacio en el tejado. Detrás de la enorme construcción de tablones rojos había varios establos y cercados de ganado donde pastaban media docena de caballos. Se aproximó a los animales y estos la observaron una milésima de segundo antes de volver a la interesante tarea de arrancar hierba con los dientes.

La inmensa puerta del granero estaba entreabierta. Desde donde se encontraba Marina, podía observar un interior repleto de extraños aperos de labranza y un par de tractores de ruedas tan altas como un *Transformer*.

—¿Cotilleando? —Marina dio un bote en el sitio y se giró rápidamente hacia Will.

—¿Qué haces aquí?

—Creo que esa pregunta debería hacerla yo; al fin y al cabo, es mi casa.

—Pensaba que os habíais ido y, bueno... pues sí, estaba cotilleando.

Él abrió una de las hojas de la puerta con algo de esfuerzo e invitó con un gesto a Marina a entrar en el granero.

El techo se elevaba al menos diez metros por encima de ellos, con varias entreplantas plagadas de sacos, cajas, herramientas y paja, mucha paja.

Will se encaramó a uno de los tractores y le tendió la mano. Ella le miró con desconfianza.

—¿Nunca has querido subir en uno de estos? —preguntó él.

—Puedo asegurar que es la primera vez que estoy tan cerca de un tractor.

—Una urbanita en toda regla. Anda, coge mi mano, que me va a dar un tirón.

Marina se aferró a ella con fuerza y subió hasta la cabina del tractor.

—Cuidado con la palanca de cambios —dijo Will mientras tomaba asiento tras el volante—. Y ahora, agárrate.

—¿No irás a...? —la frase quedó flotando en el aire absorbida por el rugido del motor al arrancar. Marina se ancló con las uñas al borde metálico de la cabina mientras el enorme vehículo se ponía en funcionamiento con una súbita sacudida.

Will metió una marcha y el monstruoso artefacto comenzó a trotar hacia la salida del granero, feliz al sentirse en libertad. El motor se aceleró en el exterior, Marina salió propulsada hacia atrás, quedando sentada sobre las piernas de Will e incrustada contra el volante.

—Ya veo... ¿necesitada de cariño? —le gritó por encima del ruido infernal de la máquina, que botaba con una perversa vibración.

—¡Detén este trasto!

—Ah, no, guapa. Mira y disfruta.

Marina dejó de tratar de asirse a algo y se mantuvo quieta mientras su pelo revoloteaba y el campo se abría ante sus ojos como una plataforma verdosa interminable.

Desde la altura que les conferían las ruedas gigantescas, todo parecía más diminuto. Los árboles pasaban a su lado como simples arbustos, rozando sus ramas más altas en el techo de la cabina.

—¡Qué pasada! —gritó Marina, esta vez con más satisfacción que temor.

—Venga, agarra el volante. Y condúcelo hacia la carretera.

Marina se aferró a la rueda con fuerza. Le sorprendió lo fácil que resultaba su manejo. Sin demasiado problema, lo dirigió mientras Will se encargaba de meter las marchas y acelerar.

—¡Oh, Dios! —chilló enloquecida—. ¡Estoy conduciendo!

Will soltó una carcajada.

—Nunca vi a alguien tan feliz llevando un tractor —redujo las marchas para incorporarse a la estrecha carretera y transitaron durante un buen rato mientras algún coche con prisas les adelantaba frenético.

—En Carolina del Norte también se estresan fácilmente —dijo Marina.

—Vamos a veinte kilómetros por hora, normal que se pongan nerviosos.

—Es increíble. Me encanta. Me gustaría seguir así de por vida.

—A mí se me empiezan a dormir los pies con tu peso.

—No seas quejica. ¡Mira! —señaló un puente sobre un arroyo y gritó contenta—. ¡Agárrate! ¡Un bache!

Will se hizo con la posesión del volante y giró de regreso.

—Señorita, como nos pille un policía, nos va a meter una buena multa. Hay que dar la vuelta.

Ella suspiró resignada, pero la vista del cercano ocaso al tomar el camino de retorno apagó su desilusión. Jamás había asistido a una puesta de sol similar. Lo suyo era otro firmamento: el nocturno. Se mantuvo en silencio con los ojos clavados en la paleta de colores pastel del cielo. Will sonreía a su lado, el aire fresco de la tarde mezclaba los cabellos de ambos hasta casi anudarlos. Los últimos rayos tenues de sol acariciaban sus rostros.

—Qué belleza —susurró ella y él no pudo más que asentir.

Llegaron a la granja antes de lo deseado. La luz dentro de la casa indicaba que ya no se encontraban solos.

—Mi familia estaba en la iglesia. Suelen ir los domingos por la tarde —explicó él mientras se encaminaban hacia la puerta del granero.

—¿Tú no?

—Debía vigilar a una chica inconsciente y alcoholizada. Me parece que Dios lo entenderá.

—¿Crees en él?

—¿En Dios? —Will redujo las marchas y aparcó el tractor. La vibración infernal cesó de repente—. Bueno, eso me enseñaron desde pequeño. ¿Y por qué no lo iba a hacer?

Marina se dio cuenta de que aún seguía sentada en las rodillas de Will. Sin embargo, ni a él parecía molestarle ni ella decidió moverse.

—¿Y qué pasa con las pequeñas científicas? —preguntó él—. ¿Tan agnósticas como siempre? ¿O tú rozas más bien el ateísmo?

—Es un tema conflictivo —Marina arrugó la nariz—; si quieres ser realmente objetivo para explicar lo que sucede a nuestro alrededor, no se puede añadir la posibilidad de un ser poderoso que rige el universo a su antojo.

—«Dios no juega a los dados con el universo». Albert Einstein.

—«Einstein, deje de decirle a Dios lo que tiene que hacer». Max Born.

Will soltó una carcajada mientras trataba de ponerse en pie.

—Me parece que la doctora Eisinga siempre tiene la última palabra. Así que no trataré de convencerte de nada.

—Está bien, señor Smith... perdón Scott —Marina se rio consiguiendo bajar del tractor con bastante decencia—, y yo no te daré ninguna clase de física para bebés que rebata cualquiera de tus ideas.

Will saltó desde la cabina, cayendo a su lado. Durante un segundo se sonrieron, él carraspeó rápidamente y señaló la puerta.

—Seguro que ya tenemos la cena preparada.

—Saldré de esta casa rodando como un bicho bola gordo —dijo Marina mientras le seguía fuera del granero.

En la cena no se hizo mención del estado de embriaguez de Marina y ella lo agradeció. Maggie, con una inusual verborrea, relató a qué vecinos habían encontrado en la iglesia y los comentarios que habían hecho al conocer la noticia del regreso de su hijo pródigo.

—Estaban los Carroll al completo —comentó Henry—, incluida su preciosa hija Bianca. ¿Te acuerdas de ella?

—Fue la primera novia seria de William —añadió la madre mirando de reojo a Marina.

—Teníamos quince años —dijo Will—, con esa edad nada puede denominarse como serio.

—Estuvisteis juntos tres años —puntualizó Maggie.

—¿Y qué pasó? —preguntó Marina intrigada.

—Will se fue a la universidad en Nueva York y ella prefirió quedarse en Carolina —explicó Henry, que parecía comenzar a aburrirse del tema de conversación—. Lo de siempre.

—¡Oh, qué pena! —murmuró Marina hasta que se dio cuenta de que todos la miraban y cambió de registro—. Quería decir... ¡mejor para mí!

—Lo que tu padre te iba a contar es que los Carroll quieren organizar una fiesta de bienvenida para ti. El martes en su finca. Han invitado a la mitad del condado.

—Estupendo —Will no expresaba demasiada emoción en su voz—. Bueno, si no os importa, voy a ir a descansar. Mañana te ayudaré con las cuentas, papá.

Todos volvieron a mirar a Marina con curiosidad.

—Te acompaño —se vio obligada a decir y se levantó tras Will, despidiéndose de Maggie y Henry y agradeciéndoles la cena, antes de encaminarse hacia el pasillo con muy pocas ganas.

Will, con una velocidad vertiginosa, había tomado posesión del único baño, por lo que Marina se vistió en el dormitorio, apoyando la espalda en la puerta y haciendo fuerza contra ella, ya que no disponía de ningún tipo de cerrojo y no tenía ganas de que Will le viera el trasero de nuevo.

Con el pijama corto de verano, demasiado corto y fresco para la situación actual, Marina contempló la cama con los brazos en jarras y gesto adusto. Como cama individual era amplia, como lecho de matrimonio resultaba más bien escaso. Negó con la cabeza. No pensaba dormir con Will ni por todo el oro del mundo. De pronto se encontró recordando su paseo en tractor, su sonrisa, y eso la llevó a semanas atrás, a sus encuentros en el instituto de Mount Vernon High o en el planetario. Al pensar en cómo le había rodeado el cuerpo con las manos, la piel se le puso de gallina.

—Esa cama es mía.

Marina ni siquiera se giró hacia Will.

—¿Sabes que suenas como un niño malcriado? —las ganas de sentir el contacto del cuerpo masculino se habían evaporado tan rápido como habían llegado.

—Me da igual. No pienso dormir en el suelo.

—Echémoslo a suertes —Marina se le encaró. Lo que no esperaba era que Will solo llevara la parte de abajo del pijama, y sus ojos resbalaron desde su pecho hasta el ombligo, tan bien colocado en su esculpido y odiosamente atractivo abdomen.

—¿Te gusta lo que ves?

—Parece que has perdido parte de la ropa.

—Hace calor.

Marina tragó bilis y fijó su mirada en la de él.

—Piedra, papel o tijera. El mejor de tres.

—¿Dónde queda lo de jugarse las cosas al póker?

—¿Eres un gallina o quizás es un juego demasiado complejo para tu intelecto?

Will se mordió el labio inferior y apretó la mandíbula con determinación.

—Bien. El que gane se queda la cama todo el tiempo que dure nuestro confinamiento.

—Hecho —Marina ocultó sus manos detrás de la espalda—. Una, dos y tres.

Piedra. Ambos.

—Otra —repitió ella.

Papel. Los dos.

Piedra. De nuevo.

—¡Joder! —exclamó Will tras veinte veces coincidiendo—. ¡Deja de leerme la mente!

Buscó su cartera airado y se hizo con una moneda.

—Cara o cruz —dijo enseñándosela—. Así es más fácil.

—Cara.

Will lanzó la moneda y la cazó al vuelo. Se la mostró. Cruz.

—Me cago en...

—Por Dios, señorita —Will rio feliz—. Espero que una noche en el suelo mejore su educación.

—Qué caballeroso —Marina agarró una de las almohadas, la colcha de la cama y las colocó encima de la alfombra de pelo color albaricoque, que tenía todo el aspecto de ser muy confortable.

—Una apuesta es una apuesta —él se lanzó encima de la cama con una sonrisa de oreja a oreja y comenzó a simular que nadaba por ella—. Voy a dormir como un bebé.

Marina blasfemó entre dientes mientras trataba de darle a su esquina aspecto de lecho. Ahuecó la almohada y tomó prestados un par de cojines del sillón de lectura. Se fijó en la estantería que tenía a su izquierda y sus ojos se detuvieron en los libros que la abarrotaban. Le sorprendió encontrar varios volúmenes de Mark Twain, el seudónimo de su acompañante y uno de los escritores favoritos de ella. Tomó *Las aventuras de Tom Sawyer* y se recostó más feliz.

—Deja la luz de la mesilla encendida —murmuró Will desde su lejano y cómodo emplazamiento—. No me importa.

—Muy amable —refunfuñó Marina, aunque le hizo caso. Enseguida su compañero de habitación inició una serenata de graves ronquidos y ella comenzó a leer la historia del inquieto Tom. El personaje le recordaba mucho al oso cavernoso que dormía plácidamente en la cama.

PESADILLAS

A lo lejos creyó escuchar el ruido de un motor al alejarse. Después, nada.

Trató de abrir los ojos. Sin embargo, le pesaban demasiado los párpados, como si tuviera dos losas de piedra sobre ellos. El olor a tierra fue lo primero que percibió con claridad. Olía al huerto de su madre, como cada vez que se ensuciaba las manos y las uñas arrancando hortalizas.

Después a humedad, a rancio, a acre. Se movió en el sitio. Sus pies dieron con el fondo, sus manos con los lados, su cabeza con el techo.

Estaba en una caja.

La angustia sobrevino como un huracán, su cuerpo respondió con lloros, arcadas, incluso vómito. ¿Qué hacía allí? ¿Qué había sucedido?

Tomó aire. Parecía espeso y pegajoso. Su mente intentó razonar. Lo último que recordaba era el instituto. El ayudante del laboratorio había castigado a Pepper a limpiar el aula, pero ella había ido en su lugar. Después los recuerdos se esfumaban.

¿Se había caído en algún lugar?

Oyó un trueno, después otro. Tras eso, el olor a humedad se acrecentó. Del techo, que tenía a pocos centímetros de su cara, comenzó a rezumar agua. Barro.

Estaba bajo tierra. Enterrada.

Entonces Marina gritó, gritó hasta desgarrarse la garganta mientras las lágrimas se fundían con el líquido sucio que comenzaba a llenar el ataúd.

—Despierta, tranquila. No pasa nada.

Marina abrió los ojos. Estaba temblando, el pelo empapado en sudor. Distinguió a Will junto a ella, mantenía la cabeza de Marina entre sus manos y la observaba con auténtico pánico.

—No parabas de gritar —susurró—. Ha sido una pesadilla terrible.

Marina se incorporó despacio. Will se hizo a un lado para dejarle espacio y se sentó en el suelo frente a ella. Su rostro mostraba preocupación.

—Un sueño... —musitó Marina. Su mente aún trataba de poner las piezas en su sitio, de racionalizar la situación.

Will se levantó y le tendió una mano. Ella le miró sin entender.

—Vamos —dijo—. Creo que dormir en el suelo no te viene muy bien.

—Yo... —Marina se dejó arrastrar hacia la cama. Su cuerpo seguía sufriendo un ligero temblor y tenía frío y calor a partes iguales.

—Ni una réplica. ¿Sabes lo que es despertarse a la tres de la madrugada con unos alaridos de zombi, provenientes del suelo? He estado a punto de sufrir un ataque al corazón —la empujó para que se tumbara y la cubrió con la sábana—. Si era una estrategia para hacerte con la cama, lo has conseguido.

Marina trató de sonreír, pero aún tenía las emociones demasiado cercanas y su mente era incapaz de alejar las imágenes de su pesadilla. Will le acarició un segundo la mejilla y después comenzó a alejarse.

—¿Dónde vas? —Marina se incorporó de golpe.

—Al suelo. Hacemos un intercambio momentáneo y mañana ya veremos.

—No puedes irte —alargó el brazo y agarró su muñeca con fuerza—. Por favor.

Will la miró desconcertado.

—¿Quieres que duerma contigo?

—Si no te importa —musitó ella.

—Haré un esfuerzo. El suelo no es un lugar muy halagüeño.

Marina se apartó hacia el borde de la cama y dejó que él se situara a su lado. Emanaba un calor muy agradable.

—Gracias.

Will se tumbó en el otro extremo del colchón y la observó de reojo.

—Si necesitas algo, llámame —murmuró, antes de darle la espalda.

Marina contempló el techo. La Luna filtraba algunos rayos por la cortina, que jugueteaban entre los cristales de la lámpara, proyectando curiosas sombras por las paredes.

Sabía que una vez despierta tras aquellas pesadillas, solo quedaba una noche en blanco. Giró la cabeza hacia Will. Había comenzado a respirar con fuerza, lo que significaba que descansaba con la tranquilidad del que no tiene sueños temibles.

Estaba solo a un par de palmos de distancia, pero a Marina se le antojaba una eternidad. Avanzó disimuladamente hasta casi pegarse a él. Su olor reemplazó al de la tierra húmeda, al del ataúd. Cerró los ojos con el corazón latiendo más despacio, su respiración se acompasó con la de Will y, poco a poco, volvió a dormirse.

Aún no había amanecido completamente cuando la casa comenzó a llenarse de ruido. Marina entornó los ojos con mucho sueño. Se estaba tan bien en la cama que no le apetecía ayudar a la madre de Will en la granja, aunque se lo hubiera prometido el día anterior. Seguro que no se acordaba.

—Marina —oyó una voz áspera como la lija, proveniente del otro lado de la puerta—. Te espero en el establo.

Vaya memoria a corto plazo que tenía la mujer.

Marina intentó incorporarse. En ese momento se dio cuenta de que la cabeza de Will reposaba sobre su clavícula. Su nariz le rozaba el cuello y le hacía cosquillas y su brazo pasaba por encima de su cintura impidiéndole moverse y apretándola contra él.

Despacio fue levantando cada uno de los dedos que Will posaba sobre su vientre y colocó el brazo en su costado. Después, con el sigilo de un ninja bien adiestrado, se deslizó por la sábana hasta el borde de la cama.

Cogió algo de ropa para un día de labores agropecuarias sin medida y se marchó de puntillas al baño, contenta por haber conseguido conciliar el sueño y algo confundida por haberlo logrado al lado de Will.

Maggie estaba en el establo. Marina la oía silbar una canción sin mucho ritmo mientras las vacas mugían a su alrededor como un coro mal entrenado. Olía a la granja de *Babe, el cerdito valiente*, a boñiga, a heno y a animal. Sin embargo, no era un olor totalmente desagradable. Más bien parecía sano, a vida, a naturaleza.

Marina se dio cuenta de que seguía mirando a la madre de Will desde la puerta del establo, cuando esta la llamó:

—¿Te vas a quedar todo el día ahí? —qué maja era la señora. Igualita a su hijo—. Coge unas botas de la entrada —añadió señalando donde se almacenaban varios pares de zapatos de todas las tallas.

Se cambió las zapatillas por unas botas iguales a las de Maggie, que llegaban hasta la rodilla y se acercó andando como un robot ortopédico, dificultada por el calzado grande, los montones de paja y los elementos extraños que ocupaban el lugar.

—¡Qué de vacas! —dijo Marina observando las decenas de animales de ojos grandes lastimeros y cuerpos robustos que acudían hacia Maggie.

—Rellena sus comederos con heno —exigió la mujer.

—A la orden —Marina tomó entre las manos un gran fardo de paja que había sobre una carretilla y se lo colocó a las vacas como había observado a Maggie hacer. Los animales se acercaron algo confusos con la intrusa, pero la olvidaron en cuanto se pusieron a comer.

—Son vacas lecheras —dijo Maggie poniéndose a su lado—. Iré a ordeñar mientras las alimentas.

Marina pasó la vista de los montones de paja a las decenas de vacas, no iba a ser un trabajo rápido. Tomó otro fardo entre los brazos y avanzó hacia el siguiente cajón con los riñones resentidos por su peso. El primero que había acarreado le había parecido liviano, el segundo y los siguientes llevaban acero en vez de paja.

Los fue lanzando a las vacas y deteniéndose a partes iguales para descansar. Se apoyó en uno de los pilares del establo. Los animales la observaban de reojo mientras se zampaban el desayuno.

Un ternero se le aproximó y pasó su lengua áspera por el pantalón vaquero.

—No soy comestible, muchacho —le acarició la cabeza de pelo duro y blanco, agradecida por tener un amigo tan peculiar.

—Acompáñame —Maggie regresó y sin apenas mirarla, salió del establo por otra puerta. Pasaron junto a los caballos y llegaron al gallinero.

—Es verdad —murmuró Marina viendo el tamaño de las gallinas—. Parecen pavos.

—Son pavos —masculló Maggie—, para el Día de Acción de Gracias. Las gallinas son pájaros más pequeños que hacen cocorocó.

Marina soltó una carcajada que hizo que los pavos corrieran asustados. Maggie la miró como si estuviera loca.

—¿Qué sucede?

—¿Qué tengo que hacer?

—Recoge los huevos y échales grano a las gallinas. ¿Sabrás encontrarlas?

—Creo que seré capaz —Marina se adentró en el pequeño edificio de madera. Los animales revoloteaban entre sus piernas mientras les surtía de comida, haciéndola sentir como una mamá alimentando a sus plumíferos bebés.

Rebuscó por todas las esquinas hasta dar con una veintena de huevos y los colocó en una cesta. Cuando salió del gallinero, Maggie había desaparecido. Tras recorrer la zona mil veces, se dio por vencida y regresó a la casa.

Entró en la cocina cansada y se encontró a los tres desayunando la mar de contentos.

Se quedó en la puerta, con el barro y las boñigas llegando hasta sus rodillas, trozos de paja brotando de todo su cuerpo como el espantapájaros de Oz y una cesta de huevos en la mano.

—Estás para subirte a Instagram —dijo Will mientras mordía una tostada—. Qué granjerita tan mona.

Maggie se levantó para recoger los huevos y los dejó en la encimera. Después le señaló las botas con un gesto y el exterior con otro.

Marina se arrancó las botas en el jardín y se coló descalza a la cocina con el estómago mugiendo hambriento. Maggie le había llenado un plato con huevos revueltos y beicon.

—Gracias —le sonrió Marina.

Y de forma completamente inesperada, la madre de Will le devolvió la sonrisa.

Después de desayunar, volver a asearse y a vestirse, Marina reapareció en el jardín con una pinta más decente. Will debatía con su padre sentados en el porche, delante de una mesa llena de papeles.

—¿Lista? —preguntó Henry pasando su atención a Marina—. Will te va a llevar a dar una vuelta.

—¿Ah, sí? —preguntó su hijo—. Pensaba que querías que te ayudara con las cuentas.

—Mira a Marina, está preciosa... y limpia. Yo que tú me la llevaría a pasear.

Los dos la observaron y Will debió de verse en la tesitura de aceptar.

—Por cierto, Maggie os ha preparado un picnic. Por si os apetecía pasar un rato juntos.

—¿Siempre tenéis todo organizado de antemano? —Will se levantó de la silla con un gesto teatral de disgusto—. Me extraña que no haya pedido al párroco las fechas disponibles para realizar una boda.

El padre arrugó los labios hasta convertirlos en una fina línea.

—¿Lo ha hecho? —Will soltó una carcajada—. Increíble.

—Yo no he dicho nada, hijo. Anda, idos antes de que me la gane por bocazas.

Marina siguió a Will mientras refunfuñaba entre dientes quejándose de sus padres y de su habitual tendencia a meterse en su vida.

—Eres un gruñón —dijo Marina en cuanto salieron de la casa—. Déjales que hagan y deshagan. Ya tomarás tú las decisiones que creas oportunas.

—Mi madre me quiere casado contigo.

—Es una madre sabia. Todo hay que decirlo —Marina puso los ojos en blanco—. Me tiene realizando trabajos forzados, pero en el fondo le caigo bien.

—Seguro que la perfecta científica tiene dos padres perfectos.

—Sí, lo eran —Marina dirigió la mirada al camino—. ¿Podemos caminar en vez de ir en coche?

El rostro de Will varió su porte estirado. Una ligera emoción turbó su voz.

—Lo siento, Marina. He sido un idiota, no sabía que hubieran fallecido.

—Hace cinco años —dijo ella apretando el paso—. No me vieron graduarme en Físicas, ni supieron que he seguido su mismo camino, no estuvieron presentes en la boda de Roger ni en muchos momentos dignos de pasar en familia. Así que no te quejes por un poco de atención.

Will se había detenido y tuvo que dar unas zancadas largas para alcanzarla.

—Tienes razón.

—¿Yo? —Marina le miró de reojo.

—Sí. Mis padres se esforzaron al máximo para darme una buena educación y que pudiera ir a la universidad. Supongo que es fácil quejarse, ya que como hijo soy un completo desastre. No les llamo, no vengo a verlos... y lo peor de todo es que son buena gente.

—Lo son. No te mataron cuando vivías entre ellos. Claramente se han ganado el cielo.

Will sonrió con alivio.

—Te voy a enseñar mi antiguo cole —dijo echando a correr—. ¿Serás capaz de seguir mi ritmo?

La vena competitiva de Marina se hinchó intrépida y se lanzó en su persecución. El camino zigzagueaba entre los cultivos, hasta llegar a la estrecha carretera. Cruzaron al otro lado ya que no pasaba ni un solo coche, ni parecía que fuera a hacerlo ninguno en la vida. Y se internaron entre la maleza de un bosque.

Marina corría tras él, sorteando troncos abatidos y arbustos. La escasa preparación física de los últimos meses llegó reconvertida en flato, agujetas y falta exagerada de aire. Sin embargo, no pensaba darse por vencida. Y menos aún con el exasperante muchacho, que corría más veloz que el rayo, mil kilómetros por delante.

No pudo evitar fijarse en lo bien que le quedaban los vaqueros y la camiseta de manga corta ajustada a un cuerpo que sabía escultural. En ese momento, y por tener unos pensamientos tan tórridos y fuera de lugar, tropezó con una de las raíces que sobresalían de la tierra a mala idea.

Marina se estampó contra el suelo en una caída digna de YouTube. En vez de levantarse con todo el orgullo intacto, se quedó panza arriba con los ojos fijos en lo que las copas de los árboles dejaban ver del cielo.

Will se situó a su lado, apoyaba las manos en las rodillas mientras respiraba agitadamente.

—¿Estas bien? —parecía evitar echarse a reír.

—He decidido tomar el sol un rato.

—Pues te has hecho una herida en la frente.

—¿Moriré de ella, doctor?

Will se sentó junto a ella y observó donde debía encontrarse la magulladura.

—Puede que sobrevivas —le informó con su rostro demasiado cercano al de Marina.

—Ya me dijo tu padre que jugabas muy bien a médicos y enfermeras con las niñas de la zona —añadió ella rápidamente y clavó los codos en la tierra para incorporarse y alejarse de él.

—Hubiera sido un buen ginecólogo.

—¡Oh, no! —rio Marina sin poder evitarlo—. Pobres vecinas. Eras un pervertido ya con quince años.

—Y con diez —se levantó y la tendió la mano—. Te voy a enseñar donde comenzaron mis andanzas de donjuán.

A poca distancia, el bosque cedía espacio a una pequeña construcción de lamas blancas de madera con una curiosa torre picuda, más parecida a la de una diminuta iglesia. La escuela de Crescent Moon, sacada de algún cuento, era el colegio al que a Marina le hubiera gustado asistir. Alrededor del encantador edificio, una explanada de césped con juegos infantiles, columpios y un empinado tobogán.

—Es absolutamente preciosa —Marina avanzó hasta las escaleritas que accedían a la pequeña portezuela de entrada, sobre la que un cartel en verde avisaba de que se encontraban ante un colegio. Trató de echar una ojeada por las dos minúsculas ventanas que franqueaban la puerta—. ¿Cómo has podido estudiar en un sitio tan fascinante y no sonreír demasiado?

—Claro que sonrío. Cuando me pagan por ello.

—Se me olvidaba, una sonrisa tuya cuesta al menos doscientos dólares.

Will se acercó con una mueca pícara en los labios. Su cuerpo impedía que Marina pudiera bajar los escalones y regresar al campo abierto, algo que se le antojaba demasiado deseable y seguro en aquellos momentos.

—¿Tienes alguna queja? —le preguntó a un suspiro de distancia—. El Club de Lectura Broadway acepta opiniones y sugerencias. ¿Algo que objetar por mis servicios?

Marina comenzó a ponerse nerviosa. La situación escapaba de su control por segundos.

—No. Fue una actuación magnífica.

El rostro de Will tan cercano en ese momento, era el que Marina se había topado por primera vez en su portal de Manhattan. Un rostro perfecto, atractivo, de arrebatadora sonrisa y ojos aguamarina. Un estupendo actor.

—No voy a morderte —le oyó decir.

Marina no podía sentirse más estúpida. Le dio un empujón y se escapó de su lado. Se agarró a la valla blanca que les separaba de la zona de juego infantil mientras aspiraba el olor de la libertad, de la brisa del bosque, de las flores silvestres que crecían descontroladas.

—Pero, ¡qué ven mis ojos! —un hombre había abierto la puerta del colegio. Su mano se había detenido a punto de tocar una campana que colgaba junto a la entrada, para fijar su atención en ellos.

Se trataba de Noah, el hermano mediano de Will.

—¿Qué haces por aquí? —saltó Will.

—Vaya pregunta. Trabajar.

Noah levantó el brazo e hizo resonar la pequeña campana y se apartó a un lado. Un montón de niños en desbandada surgieron detrás de él y corrieron gritando felices hacia el parque.

—Se me había olvidado que ahora dabas clase en Crescent Moon —Will se giró hacia Marina—. Mi hermano es el profe de la zona.

—¿De qué asignatura? —preguntó ella.

—De todas —sonrió Noah—. Es un colegio muy pequeño. Tenemos veinte niños, de los cuales siete son mis sobrinos. Así que enseño todas las materias, incluso las que odiaba cuando era enano. ¿Quieres verlo por dentro?

Le ofreció el brazo a Marina con una fingida reverencia y ella se agarró a él divertida.

La escuela resultaba más amplia de lo que cabía esperarse contemplando el exterior. Había dos aulas, un pequeño laboratorio y una sala de informática con biblioteca. En la parte posterior, el edificio estaba conectado con otro módulo más moderno donde se encontraba el comedor y el gimnasio.

Desde todos los ventanales se veía el bosque y se escuchaban los gritos de los niños jugando alrededor.

Marina dio una vuelta por el gimnasio, que estaba decorado para una exposición científica. Había mesas con inventos a medio acabar, cachivaches electrónicos con paneles solares, volcanes a punto de entrar en erupción y fósiles de extraños animales que se alternaban con acuarelas, plastilina y cientos de metros de cartulina. Se detuvo ante lo que parecía una representación del sistema solar. Los planetas se hallaban a medio pintar y ya habían colocado unos ganchos en el techo para colgarlos en cuanto estuvieran terminados.

—¿Te gusta nuestro planetario? —señaló Noah—. Estaba pensando en hacerlo móvil, que los planetas orbitaran alrededor del Sol para que los niños entendieran cómo funciona nuestro sistema, pero la idea me ha superado por completo.

—Te podría echar un cable —dijo Marina tomando un Saturno con las manos y haciéndolo girar entre ellas—. Tengo una ligera noción de este tema.

Noah sonrió descubriendo unos hoyuelos simpáticos en las mejillas.

—Nos vendría muy bien tu ayuda, ¿muy bien? ¡No! Nos vendría extraordinariamente bien... y si encima pudieras... y quisieras, darles una charla a los muchachos sobre cualquier cosa molona del espacio, te estaría eternamente agradecido.

—Noah, ¿no te estarás emocionando demasiado? —preguntó Will apoyado en la pared con los brazos cruzados sobre el pecho.

—¡Por supuesto que no! Es una oportunidad increíble. ¿Te importa, Marina?

—Estaré encantada —dijo ella realmente contagiada por el entusiasmo de Noah—. ¿Cuándo vengo?

—Mañana, pasado, todos los días... ¡Cuando quieras! — Noah les indicó una puerta lateral que daba a un pequeño huerto.

—Me parece... —Marina observó las tomateras y no pudo evitar que la mente regresara junto a su hermano. Levantó la mirada, los dos hermanos la observaban expectantes. Tragó saliva tratando de alejar el pensamiento—, me parece genial. Mañana me tendrás aquí dando la lata.

Marina se mantuvo en silencio mientras regresaban a la granja. La diminuta escuela quedó atrás, también la risa de los niños ajenos a la difícil situación en la que ella se encontraba. Se preguntó cómo estarían Roger y Eric, o sus compañeros del planetario y se dio cuenta de que la vida seguiría en Manhattan, aunque la suya se hubiera detenido en un lugar desconocido de Carolina del Norte.

Will la adelantó corriendo y se coló en la casa. Antes de que ella hubiera llegado a la puerta, salió con una cesta de picnic.

—No podemos desperdiciar la comida de mi madre —dijo mostrándosela—. Eso la saca completamente de sus casillas. Conozco un sitio bastante agradable, no hay que reservar y tiene un servicio impecable.

Marina asintió apática y le siguió bordeando la granja. Pasados los establos había un camino oculto entre la vegetación. A ambos lados crecían arbustos olorosos y los árboles se convertían en gruesos muros que ocultaban el sol ardiente de mediodía.

Llegaron a una laguna. El croar de las ranas se detuvo en cuanto alcanzaron la orilla. El agua verdosa resplandecía con los rayos de luz que se colaban entre las frondosas copas. Había una zona llana cerca del borde donde Will estaba extendiendo la cantidad inverosímil de alimentos que cabían dentro de aquella cesta.

—Dios mío, es como el bolso de Mary Poppins —saltó Marina realmente sorprendida.

—No hay que ser exagerado, esta vez lo ha preparado con desgana. Te puedo asegurar que en una ocasión metió aquí dentro un pavo asado entero.

—Tu madre es increíble —Marina se sentó junto a la cesta y curioseó lo que Will había depositado en el mantel de cuadros rojos—. No le acabo de caer bien, pero no deja por eso de ser estupenda.

—Siento decirte que mi madre no ha sonreído ni en el día de su boda y, que yo sepa, esta mañana en el desayuno, te regaló lo más parecido a una sonrisa que he visto en sus labios jamás.

—Yo creo que le picaba el moflete.

Will rio mientras servía unos vasos con vino. Cortó pan y queso y se lo tendió a Marina. Después se sentó a su lado, estirando las piernas hasta casi rozar el agua con la punta de las zapatillas.

—¿Dije algo inapropiado en el colegio? —preguntó después de un rato en silencio—. No soy muy perspicaz, pero creo que estabas molesta antes de que apareciera mi hermano.

Ella negó con la cabeza. ¿Cómo podría explicarle lo difícil que se le hacía tenerle tan cerca? Optó por buscar algún tema de conversación interesante, mas se dio cuenta de que lo único que realmente sabía aburriría hasta al más curioso de los mortales.

—¿Te puedo preguntar algo personal? —Marina se decidió al fin, mientras le observaba de reojo comer con ansia.

—Dispara, doctora.

—¿Se puede tener novia con un trabajo como el tuyo?

—Bueno, una vez tuve lo más parecido a una. Hará al menos dos años. Cuando supo a lo que me dedicaba, me dejó. No podía compartirme, me dijo.

—Una chica lista.

—Si te soy sincero, me dolió. Me cuesta abrirme a la gente y cuando lo estaba consiguiendo con ella, va y me abandona —Will dejó lo que estaba comiendo a un lado y se estiró ruidosamente—. ¿Y tú, doctora? ¿También ha habido algún novio despechado?

—Puede decirse así. Durante un tiempo pensé que era la persona con la que me gustaría pasar el resto de mi vida. Sin embargo, cuando le ofrecieron un trabajo en California, no sentí pena al verle marchar. Quizás fue porque no contó conmigo en su decisión, o quizás porque no me insistió para que le acompañara. No se me da nada bien mostrar mis sentimientos y, después de aquello, ya no quiero hacerlo —Marina depositó la copa de vino a un lado. Estaba hablando demasiado. Lo siguiente sería volver a recitar *Titanic*—. ¿Sabes? Envidio tu capacidad para relacionarte. Eres extrovertido y caes bien a la gente, tienes un don. Ojalá yo dispusiera de uno así.

Él torció el gesto mientras negaba lentamente con la cabeza.

—En mi trabajo estás con mucha gente, conoces a todo tipo de personas y acudes a fiestas y a eventos, pero en el fondo... —alzó la vista y la fijó en la de ella—, en el fondo, te sientes realmente solo.

Levantó las cejas intentando restar profundidad a lo que acababa de decir e hizo una mueca, buscando con la mirada algo más allá de la laguna. Marina le observó taciturna. Tuvo la sensación de que acababa de conocer al verdadero Will.

Marina se hizo con el único baño antes que Will, y eso la hizo sentirse tremendamente triunfante. Dentro, se puso el pijama con tranquilidad y se observó en el espejo. Estaba cogiendo un agradable tono dorado en la piel, gracias al sol de Carolina.

La cena con los padres de Will había sido más distendida. Maggie incluso se había lanzado a preguntarle su opinión sobre el colegio de su hijo Noah y quedó gratamente satisfecha con las palabras elogiosas que ella le dedicó, tanto que le sirvió dos veces postre.

Ahora llegaba lo peor: compartir dormitorio con Will de nuevo. Sin embargo, esta vez no pensaba rogar ni suplicar por la cama, se encontraba tan cansada que se dormiría hasta colgando bocabajo del techo como un murciélago.

Se cruzó con Will de camino a la habitación. Iba tan distraído que casi chocan de bruces en el estrecho pasillo.

—La cama es... —comenzó a decir.

—Tuya —le cortó ella antes de colarse en el dormitorio y cerrar la puerta. Will era peor que un niño pequeño con sus posesiones. Evitando luchar de nuevo por el colchón, Marina agarró la colcha, se la llevó y volvió a hacerse un lecho decente junto a la estantería. Incluso en ese momento le parecía el mejor lugar del mundo para echarse un sueñecito. Estaba absolutamente agotada.

Tomó el libro de Tom Sawyer y se tumbó en su rincón. Tenía tanto sueño que no iba a poder pasar del segundo capítulo:

> Llegó la mañana del sábado y el mundo estival apareció luminoso, fresco y rebosante de vida. En cada corazón resonaba un canto, y si el corazón era joven, la música subía hasta los labios. Todas las caras parecían alegres, y los cuerpos, anhelosos de movimiento. Las acacias estaban en flor y su fragancia saturaba el aire.

Las palabras de la novela comenzaron a flotar por el aire hasta ir desapareciendo en la oscuridad de la noche.

—Esa no es la chica, estúpido.

—¡Yo qué sé! Todas me parecen iguales.

—Eres un idiota redomado.

El eco de las voces resonaba con fuerza en la cabeza de Marina. Trató de abrir los ojos, mas lo único que quería era seguir durmiendo.

—Después de esto, cada uno seguirá por su camino. ¿Me escuchas? —la primera voz resultaba más inquietante. No era dura, ni violenta, más bien atemorizaba.

—¿Podré quedarme con la fama?

—Podrás quedarte con lo que quieras. Yo no la necesito. ¿Has cavado el agujero?

—Sí. Y ahí tienes la caja.

—Enterrémosla entonces.

Marina trató de patalear, debía salir de allí, fuera aquel el lugar que fuera. Su vida parecía depender de ello. Sin embargo, no podía moverse. Braceó, sollozó y finalmente gritó.

—Marina, Marina. Escúchame. Estás a salvo.

Marina abrió los ojos de repente. Se encontraba en un lugar oscuro, poco a poco comenzó a reconocerlo. Las aristas de la estantería, la lámpara colgante del techo, Will...

Trató de incorporarse asustada. Había vuelto a gritar, aún notaba la garganta desgarrada.

—Tranquila —Will estaba sentado a su lado. Sus manos enmarcaban su rostro y le hablaba desde muy cerca, casi en un susurro—. Ha sido otra pesadilla.

Ella negó con la cabeza y se enderezó lentamente.

—No es una pesadilla, Will. Es un recuerdo.

Él se apartó un poco para dejarle sitio, pero no se separó de su lado.

—¿Del acosador?

—Sí —murmuró ella. Sus ojos se estaban acostumbrando a la oscuridad de la habitación. Distinguía el rostro de Will y estaba turbado.

—Aquí no va a encontrarte, estás segura —hizo un amago de sonrisa—. Ni siquiera el mejor GPS tiene esta dirección. ¿Quieres contarme qué te preocupa?

—Prefiero no hacerlo.

—Está bien. El inspector cara-pasa Wilkinson me advirtió de que no te preguntara. Creo que no le caigo muy bien. Más bien, me aborrece.

Marina no pudo evitar sonreír. El gesto de Will se apaciguó al verla.

—Siento haberte despertado de nuevo.

—Cuando entré en la habitación estabas dormida como un tronco. No pude decirte que quería que te quedaras la cama. Estuve muchos veranos de campamento y dormir en el suelo es un buen remedio para los dolores de espalda. Dicen que también se crece más. Todo ventajas.

—Te lo agradezco.

—¿Y qué? ¿Aceptas mi oferta? No puedo asegurar que mañana esté aun disponible.

—Sí. Creo que sí.

Will se levantó de un salto y le tendió la mano. La habitación ya no era un borrón oscuro. La luz tímida de la Luna perfilaba los muebles y mostraba un escenario azulado agradable. Marina se metió en la cama terriblemente cansada. En su mente seguían las voces. La última frase resonaba con fuerza: «Enterrémosla».

Un escalofrío recorrió su espalda y se tapó con la sábana hasta los ojos.

—¿Estás bien? —preguntó Will mirándola con preocupación.

—Puedes... dormir aquí.

—¿Otra vez? Voy a empezar a pensar que las pesadillas son un engaño para tenerme pegado toda la noche.

Marina soltó una risita mientras Will se lanzaba a la cama, como si se estuviese tirando de cabeza a una piscina. Pronto estuvo tan cerca que Marina retrocedió inconscientemente hasta el borde de la cama. Únicamente vestía el pantalón del pijama y su cuerpo, moteado por las sombras del dormitorio, no dejaba de resultar impresionante.

—¿Te puedes poner una camiseta? —preguntó Marina intimidada.

—¿Por qué? Hace calor. ¿Te pongo nerviosa?

—Es más bien por decencia.

—¿Decencia? ¿Has visto tu minipijama? En cuanto te pones de lado, se te ven las nalgas.

—¡¿Qué?! Eso es una mentira.

—¿Mentira? Una verdad como un templo. Ponte algo más decente y yo haré lo mismo.

Marina resopló como un buey cabreado. ¿Cómo conseguía hacerla pasar del enternecimiento al odio más profundo en cuestión de segundos?

—Vale. Como quieras —masculló ella, girándose hacia la ventana y dándole la espalda—. Buenas noches.

—Ten cuidado. No soy de piedra.

Will rodó hacia el lado contrario. Enseguida, su respiración se hizo fuerte y pausada. Marina inspiró más relajada. Podía odiarle infinitamente, pero a su lado se sentía segura.

Aquella noche no fue tan fácil como la anterior. Pese a la tranquilidad de sentirse acompañada, la angustia de encontrarse enterrada en una caja, en un ataúd, comenzó a colapsarla. El ambiente se hizo denso, irrespirable, la humedad se adhirió a su piel, el aire comenzó a llegar escaso a sus pulmones.

Se repetía mil veces que aquello era producto de su imaginación, que no era real. Sin embargo, su mente racional no parecía preparada para acallar a sus recuerdos, ni aplastar las antiguas sensaciones.

Y poco a poco la habitación empezó a menguar, las paredes se aproximaron y el techo descendió. La tierra mojada se coló entre las grietas y supuró hasta calar el suelo.

Marina observaba a su alrededor aterrorizada. Sentía un miedo completamente ilógico, que no era capaz de comprender. Su corazón golpeaba con fuerza en su pecho y martilleaba sus sienes, consciente del peligro.

Se volvió hacia Will. Estaba bocarriba, tan inmóvil que por un momento creyó que había muerto. ¿Y si el psicópata les había descubierto y le había asesinado? La idea le produjo un acceso incontrolable de pánico. Él estaba allí. Él estaba allí.

Zarandeó a Will hasta que abrió los ojos sobresaltado.

—¿Qué demonios...? —intentó preguntar hasta que Marina le abrazó sollozando.

—Nos ha encontrado —gimió ella—. Ha llegado.

Will la apretó contra su pecho. La respiración de Marina estaba desbocada y lo único que pudo hacer fue acariciarle el pelo hasta que el llanto empezó a desvanecerse.

—Estás a salvo.

—No. Esta vez conseguirá matarme —le oprimía con tanta fuerza que a Will le costaba respirar.

—Nadie va a matar a nadie, te lo prometo. A menos que sigas apretujándome así y muera asfixiado.

Marina empezaba a recobrar algo de cordura. Las paredes retrocedían hasta su lugar, el techo se elevó sobre sus cabezas, el olor a humedad comenzó a disiparse. Aún sofocada, con escalofríos recorriendo su espalda, redujo su presión sobre Will.

—Lo siento —tartamudeó.

Will se giró hacia ella, apoyando la cabeza sobre la mano y observándola con interés.

—¿Qué sucede, Marina? Me parece que necesitas hablar de ello.

Negó con la cabeza despacio. Odiaba comportarse como un ser débil, dominada por sus emociones. Ya lo había sido en el colegio y lo había superado. Ahora no podía derrumbarse con aquella facilidad. ¿Dónde estaba su fortaleza?

—Por favor —murmuró él—, háblame. Necesito saber qué te pasa.

—Si te lo cuento, me echarás de tu casa.

—Te echaré si sigues dándome estas noches. Estoy acostumbrado a trasnochar, superaré dormir poco, pero no a ver a alguien sufrir tanto por una pesadilla. Si está en mi mano me gustaría ayudarte.

—Ya lo has hecho. Me has traído a un lugar seguro y aunque me pese, jamás podré agradecértelo lo suficiente.

—Vale. Me doy por vencido. No quieres hablar —suspiró resignado—. Lo que voy a hacer es quedarme mirando mientras duermes. Toda la noche. Vas a notar mis preciosos ojos sobre ti... y tus nalgas, hasta que decidas contarme qué te sucede.

—Serás capaz.

—Tengo el don de la terquedad absoluta. Pruébame.

Marina esbozó una sonrisa amarga. ¿Cuánto tardaría Will en insultarla y echarla a patadas por haber traído el peligro a la casa de su familia?

—Hace diez años —comenzó a decir con un hilo de voz—, poco antes de acabar el instituto, me secuestraron.

Los ojos de Will se abrieron con desmesura, despegó los labios para decir algo, pero se detuvo al ver que Marina continuaba:

—Al secuestrador se le conoció como «el ayudante del laboratorio».

—¿No era el que enterraba a sus víctimas y...? —se detuvo—. Dios mío.

—Me metió en una caja bajo su jardín. Tuve suerte. La lluvia ablandó la tierra y pude escapar.

—Te intentó matar.

—Sí —Marina se dio cuenta de que con cada palabra que pronunciaba, se sentía mejor, más cuerda—. No lo consiguió.

—Joder —Will se incorporó en la cama, quedándose sentado—. No me extraña que odies los espacios cerrados.

Ella tragó saliva. Ahora venía lo peor.

—El hombre que metieron en la cárcel no es el verdadero asesino. El real, el auténtico, ha reaparecido en los últimos meses. Agredió a mi hermano, se coló en mi casa, me ha dejado mensajes y advertencias. Sabe todo de mí.

—Entonces... —el rostro de Will era una recopilación de emociones.

—Soy un peligro para tu familia.

—No iba a decir eso —la gravedad de sus facciones se relajó—. El inspector cara-pasa ha tenido buena intuición al mandarte al lugar menos conocido del planeta. Aquí es imposible que alguien te encuentre, incluso queriendo hacerlo con la dirección en la mano.

—Tú estás entre los objetivos del asesino.

—La situación mejora por momentos.

—Lo siento tanto —Marina se echó a llorar abatida—. Ahora me doy cuenta de lo que he traído a tus puertas.

—A ver —Will cogió su mentón entre los dedos y la obligó a mirarle—, no es culpa tuya. Así que no quiero que te vuelvas a disculpar. Nada, repito, nada te va a suceder en el pequeño y muy lejano pueblo de Crescent Moon. Es imposible. Lo peor que ha sufrido este sitio fue un tornado el siglo pasado que se llevó parte de nuestro granero y dos vacas volando por los aires.

—Pero yo...

—Ven aquí —señaló su pecho desnudo—, te permito que me espachurres un poco. Solo por hoy.

Tiró de ella hasta colocarla en su costado y pasándole un brazo por debajo de la cabeza, la estrechó contra él.

—Ahora a dormir. Mañana hay fiesta en la casa de mi exnovia y he de estar presentable.

—¿Sabes? —Marina levantó la vista—. Creo que aguantaré que no lleves camiseta, pero tendrás que aguantarte si te babeo mientras duermo.

—Silencio —Will cerró los ojos y le acarició el pelo—. Buenas noches.

Rápidamente comenzó a roncar. Marina escuchaba el fuerte latido de su corazón apoyada en su pecho. Se encontraba acartonada a su lado, no sabía qué hacer con el brazo izquierdo y comenzaba a dolerle. Finalmente optó por pasarlo delicadamente por la cintura de Will y se apretó contra él. Ojalá no hubiera cometido la mayor idiotez del siglo viniendo a aquella casa y poniendo en peligro a todos los ocupantes.

LA FINCA CARROLL

—Marina, al establo.

La voz sorprendió a Marina en un sueño profundo. Se encontraba en el pequeño colegio de Crescent Moon, debía de tener doce o trece años. El niño del pupitre de al lado se giraba a mirarla. Se trataba de Will. El chico le guiñaba un ojo con picardía y ella se sentía emocionada, feliz de que el muchacho guaperas de la clase se hubiera fijado en ella. Lo bucólico acababa ahí. Marina se dio cuenta de que, en vez de en una silla, ella estaba sentada en un retrete... con el trasero al aire.

Así que la voz de Maggie fue como un reclamo celestial para el subconsciente de Marina. Se vistió a trompicones y a toda velocidad se aseó y corrió al establo. Se puso las botas en un suspiro y enseguida estaba cargando fardos de paja y lanzándoselos a las vacas, mientras entonaba una canción de Donna Summer que acababa de aparecer sin razón en su cerebro.

Una hora después y seguida de cerca por su amigo el ternero, Maggie la reclamó para ordeñar. Tocar las ubres de aquellos animales resultó una sensación sumamente extraña.

—Qué suaves —dijo mientras estiraba y apretujaba, copiando lo que hacía Maggie—, hay que comercializar lo que sea que se ponen las vacas en sus pechos.

La mujer rio de repente, haciendo que Marina, del susto, se desestabilizara del taburete donde estaba sentada, y se cayera al suelo de espaldas. Maggie lloraba de la risa y trataba de ofrecerle una mano para levantarla sin lograrlo. Marina, perpleja y rebozada en una inmensa boñiga de vaca, la siguió a limpiarse mientras la madre de Will continuaba con su jolgorio emitiendo una especie de sollozos y se secaba los ojos con la manga de su camiseta.

—Eres graciosa —dijo deteniéndose de súbito—. Comienzo a entender por qué mi hijo está tan enamorado de ti.

—Bueno, eso... es mucho decir —¡Dios! ¡Qué mal se le daba mentir! ¿No sería más fácil explicar a la pobre mujer lo que sucedía?

—Conozco a William. Es el más raro de mis hijos. Si no lo hubiera parido en casa pensaría que me lo habían cambiado en el hospital, pero eso hace que le tenga cierta predilección —le tendió una cesta delante del gallinero—. Ojo, quiero a los cuatro por igual.

—Lo entiendo perfectamente. Mi hermano también fue el preferido, yo creo que porque siempre estaba metido en problemas.

—¿Y sigue siendo problemático?

—¡Qué va! Ahora es un pastelero increíble, se casó con un hombre maravilloso, tiene un huerto y es feliz.

—¿Con un hombre? —el cuerpo robusto de Maggie se había quedado petrificado mientras lanzaba grano a las gallinas. Las pobres aves saltaban intentando alcanzar lo que tenía en la mano sin lograrlo. Alguna, encabritada, comenzó a picarle los pies.

—Sí. Roger es gay.

—¡Ah, oh! Sí, ya veo —entonces sacó grano del saco como si fuera a alimentar a un batallón entero y se lo tiró a las gallinas. La madre de Will se había estresado—. Es cierto que en las ciudades es más normal.

—Es normal en cualquier lugar, Maggie. Son solo dos personas que se quieren, da igual cómo sean físicamente.

—Supongo que tienes razón —acabó por fin de atiborrar a las gallinas—. Cuando Will dejó a la pobre Bianca Carroll, pensé que podía haberse convertido en eso... en gay. Porque la chica es preciosa y su familia tiene mucho dinero y tierras. La verdad es que me hubiera dado igual.

—¡Claro! —Marina le retiró el saco de grano antes de que la mujer volviera a las andadas—. Voy a buscar los huevos y te los llevo a la cocina.

—Gracias —Maggie se marchó tranquila mientras tarareaba la canción que Marina llevaba toda la mañana cantando.

Cuando entró en la cocina, se encontró de nuevo a solas con la madre de Will. Se deshizo de las botas en el jardín y se sentó a la mesa delante de un plato poderosamente dotado de calorías. Tenía tanta hambre que lo engulló como el lobo a Caperucita, a la abuela y al leñador. Maggie la observaba de reojo moderadamente satisfecha.

—Los chicos se han ido a la ciudad —dijo cuando Marina ya estaba cansada de escuchar el sonido de sus propias mandíbulas masticando—. Tenemos algunos problemas con el banco y a William se le dan muy bien los números.

—Me alegro —Marina no pudo evitar sentir cierta decepción. Después de la noche anterior, se sentía en la necesidad de continuar explicándole muchas cosas a Will—. Yo me acercaré a la escuela.

—Te prepararé algo de comida para llevar.

Aquella frase no permitía objeción, así que Marina asintió dispuesta y, tras ayudar a recoger la mesa, se fue a dar un baño para tratar de eliminar el tufillo a vaca que desprendía cada poro de su piel.

Se puso unos vaqueros cortos y una camiseta de tirantes, ya que el día se presentaba caluroso. Cargando una cesta más pequeña que la del día anterior, que Maggie le había dejado junto a la entrada marcada con una escueta nota con su nombre, se dirigió hacia la escuela.

Soplaba una tenue brisa mañanera que mitigaba los rayos de un sol ya batallador. El camino se abría paso entre los campos verde intenso y Marina se detuvo a observar las plantas desconocidas que cultivaba la familia de Will en la granja. Los tallos le llegaban hasta los hombros, algunos hasta la cabeza, y las hojas eran tan amplias como trapos de cocina. Una especie de lechuga gigante que expelía un extraño olor dulzón. Quizás en ensalada no estuviera mal.

Cruzó la carretera y se internó por el bosque que rodeaba la escuela. Se dio cuenta de que, pese a estar sola y perdida entre los troncos fornidos de los árboles, no sentía ningún temor. Se encontraba a salvo.

Noah salió a recibirla antes siquiera de haberse acercado a la puerta.

—Tengo el oído fino —dijo tras un abrazo rápido—. Reconozco a distancia las pisadas de un ciervo, un perro... o un humano. Aunque las tuyas más bien parecían las de un canguro.

—Mi padre decía que yo sonaba como un tiranosaurio, sobre todo cuando él quería descansar los domingos por la mañana y me empecinaba en perseguir a mi hermano por el pasillo, porque me había roto mis rompecabezas o mis tubos de ensayo.

—Tubos de ensayo —rio Noah entrando en la escuela—. Lo que cualquier niño corriente tiene en su habitación.

—Tengo que decir en mi defensa que el primer juguete que me dio mi madre fue un cubo de Rubik. Normal no podía salir.

Noah se detuvo antes de llegar a la salía amplia que hacía las veces de gimnasio y que estaba llena de niños tijeras en mano.

—¿Seguro que eres la novia de mi hermano? —si no fuera por la sonrisa que llenaba el rostro del profesor, a Marina le hubiera dado un ataque al corazón—. ¡Estaba bromeando! Sé que los polos opuestos se atraen. A mi hermano Daniel le pasó con su mujer. ¿Sabes que ella le ganó en un combate de boxeo? Desde entonces no se han separado.

—Es romántico.

—¡No para el que recibe la paliza! —soltó una carcajada y señaló a los niños—. ¡Chicos! Os presento a Marina.

En el gimnasio se hizo el silencio. Las cabezas se alzaron y dirigieron su interés hacia ella.

—Es astrónoma en el Planetario Hayden de Nueva York —continuó Noah—. Ha venido a ayudarnos con nuestro proyecto de ciencias.

Un niño levantó la mano solicitando permiso para hablar. Marina estaba encantada con la educación que mostraban aquellos niños, ninguno mayor de diez años.

—Mi madre dice que eres la novia del loco de Will —comenzó el muchacho— y que seguramente estás embarazada.

—Me parece que tu madre se equivoca en la mitad de la información —contestó Marina divertida.

—¿Alguna pregunta para nuestra invitada... sobre ciencias?

—¿Podrás hacer que nuestro sistema solar se mueva? —inquirió una niña levantando la mano. Era una de las hijas de Daniel, si la memoria no la traicionaba.

Marina se internó entre los niños observando las bolas que estaban convirtiendo en planetas y los tablones de madera, que seguramente constituirían los raíles por donde se desplazarían los mismos.

—Tiene muy buena pinta, yo creo que podremos conseguirlo. Ya habéis hecho lo más difícil.

Los niños quedaron muy contentos y continuaron recortando telas y pegándolas en las bolas de corcho.

—Se te dan bien los críos —dijo Noah reuniéndose con ella y comprobando que todos los rotuladores tuvieran tapa.

—Hago visitas guiadas en el planetario y ellos son los que mejores preguntas realizan —les echó una ojeada con cariño. Estaban inmersos en su trabajo sin rechistar—. No sabía que hubiera colegio en verano.

—No lo hay, esto es una especie de campamento. Sus padres están trabajando y todavía son pequeñajos para dejarlos solos. Así que abrimos los meses de verano unas horas por la mañana y nos divertimos un rato —tomó una esfera entre las manos, representaba la Tierra con sus llamativos colores verdes y azules—. ¿Qué? ¿Te animas?

Marina cogió unas tijeras y un bote de pegamento.

—¿Dónde hay que firmar?

La mañana pasó volando. Enseguida llegó la hora del almuerzo y, poco a poco, los niños comenzaron a desaparecer, recogidos por sus padres o hermanos mayores.

Marina se preguntaba cómo demonios había conseguido su antepasado montar un planetario él solo. Ahora se encontraba ante un cuaderno lleno de fórmulas y dibujos para conseguir que el sistema solar de Crescent Moon fuera lo que tenía que ser.

Noah la observaba por encima de su hombro y resopló.

—¿Te enteras de algo de lo que escribes? Nunca había visto una letra tan apretujada.

—De eso se queja mi compañera Lydia —Marina levantó la cabeza y observó el desorden que llenaba el gimnasio—. ¿Recogemos un poco?

—Ni hablar. Mañana volverá estar igual en cinco minutos.

Dos de las sobrinas de Noah regresaron de lavarse las manos y se despidieron de Marina con un beso.

—Bueno, doctora, ¿te veo mañana o prefieres darme alguna excusa? —salieron del edificio por el huerto y bordearon el colegio despacio, a la sombra de los árboles—. Juro que entenderé perfectamente una negativa.

—Aquí estaré.

Las niñas, que aún no habían salido del recinto, chillaron de alegría y Noah sonrió complacido. Se despidieron y tomaron caminos opuestos mientras las pequeñas cuchicheaban y reían.

Llegó a la granja contenta, tratando de quitarse con dificultad el pegamento que se le había metido hasta debajo de las uñas. ¿Era aquello cola escolar o alguna resina industrial de las utilizadas para pegar las alas de los aviones?

El coche que les había dado el inspector Wilkinson estaba aparcado en la puerta. Un cable largo unía el depósito con el interior de la casa. Genial, se habían quedado sin gasolina.

Will salió a la calle limpiándose las manos en el pantalón. Su atención se dirigió rápidamente del vehículo a Marina.

—¿Ya por aquí? —preguntó—. ¿Qué tal en la escuela?

—Me parece que, si me despiden del planetario, puedo encontrar trabajo en Crescent Moon —esbozó una sonrisa tímida. La noche anterior estaba demasiado cercana y realizar confesiones confidenciales no era lo suyo.

—Mi hermano es un embaucador profesional. Ten cuidado. ¡Hasta sus alumnos creen que es un profe genial! ¿Quién demonios piensa eso de su profesor de primaria?

—Los míos eran estupendos.

—Ah, claro. ¡Cómo no! A mí, la señorita Meyer me echaba de clase por hablar... y por mascar chicle. ¡Era insufrible!

—¿Quién era más insufrible? ¿Tú o ella?

Will se cruzó de brazos ante Marina con expresión de perro de presa molesto.

—La pequeña científica cree que me conoce.

—Me voy haciendo una idea.

—¿Y puedo saber cuál es?

—Seguro que te da igual el concepto que el resto del mundo tenga de ti —le sorteó para meterse en la casa. Will la sujetó de la mano. No fue un agarrón fuerte, ni duro, más bien un contacto amistoso. Marina miró las manos de ambos juntas, después subió la vista hacia él.

—Tienes razón —dijo Will—. Si me parara a meditar sobre lo que la gente cree saber de mí o de lo que hago, no podría levantarme de la cama de la vergüenza. Por eso paso de todos. Me da igual. Sin embargo... sí me importa lo que piensa mi compañera de habitación.

—¿Ah, sí? ¿Por qué?

—Pues... no sé. ¿No te interesaría saber mi opinión sobre ti?

—Sí, pero no pienso preguntártela —Marina trató de soltar su mano. Comenzaba a hacer calor y éste no provenía precisamente del sol—. Me da bastante pánico la respuesta.

—Miedica —Will pareció darse cuenta de que aún sujetaba la mano de Marina y la soltó—. ¿Te enseño una cosa? Tengo un regalo para ti.

—¿Para mí?

—¿Me vas a responder solo con preguntas? Anda, entra.

Marina saludó a Henry, que estaba distraído viendo un programa de la televisión. A Maggie la escuchaba trasteando en la cocina, como si se estuviera peleando a tortas con toda la vajilla.

Will había entrado en el dormitorio y escondía tras su espalda una caja alargada de buen tamaño. Marina le observaba perpleja sin saber bien cómo actuar.

—Toma —se la tendió con una media sonrisa en el rostro y ella se vio en la obligación de abrir la caja ante su atenta mirada.

Bajo un papel sedoso y brillante, había una prenda de ropa que no alcanzaba a ver. Retiró el envoltorio y la sacó. Era un elegante vestido negro, muy suave y ligero al tacto. Los delicados tirantes tenían pedrería incrustada. Las imágenes de la gala del planetario llegaron fulminantes a la memoria de Marina, también las grandes manos de Will deslizando aquellos tirantes por sus hombros.

—¿Qué? ¿Te gusta?

Marina agitó la cabeza para despejarla de recuerdos.

—¿No? —en el rostro de Will había desilusión.

—Es precioso, me encanta —levantó la mirada, pero trató de evitar encontrarse con la de él—. ¿Necesito un vestido así?

—Tenemos una fiesta esta noche y te puedo asegurar que los Carroll no celebran las típicas fiestas en el granero.

—¿Nada de botas de cowboy, ni banjos?

—Lo siento —elevó las manos fingiendo decepción—. Yo he tenido que alquilar un traje, imagínate. Dispongo de al menos diez en Manhattan, pulcramente limpios y planchados, y me toca usar uno de segunda mano.

—¿No habrás utilizado la tarjeta de crédito? —Marina recordó de repente las instrucciones del inspector Wilkinson.

—¡Claro que no! ¿Por quién me tomas? He visto suficientes películas de cine para saber lo que no hay que hacer en estos casos —sacó un sobre del bolsillo trasero de su vaquero y se lo tendió—. He utilizado el dinero que tenías en tu bolso.

—¿Has hurgado en mi bolso?

—Por supuesto. ¿Cómo quieres que compre algo sin dinero? No me veo montando un club de lectura en Carolina para sacarme algo de pasta con mi cuerpo —esbozó una sonrisa que pronto se tornó amarga.

Marina agitó el vestido ante Will, tratando de que la última frase se esfumara cuanto antes.

—Es precioso, Will. Te lo agradezco mucho.

—Te recuerdo que quedan menos de dos horas para la fiesta. ¿No deberías comenzar a prepararte?

—Solo me hacen falta diez minutos, así que... ¿te apetece dar un paseo? Necesito explicarme por lo de anoche.

Él asintió con la cabeza. Parte de su buen ánimo parecía haber desaparecido, pero la siguió fuera de la casa. Traspasaron el huerto de Maggie y se internaron entre los cultivos. Enseguida las altas plantas les separaron, haciendo de barrera infranqueable entre ellos.

—Parecen lechugas gigantes —dijo Marina tocando las hojas, más grandes que sus manos.

—¿No sabes lo que son? —Will se coló en el camino que seguía Marina y se situó a su lado. Allí rodeados de la vegetación y con el lejano graznido de algún cuervo, parecían encontrarse solos en el planeta—. Ajá, me apuntaré un tanto. Sé una cosa más que tú.

—Solo una —terció ella tratando de alejarse un poco—. Y entonces, afamado abogado a la vez que granjero, ¿qué especie es esta tan bella que nos rodea?

—Tabaco.

—¿Tabaco? —Marina escupió la palabra con asco—. ¿Todos los cientos de acres que crecen aquí son de tabaco?

—Bienvenida a Carolina del Norte.

—Pero eso... no está bien. Hay que plantar trigo, maíz o girasoles o lo que sea que se plante en el campo, ¡no tabaco!

—Veo que no eres muy amiga de los fumadores —él se rio, echando a andar de nuevo con las manos en los bolsillos traseros de su pantalón—. De todas formas, en defensa de la tradición familiar te diré que mis padres son unos auténticos innovadores en la zona. Sus cultivos se utilizan para producir insecticidas para otros campos e incluso medicamentos. Las plantas que ves a la izquierda, las más gruesas, son una creación de mi padre. Contrata a una empresa que extrae la celulosa de su tallo para convertirla en papel.

—¿Sí?

—Por tu cara parece que en vez de tabaco estuviéramos cultivando opio.

—Me ha pillado por sorpresa —Marina sonrió—. Realmente creía que era alguna variedad de lechuga carnívora.

—Oh, sí. Eso es más normal —Will frunció la frente como si acabara de recordar algo. Tomó de la mano a Marina y echó a correr—. ¡Vamos!

Atravesaron el campo con rapidez mientras las plantas volaban a su alrededor. Aparecieron en un sendero estrecho de grava que bordeaba una laguna. El agua verdosa estaba invadida de piedras planas que hacían las veces de accidentados caminos.

—¿Ves aquella pequeña isla en el centro del estanque? —señaló en dirección a un montículo del que surgían dos cipreses de los pantanos—. En ella hay un tesoro.

—¿Y nadie se lo ha llevado?

—Nadie ha conseguido llegar hasta a él. ¿Quieres intentarlo?

—¿Me ves con más cualidades que a Indiana Jones? —Marina observó los pedruscos que servían de camino y apoyó con indecisión la punta de la zapatilla sobre uno. Parecía aguantar su peso.

—Creo que puede ser divertido. No vengo aquí desde que tenía aproximadamente diez años. Intentémoslo. Yo iré delante.

Will saltó a la primera piedra sin dificultad. Marina le siguió con poca convicción, la vista puesta en el agua cenagosa y en las burbujitas que llegaban a la superficie provenientes de algún supuesto animal submarino nada halagüeño.

En poco tiempo se encontraron rodeados por la laguna y la orilla parecía quedar demasiado lejos. Marina pisó encima de una de las pocas piedras que quedaban para alcanzar la isla, y esta se ladeó. Tuvo reflejos para saltar a la siguiente, que por suerte aguantó su peso.

Will la miraba con una sonrisa divertida en los labios.

—Por un segundo te he visto calada hasta los huesos. ¿Quieres dar la vuelta? Igual estás un poco asustada.

—Yo saldré de aquí únicamente con el tesoro bajo el brazo, así que avanza. A ver quién llega antes.

Will echó a correr saltando por las piedras como si fuera un conejo olímpico y tuviera que batir algún récord mundial. Marina no pensaba ser menos, aumentó la velocidad y se encontró peleándose por llegar la primera, con la ventaja de que era bastante más ligera que su acompañante. Mucho más ligera.

A punto de llegar al islote, Will dio un salto largo hasta la última piedra que quedaba. Y ésta se hundió de pronto sin dejar alternativa al muchacho a agarrarse a ningún lado.

Marina brincó hacia él sin llegar a tiempo para sujetarle y se mantuvo estupefacta mientras le observaba hundirse en el agua pantanosa. Entonces le entró la risa. Tuvo que agacharse sobre su propia piedra, para no caerse a la laguna de las carcajadas que sacudían su cuerpo.

Will intentaba asirse a algo a la vez que farfullaba mil improperios y escupía un líquido verdoso. Nadó a duras penas hasta donde Marina se encontraba y, antes de que ella pudiera enterarse de lo que pasaba, la agarró del tobillo y la lanzó al agua.

Cayó de cabeza y de una forma tan poco grácil como un sapo gordo y flácido.

—Serás... —le dio tiempo a gritar antes de tragar agua hasta por las orejas.

Braceó tratando de salir a flote, Will tiró de ella hacia donde comenzaba el islote, muerto de la risa. Se arrastró por la orilla cargando con una Marina a punto de asesinarlo.

—¡Eres un mal perdedor! —le gritó rebozada en el barro con mil picores por el cuerpo.

Él, tirado boca arriba a su lado, con los brazos en cruz y calado hasta los huesos, seguía riendo. Marina no pudo contenerse y estalló en carcajadas. Se sentía tremendamente sucia, pegajosa y mojada, pero desde la arena fangosa donde estaba tumbada, el cielo de un azul eléctrico se abría entre las copas de los árboles iluminando de vida todo a su alrededor.

—Dios —dijo entrecortadamente—, qué bonito es este lugar.

Will se giró hacia ella con una sonrisa de oreja a oreja y los ojos brillando como el mismo cielo.

—Creía que me ibas a matar.

—Lo he pensado seriamente, pero tengo las de perder. Así que aguardaré a una oportunidad mejor. Cuando no te lo esperes.

—Me estás dando miedo —le guiñó un ojo y trató de incorporarse, resbalando por el barro.

Marina se levantó dificultada por la ropa, tan pegada al cuerpo como una segunda piel, viscosa y escurridiza. Se echó una ojeada, estaba realmente asquerosa. Sus ojos coincidieron con los de Will. Él también tenía su atención puesta en ella, recorría su cuerpo mojado como si acabara de darse cuenta de que existía. Su rostro había perdido la sonrisa y se mantenía grave, pensativo.

Marina se cruzó de brazos y le reprendió con la mirada.

—¿Algo que opinar? —le preguntó molesta.

—Perdona... yo... —reaccionó girando la cabeza hacia los cipreses que crecían junto al islote—. ¿Buscamos el tesoro?

—El que lo encuentre se lo queda —dijo Marina adelantándole y lanzándose a rebuscar entre los matorrales—. Paso mi vida hallando cosas que nadie ve ni con telescopio, así que podré dar con un tesoro sin problema.

Diez minutos después se había dado por vencida. La isla no tendría más de diez metros cuadrados llenos de zarzas, larvas e insectos palo, pero ningún cofre lleno de joyas o monedas antiguas.

—¿Te lo enseño?

Marina se volvió hacia Will con odio contenido.

—¿Sabías dónde estaba desde el principio?

—Claro. Lo escondí yo —se agachó para evitar que Marina le diera con una piedra—. ¿Sabías que eres muy bruta?

Separó la corteza de uno de los árboles. Había un hueco escarbado en el tronco y dentro, una pequeña caja de latón.

Marina la sacó de su enclaustramiento, la sujetó como si realmente fuera un tesoro y la depositó en el suelo. Estaba oxidada y la tapa crujió al abrirla.

Will se sentó a su lado y ambos contemplaron lo que había en el interior: un puñado de cromos humedecidos amarrados con una cuerda, un paquete de chicles, una pelota de béisbol firmada con un nombre que casi había desaparecido y una carta arrugada.

Marina tomó el sobre de un color tierra. Dentro había una hoja de papel.

—¿Puedo? —le preguntó viendo que había algo escrito allí.

—Ya ni recuerdo lo que metí ahí.

La letra era cuidada y aún se podía entender lo que ponía:

Will, jamás podré olvidarte. Nuestros caminos van a separarse, solo espero que alguna vez nos volvamos a encontrar y que me recuerdes con el mismo cariño que yo siempre te tendré. Te quiero con toda mi alma, Bianca Carroll.

Will enrojeció y trató de quitarle la carta.

—Dios mío, Bianca te quería un montón —dijo Marina divertida ante el azoramiento del muchacho—. ¿Y es esta chica a la que vamos a ver en la fiesta?

Will se levantó de un salto.

—¡Joder! ¡Tenemos que irnos! Queda apenas media hora y estamos hechos un asco.

—Espera —Marina guardó la carta y todo lo demás en la caja y la volvió a ocultar dentro del tronco del árbol—. Así podrás traer a tus hijos a buscar el tesoro.

Emprendieron el regreso resbalando por las piedras y echando a correr hacia la granja una vez que estuvieron en suelo firme.

Maggie y Henry se encontraban sentados en el porche trasero de la casa tomando una cerveza y perfectamente vestidos y arreglados, cuando Marina y Will aparecieron corriendo como dos poseídos por el demonio, oliendo a charca y embadurnados de lodo.

—Madre-de-todos-los-hombres-y-reina-del-amor-bendito... —exclamó de carrerilla Maggie mientras se levantaba de un bote y los acompañaba al interior de la casa—. Mas vale que os deis un buen baño, parecéis dos gorrinos recién paridos.

Les empujó hacia el cuarto de baño y sacó unas toallas limpias del armario.

—Tenéis diez minutos contados —les instó.

—Yo esperaré fuera —Marina trató de escapar; sin embargo, Maggie interpuso su cuerpo vigoroso ante su posible escape.

—Soy mayor, pero no una anticuada. Sé perfectamente lo que hace una pareja joven a solas y creo que un simple baño es lo más inofensivo. Así que...

Empujó a Marina dentro del cuarto y cerró la puerta.

—Diez minutos —volvió a repetir y sus pasos se alejaron por el pasillo.

—¿Quién es el primero? —preguntó Will, que ya se había quitado la camiseta y se estaba arrancando a duras penas los pantalones mojados.

—Por lo que veo, tú.

Will se acercó a ella. Marina retrocedió hasta topar con la pared. Él esbozó una sonrisa traviesa y se señaló su espalda.

—¿Alguna sanguijuela?

Marina observó con cuidado —y con el estómago de repente encogido— el cuerpo fuerte y atlético de Will, tratando de no desviarse de su cometido y únicamente buscar cualquier bicho viscoso que se hubiera agarrado a aquella espalda tan deseable.

—Ninguna —contestó.

—¿Quieres que te compruebe a ti? —añadió él. Su rostro pícaro exhibió un mohín de los que debían derretir a la mujer más gélida.

—Me autoexploro muy bien —respondió rápidamente, dándose cuenta demasiado tarde de los múltiples significados que podría tener la frase. Antes de que Will dijera algo, le empujó hacia la ducha—. Tienes cinco minutos.

Se giró hacia la ventana para evitar ver cómo él se quitaba el resto de la ropa, y tarareó la canción *Devil in disguise* de Elvis Presley mirando los azulejos coloridos de la pared. Cualquier cosa para mantener la mente en el presente y no recordar que el cuerpo desnudo por el que resbalaba el agua en ese instante había estado en su cama unos meses atrás.

Bufó. Había olvidado la letra de la canción, así que optó por *I feel so bad*.

—¿Así que una fanática de Elvis? ¡Quién lo iba a decir! —Will agarró la toalla que estaba junto a ella, salpicándola de agua. Pese a la cercanía, se mantuvo estoica, con su atención totalmente centrada en la pared.

—Era una estrella y yo soy fan de cualquier tipo de astro.

Will soltó una carcajada. Debía de estar secándose.

—Anda, dúchate. Juro que miraré para otro lado.

—Más te vale —le observó a la vez que él se daba la vuelta hacia la puerta, con la toalla enrollada en la cintura.

—Marina, te puedo asegurar que no tengo ningún interés en verte desnuda.

Aunque era lo deseable, la frase hizo hervir la sangre de Marina como si le hubieran echado ácido.

—Perfecto —masculló quitándose la ropa con súbita furia—. Lo mismo digo.

El agua caliente aplacó sus ánimos, también el sonido de la puerta al cerrarse: señal de que ya se encontraba sola en el baño y de que podía terminar de asearse tranquilamente.

El dormitorio estaba solitario cuando entró abrazada a la toalla. Su vestido se encontraba estirado encima de la cama y también había unas bailarinas negras de su talla en el suelo.

Marina se vistió lo más rápido que pudo, que generalmente variaba entre el micro y el nanosegundo, y se recogió el pelo, aún húmedo, en un moño alto despeinado.

El resultado en el espejo fue bastante agradable, incluso favorecedor. Salió con fuerzas renovadas mientras algún impresentable hacía sonar la bocina del coche para llamar su atención.

En el exterior de la casa, Will y sus padres ya se encontraban sentados en el vehículo y listos para partir. Henry aplaudió al verla.

—Guapísima —dijo—. Y ahora vamos a ese aburrimiento de fiesta. Espero que al menos nos pongan buena comida.

Marina dedicó una sonrisa a los padres y ni siquiera se volvió hacia el conductor. Pese a que había decidido obviar el comentario del cuarto de baño, aún se sentía escocida. Will tardó en arrancar el motor y su madre le reprendió:

—Deja de mirar a Marina y acelera de una vez.

—¡A la orden, señora! —el coche patinó por la grava y se encaminó hacia la carretera.

El sol decaía a la vez que ellos se alejaban de la granja. Pronto fue un punto lejano sepultado entre cultivos y grupos de árboles.

Unos minutos más tarde, Will tomó un desvío hacia la izquierda. Una verja alta diferenciaba el terreno vulgar del de la grandiosa finca de los Carroll. Una hilera de cipreses los acompañaba por un camino perfectamente asfaltado, que durante unos cuantos kilómetros descubrió extensas plantaciones de tabaco y después de frutales. De pronto los árboles finalizaron, mostrando una impresionante mansión de dos plantas, con galerías porticadas, pilares de estilo jónico y un tejado inclinado de pizarra del que salían al menos seis chimeneas.

Marina no pudo evitar un silbido. Era la casa más asombrosa que había visto jamás. Como sacada de *Lo que el viento se llevó*, pedía a gritos a Scarlett O'Hara en el porche.

En su lugar, un aparcacoches engalanado les abrió las puertas y les indicó la entrada, por la que en aquel momento ya accedían parejas elegantemente vestidas. Maggie se sujetó del brazo de su marido y Will ofreció el suyo a Marina. Entonces y solo entonces, Marina se vio en la obligación de mirarle de soslayo y, como temía, lo encontró espectacularmente irresistible, con un traje oscuro como el que llevaba en la gala del planetario.

—¿No te parece que esto ya lo hemos vivido? —le preguntó él, dejándola con la certeza de que le leía el pensamiento.

—¿Sí? No sé a qué te refieres.

—Imaginaciones mías, supongo —contestó él, alargando el cuello para echar un vistazo a las personas que se congregaban en el gran recibidor.

En ese instante, se dieron cuenta a la vez de que unos fotógrafos tomaban imágenes de los asistentes, conforme accedían a lo que parecía un inmenso salón.

—Hay una puerta posterior —dijo Will haciendo un quiebro y tirando de Marina hacia el exterior—. He sido muy estúpido al creer que no habría fotógrafos en una fiesta Carroll, siempre sale una mención en el periódico del condado. No es que lo lea mucha gente, pero supongo que tenemos que evitar cualquier oportunidad de que seas reconocible.

—Gracias. Aún no me doy cuenta del alcance de esta situación.

—Es una pena. Íbamos a salir bien guapos, ¿sabes? —bordearon una verja de madera hasta un acceso. Will abrió la portezuela y entraron en un jardín posterior donde, perfectamente iluminada, había una piscina en forma de riñón—. Creo que, pese a todo, hacemos buena pareja.

—¿Pese a todo? —Marina le echó una ojeada llena de inquina.

—¿Sabes que eres muy mal pensada? Rebuscas en mis frases para sacar de ellas lo peor.

—¿Ahora es culpa mía?

—Por supuesto. Yo solo he dicho que quedas bastante bien a mi lado —soltó una carcajada al ver la mutación a cangrejo diabólico de la cara de Marina y corrió hasta una puerta acristalada que mostraba parte del salón, donde se congregaban decenas de personas—. No puedes tirarme piedras, habrá muchos testigos.

—Eres un indeseable.

—Pase, señorita —abrió la puerta e hizo un gesto cortés para dejarla entrar—. Usted también es un auténtico primor.

Aguantando el impulso violento de darle una patada en la espinilla, forzó una sonrisa y entraron en el salón.

Bianca Carroll era un verdadero ángel rubio. Ahora Marina ya sabía lo que veían los moribundos al otro lado del túnel. Llevaba puesto un vestido largo blanco por el que caían sus hermosos bucles dorados de cabello. Tenía unos ojos verdes bien maquillados y una sonrisa perpetua, que se hizo más amplia cuando reconoció a Will y se acercó veloz hacia ellos.

—¿William? —preguntó dudosa, a un paso de distancia—. Tienes que ser tú. No has cambiado nada.

—Bianca —se dieron un largo abrazo mientras Marina fichaba en profundidad a la exnovia. Después Will señaló a Marina—. Te presento a mi... amiga Marina.

Bianca la estrechó brevemente entre sus suaves y delicados brazos.

—Encantada, Marina. La verdad es que me han hablado tanto de ti que ya tengo la sensación de conocerte.

—¿Han dicho algo bueno?

Bianca rio de una forma tan contagiosa que daban ganas de acompañarla.

—¡Por supuesto! Vamos, te voy a presentar a mis padres. Y os llevaré a comer algo.

En los dos salones contiguos por los que pasaron habría al menos cincuenta personas charlando animadamente, mientras emperifollados camareros servían copas y canapés.

Los señores Carroll tenían el aspecto de la vieja aristocracia del sur, tan anticuados como las grandes lámparas de araña o los pasamanos dorados; sin embargo, eran de trato amable. Se interesaron por la vida de Will en Nueva York, por su trabajo y por su relación con Marina. En unos breves segundos habían hecho tantas preguntas seguidas que Marina comenzó a pensar si se trataba de agentes encubiertos del Gobierno en vez de terratenientes adinerados.

Tras el cuestionario, los padres decidieron investigar a otra pareja y perdieron el interés por ellos, momento que aprovechó Bianca para conducirles a la barra. Les ofreció unas copas de champán y brindó por la inesperada reunión.

La música comenzó a sonar. Bianca lanzó una mirada suplicante a Will, de la que este ni siquiera se dio cuenta o que prefirió obviar.

—Creo que deberíais bailar —instó Marina ante la grata sorpresa de Bianca—, hace muchos años que no os veis y seguro que tenéis mucho de qué hablar. Yo voy a dar una vuelta.

Se separó de ellos antes de que Will pudiera esgrimir excusa alguna, y caminó hasta una de las grandes puertas de dos hojas que comunicaban con la siguiente sala. Allí se detuvo, parapetada tras unos señores grandes como armarios y una planta de similar tamaño, mientras observaba a la hermosa pareja que bailaba en el salón. Marina inspiró profundamente. Bianca lucía espléndida junto a Will, intercambiando confesiones, riéndose. Si había algo de lo que Marina no dudaba, era de que aquellos dos especímenes habían sido escogidos por algún imperativo de la selección natural para estar juntos.

Les dio la espalda y entró en la siguiente habitación. Los padres de Will hablaban con otra pareja aún más desubicada que ellos. Pese a lo elegantes que estaban, los señores Scott no se sentían parte de aquel lugar.

Marina se les unió y allí, cerca de una mesa llena de platos exquisitos y en compañía de los señores Boggs (sí, a los que Maggie había puesto espuma de afeitar en vez de nata en una tarta), pasaron una agradable velada.

Eran cerca de las once cuando los Boggs se ofrecieron a acercar a los padres de Will a casa. Marina dudó si irse con ellos. No sabía nada de Will desde hacía dos horas. Aunque lo pasaba bien con los comentarios socarrones de Henry sobre cada invitado y con los chistes que Maggie se había lanzado a contar debido al exceso de champán ingerido, estaba cansada.

—La verdad es que es un gesto muy feo de William, cielo —dijo Maggie con cierto cariño en la voz—. Ven con nosotros y ya le llamaré la atención en casa.

—Me quedaré un rato más —les contestó Marina tras dudarlo—, puede que saquen algún postre decente.

Los padres de Will se marcharon finalmente y Marina se propuso investigar aquella formidable mansión. Se coló por una puerta al fondo del salón, apareciendo en un largo pasillo repleto de cuadros. Echó un vistazo a los tétricos retratos, de caras largas y facciones amargas, donde sonreír debía de estar terminantemente prohibido.

A la izquierda encontró otra habitación. En el centro había un piano de cola y tras él una inmensa cristalera que daba al jardín trasero, iluminado en ese momento por delicadas velas.

Cruzó la sala de música dando pequeños pasos de baile y girando sobre el brillante suelo de madera. Así se plantó junto al cristal. Observó la bella estampa de la piscina y de los campos oscuros al fondo.

—¿Te gusta? —Bianca estaba en el rellano de la puerta y la contemplaba con un gesto plácido en la cara.

—Tienes una casa preciosa.

—Bueno, yo vivo en Charlotte, mis padres son los únicos que continúan aquí. Los sábados hay hasta visitas guiadas para conocer la plantación.

—Es digna de una película —Bianca se situó a su lado y ambas observaron a través de la ventana—. Debe de ser increíble crecer en este lugar.

—A mí me suena mejor Manhattan, te lo puedo asegurar —examinó a Marina de reojo—. Siento que hayamos tardado, creo que ha sido por mi culpa. Hacía tanto tiempo que no le veía y... Will fue alguien muy importante en mi vida.

Las mejillas de Bianca estaban sonrosadas, Marina esbozó una sonrisa.

—Lo sé, Maggie me lo chivó todo. La verdad es que hacéis una buena pareja.

—No, no digas eso. Yo no... Para mí Will pertenece al pasado —Bianca parecía realmente azorada—. Ahora es tuyo y me alegro por ello. Por cierto, anda como loco buscándote por la casa.

—¿Vamos a por él? —Bianca asintió, enganchándose del brazo de Marina—. Por cierto, ¿quiénes son los tipos feos de los cuadros?

—Mi familia. Desde la época en que esta finca era una plantación de algodón hasta mis abuelos.

—¡Lo siento! —Marina se sentía fatal por haber insultado a todo su árbol genealógico.

—No te preocupes, piensa que hasta hace poco mi familia era esclavista. Nada de lo que sentirse orgullosa. Puedes llamarles cosas peores si te apetece.

Anduvieron agarradas hasta el salón. Había ya poca gente y casi todos se encaminaban hacia la salida. Will llegó pausadamente a encontrarse con ellas y, sin dar ninguna explicación, le plantó un beso en la mejilla a Bianca y salió a la calle.

Marina le siguió tras agradecer a los señores Carroll su hospitalidad y despedirse de Bianca con un caluroso abrazo.

—¿Se puede saber qué te pasa? —le preguntó a Will una vez fuera mientras esperaban al aparcacoches.

—No me recrimines nada.

—No lo hago. Únicamente te pregunto qué mosca te ha picado.

—No eres mi novia. Si quiero bailar con Bianca toda la noche, puedo hacerlo.

—¿Crees que te estoy pidiendo explicaciones? —a Marina le dieron ganas de echarse a reír—. Si mi no-novio quiere bailar, morrear o tocar a su exnovia me da exactamente lo mismo. Por mí, ya puedes regresar ahí dentro y no volver hasta mañana. Esa chica sigue coladita por ti —le miró desafiante—. Algo que no entiendo, por cierto.

El coche llegó y se metieron dentro en medio de un silencio tenso.

—Lo siento, Marina —dijo Will fuera de la finca, ya en la oscura y estrecha carretera que los llevaba a Crescent Moon—. Me he comportado mal. Esta situación es nueva para mí y a veces me trastoca.

—Bueno, hemos pasado de que me insultes porque te hago perder dinero, a que me ayudes con mis pesadillas y a que te disculpes cuando haces el idiota. Me parece que vamos mejorando.

Will esbozó una sonrisa sin separar los ojos del camino.

—Bianca es parte del pasado.

—Sí, sí, eso también me lo ha dicho ella. ¿Y sabes una cosa? No os creo a ninguno de los dos.

Recostó la cabeza en el asiento y miró por la ventana. La Luna, alta y redonda, les contemplaba bañando en plata todo el paisaje.

Entraron en la casa en silencio, como dos adolescentes que llegan pasada la hora acordada. Con un mutismo absoluto se pelearon por el baño y cuando ganó Will, Marina fue de puntillas a ponerse el pijama en el dormitorio.

Se sentía cansada por el madrugón mañanero, la actividad en el colegio y el chapuzón en la asquerosa laguna del tesoro. Se tumbó en la cama y miró la lámpara oscilante del techo. Un aire cálido se colaba por la ventana abierta, meciendo las cortinas y hormigueando por la piel de Marina.

—Veo que ya has tomado posesión de la cama —murmuró Will desde la puerta.

—En cuanto vuelva del baño, la habré perdido —Marina se levantó a disgusto—. La verdad es que estoy tan molida que me da igual dormir ahí que en lava incandescente.

—Tomo nota.

Al regresar, y como era de esperar, Will se había metido en la cama, sin camiseta y con el volumen de Tom Sawyer entre sus manos.

—No me importa que me quites la cama, pero el libro...

—Hasta donde yo sé, ambos son míos.

—Ya estamos con el egoísmo y la codicia.

—Ya estamos con la profe pesada —se hizo a un lado en la cama y golpeó el colchón con la mano—. ¿Vienes o no?

—¿Quieres que duerma contigo?

—Tú llevas pidiéndomelo noche tras noche, ¿qué quieres que haga? Todos tenemos nuestro corazoncito y tus terroríficos gritos nocturnos pueden con el mío. Así que haz el favor de meterte en la cama y no quejarte en toda la noche. Si no, te devuelvo al suelo.

—Eres tan... caritativo —le picó Marina, pero saltó encima del colchón antes de que le diera por echarse atrás y se colocó en el lado contrario, tapándose con la sábana hasta la garganta.

Se miraron desde sus esquinas, observando al adversario como en un ring, a punto de comenzar el combate.

—No te dije que esta noche estabas muy guapa —musitó Will con los párpados entrecerrados de cansancio.

—Solo tenías ojitos para cierta dama. Lo entiendo perfectamente.

—Bianca está...

—En el pasado... ya me lo has dicho —repitió Marina.

—Quería decir buena. Bianca está muy buena.

—Eso también —un ramalazo de lo que parecían celos nubló momentáneamente la mente cabal de Marina. Tragó saliva—. Y parece lista y buena gente. Tiene muchas virtudes. Así que a ver si te pones las pilas y le recuerdas vuestros años de juventud.

—¿No te importa? —Will levantó una ceja escéptico.

—¡Pues claro que no! Ahora duerme. Ya me encargaré de despertarte con mis pesadillas.

LA ESCUELA

Cuando Marina se despertó, le pareció que la mañana ya debía estar avanzada. El sol entraba con ganas en el dormitorio y comenzaba a calentar con sus rayos aún perezosos.

Intentó levantarse, pero estaba inmovilizada por un brazo gigante que, cual calamar prehistórico, la mantenía retenida contra él.

Sentía el cuerpo de Will pegado a su espalda, su cabeza respirando profundamente en su cuello.

Esbozó una sonrisa boba. No era aquella una mala forma de despertarse, puede que incluso fuera perfecta. No había tenido ni un mal sueño, ni siquiera un retazo de recuerdo y ahora se sentía protegida por un pulpo ruidoso.

Will también comenzaba a despertarse. Marina se mantuvo rígida en el sitio, con los ojos apretados y conteniendo el aire para parecer dormida.

Le oyó bostezar y estirarse, pero aquella extremidad forzuda seguía anclada a su cintura. Después, despacio, como si ella fuera un cristal muy frágil, empezó a separar el brazo en un mutismo absoluto. A Marina le dieron ganas de echarse a reír. Abrió los ojos y giró la cabeza hacia él.

—¿Qué estás haciendo? —intentó parecer desconcertada y frunció los labios.

Will se quedó petrificado, con el brazo en alto a medio camino de sus cuerpos y con la cara de aquel al que le han pillado cometiendo una travesura.

—Esto… yo…

—¿Qué ibas a hacer con esa mano? Y, ¿por qué estás tan pegado?

—No es lo que parece.

—¿Y qué parece?

Will se recomponía rápidamente del azoramiento inicial y, relajando la expresión, se sentó en la cama.

—Pues que estaba intentando meterte mano. Pero no, lo juro. Estaba dormido como un tronco, simplemente te he confundido con una almohada.

—¿Una almohada? —Marina se incorporó con ganas de incrustarle la lámpara de la mesilla en la cabeza.

—Sí, eso he dicho —alzó las cejas con inocencia—. De todas formas, no debería extrañarte que alguien que duerme en un colchón tan pequeño con un pijama tan diminuto pueda sufrir algún tipo de tocamiento indecoroso. Aunque sea no planeado.

—¿Me estás amenazando para que abandone esta cama?

—No, conmigo estás completamente segura. Te lo advierto para un futuro.

—Gracias por la información. Lo tomaré en cuenta para la siguiente vez que tenga que huir con algún sujeto chulesco.

Will esbozó una sonrisa de oreja a oreja mientras apoyaba la espalda contra el cabecero y se estiraba ruidosamente.

—Tú tranquila. Ahora mismo eres lo más parecido a una amiga que tengo y a esas no se las toca.

Marina relajó la frente, que mantenía tensa desde el comienzo de la conversación.

—¿Una amiga?

—Bueno, sí, conoces todos mis secretos, ninguna otra persona ha vivido para contarlo —le guiñó un ojo—. Sin embargo, yo como amigo debo de ser un desastre, me he comportado como un capullo sin sentimientos. Claro que no tenía ni idea de lo que has pasado y por qué necesitabas huir con tanta urgencia. Si me hubierais mantenido más informado, puede que tu impresión sobre mí fuera más real.

—¿Crees que me caes mal?

—Creo que te has llevado una decepción colosal. Conociste a un Will Smith caballeroso y atento y te encuentras con un Will Scott garrulo y pedante.

—¿Lees la mente?

Soltó una carcajada que hizo temblar los cristales de las ventanas.

—Eres como un libro abierto, señorita científica. Solo espero que puedas cambiar de opinión antes de que el inspector cara-pasa encarcele a ese hijo de puta, y tengas que regresar a Manhattan. Quizás, en poco tiempo, también puedas considerarme tu amigo.

Marina se mantuvo en silencio. Sus ojos se escurrieron hacia el pecho desnudo de Will y se esforzó por levantar la mirada y tratar de sonreír. No eran las palabras que hubiera querido escuchar, tenía la cabeza echa un tremendo lío.

—Gracias, Will —dijo únicamente.

Él parecía satisfecho, le dio una palmada rápida en el muslo y se levantó de la cama con prisa.

—¡Me pido el baño! —y salió a zancadas del dormitorio.

Aquella mañana, Maggie se había compadecido de Marina y no solo había llevado a cabo todas las tareas ella sola, sino que, además le había dejado un desayuno muy completo en la mesa de la cocina, junto a un papel en el que se leía su nombre.

Había otro con el de Will. Junto a él, solo una manzana. Maggie estaba molesta con su benjamín y aquello ilusionó a Marina. Quizás, tan solo quizás, había comenzado a aceptarla en su hogar.

Antes de que Will saliera del baño, terminó la comida, recogió la cocina y salió volando hacia la escuela de Crescent Moon. Llegaba tardísimo.

Los gritos de alegría eran audibles desde el exterior del edificio y parecían rebotar por las copas de los árboles. Rodeó el colegio para encontrarse con niños luchando con pistolas de agua, jugando en una piscina hinchable y con una manguera con agujeros por la que salían chorros traicioneros en cualquier dirección.

Marina quedó empapada al segundo de llegar, ante las risas de los niños y de su profesor.

—¡Aún no me había dado tiempo a pasar calor! —se quejó en broma haciéndose con una pistola, que más parecía un bazooka del ejército, y disparando a diestro y siniestro contra todo elemento móvil cercano.

—Te vuelves peligrosa con un arma en la mano —rio Noah mientras se secaban y recogían el jardín, más de una hora después—. ¿Lo sabe mi hermano?

—¡Qué va! En verdad soy una miedosa compulsiva.

—¡Imposible! ¡Pero si vives en Nueva York! Uno de los lugares más peligrosos del planeta junto con Mordor y Azkaban, todo el mundo lo sabe. De todas formas, deberías quedarte a la clase de Sabrina. Mi prima viene un par de veces a la semana a enseñar a los críos autodefensa. Es realmente buena —se detuvo antes de entrar en la escuela, girándose hacia Marina—. No es que Crescent Moon sea peligroso, de verdad, aquí lo más arriesgado es no cubrirte la cabeza en verano, pero anda tanto loco suelto por el país que saber defenderse un poco no les viene mal a los pequeños.

—¡Me apunto! Aunque primero hay que colocar esos planetas en su lugar.

—A la orden, jefa. Por aquí.

El sistema solar iba ganando esplendor. El sol, grandioso y dorado, estaba situado en el centro del gimnasio. Los planetas, dotados de color y muy brillantes por un problema con una avalancha de purpurina que no pudo ser corregido, se habían colocado en puntos marcados en el suelo por Marina.

Les explicó a los niños en qué se diferenciaba cada uno y las distancias a las que se encontraban. Como el pobre Plutón les daba pena por haber sido expulsado del rango de planeta, debido a su pequeño tamaño, se decidió por unanimidad incluirlo de todas formas en el Sistema Solar de Crescent

Moon. Si a la Unión Astronómica Internacional le molestaba aquella licencia, que se fastidiara. Bastante tenía Marina con contentar a una veintena de alumnos tratando de colocar lunas a Marte, anillos a Urano y marcianos de plastilina en todos los planetas que podían.

Cuando los niños estaban en su estado más enfervorecido, la prima de Will apareció para salvar a Marina de una muerte segura.

—¡No me lo puedo creer! —exclamó Sabrina al verla y acto seguido la estrujó entre sus brazos—. ¿Ayudando a Noah? ¿Cómo ha conseguido engañarte?

—Me mostró un planetario y no pude resistirme —le sonrió Marina.

—¡Qué facilona! —Sabrina se giró hacia los niños, los cuales se habían mantenido en un silencio inusual desde que había aparecido por la puerta, y les señaló unas colchonetas que estaban apiladas en un lateral. Enseguida, como un pequeño batallón bien organizado y tremendamente letal, los niños se coordinaron para situar las colchonetas en el centro del gimnasio y apartar los restos del sistema solar sin que sufriera ningún daño—. Venga chicos, hoy vamos a aprender a soltarnos si nos sujetan en contra de nuestra voluntad.

—¿Si nos agarra un oso? —preguntó una de las sobrinas de Noah.

—Me parece un buen ejemplo, Emma.

Marina se sentó junto a los niños alrededor de las colchonetas.

—¿Y un alienígena? ¿También sirve si nos secuestra uno para llevarnos a su planeta?

—Por supuesto, vale en todas las ocasiones. Salvo, y escuchadme bien, para cuando vuestros padres tratan de arrancaros del parque para regresar a casa. ¿Entendido?

Durante un buen rato practicaron como liberarse de un ataque o defenderse desde el suelo, entre risas y caídas, más humillantes que dolorosas, que únicamente se vieron interrumpidas por la hora de la comida. Marina fue la última en levantarse de la colchoneta, empecinada en repetir cada uno de los pasos.

Mientras la escuela comenzaba a quedarse vacía, Sabrina y Marina salieron al exterior.

—Jamás he visto a una alumna tan entregada en su primer día de clase —dijo Sabrina con sus ojos claros centelleantes bajo la luz del sol—. ¿Hay alguna historia truculenta escondida en tu pasado?

—La verdad es que hace muchos años tuve un percance. Si hubiera sabido algo de defensa personal, puede que me hubiera librado.

—Haremos una cosa —Sabrina no parecía impresionada—: vendré por aquí todos los días. Una hora de clase particular, sin monstruitos tirándote de la coleta, y haré de ti una auténtica *Karate kid*. Cuando una se siente fuerte y capaz, los fantasmas desaparecen.

—Te lo agradezco mucho.

—Faltaría más, siempre quise una prima y me tocaron ocho chicarrones, que solo disfrutaban lanzando piedras o escupitajos.

Se despidieron con un abrazo y Sabrina se alejó pedaleando en su bicicleta. Marina se puso la mano a modo de visera para poder distinguirla bajo el sol ardiente. Entonces, la imagen la acaparó alguien que se acercaba montando a caballo. La luz a aquellas horas del inicio de la tarde se reflejaba en la melena dorada de la amazona que, con una soltura digna de un concurso ecuestre, descendió del caballo justo delante.

Era Bianca Carroll. Tan despampanante en vaqueros como en traje de noche.

—¡Hola, Marina! —le obsequió con una sonrisa mientras ataba al caballo en la cerca del jardín—. Estaba dando un paseo y te he visto. ¿Qué haces en el colegio?

—Me ayuda con el planetario que están montando los chavales —contestó Noah mientras cerraba la portezuela del edificio con llave—. Por cierto, Bianca, ¿sigues teniendo aquel tren tan fantástico con el que jugábamos de niños?

—Debe de estar guardado en la bodega. ¿Lo necesitas?

—Nos vendría muy bien para poder desplazar los planetas —añadió Noah, sujetando a sus sobrinas de las manos. Parecía que tenía pocas ganas de marcharse.

—Pues, contad con él. Mañana os lo traigo —Bianca parecía feliz de ser de utilidad y sonrió satisfecha hasta que Noah, arrastrado por las niñas, se convirtió en un punto en el bosque. Después se giró hacia Marina—. Will me contó que eres astrónoma. Debe de ser apasionante.

—Tengo la suerte de trabajar en algo que me gusta. Pero no es tan bonito como se pueda imaginar. Veo pocas estrellas y demasiados cálculos matemáticos.

Bianca rio y enroscó su brazo delgado al de Marina. Comenzaron a andar hacia el jardín, allí se sentaron en los columpios. La brisa era cálida y la sombra de los árboles mitigaba la temperatura hasta hacerla soportable.

Marina observó de reojo a Bianca, meciéndose despacio en el columpio. Era realmente bella.

—Me siento fatal por haberte dejado a un lado anoche —dijo la mujer—. Le he estado dando vueltas y creo que ha sido la cosa más descortés que he hecho en mi vida.

—No te preocupes. Puedo vivir perfectamente sin tener a Will cerca —le sonrió—. A veces, incluso, agradezco estar sola.

Se hizo un silencio tenso. Marina no sabía bien qué temas se debían sacar en situaciones como aquella.

—Me dijo Maggie que estuvisteis saliendo tres años —comentó como una alternativa, tratando de mostrar despreocupación. Las mejillas de Bianca se colorearon instantáneamente.

—Sí, éramos unos críos. Él decidió marcharse a estudiar a Nueva York y mis padres prefirieron que yo me quedara aquí.

—¿Hubieras ido con él?

Bianca estaba cada vez más roja. Rozaba el tono granate subido, cuando se decidió a contestar:

—Sí. Le hubiera acompañado al fin del mundo.

—¿Y no le visitaste nunca? —Marina se sentía ante la típica novela romántica de amores inalcanzables. Lo único curioso de la situación era que ella parecía sobrar en la historia.

—Fui en una ocasión —Bianca se rio entre dientes, como si recordara una travesura—. Se había marchado hacía más de un año y había dejado de llamarme, así que compré un billete y aparecí en Nueva York. Solo conocía su dirección y me presenté allí. Debí de esperarle más de dos horas, congelada de frío. Cuando le vi llegar me di cuenta de que no era el muchacho de campo que se había marchado de Carolina. Vestía muy elegante y de su brazo llevaba a una mujer impresionante.

Marina suspiró. A ese Will sí que lo conocía.

—Bianca, con toda seguridad, tú eras mucho más impresionante que ella —dijo sin pensar.

—Yo ya no tenía hueco en su nueva vida.

—¿Y qué sentiste al verle ayer?

Bianca detuvo el columpio y la miró con extrañeza.

—¿No es una pregunta un poco extraña viniendo de su novia?

—Soy científica —Marina se dio cuenta de su torpeza—. No puedo dejar de analizar todo lo que pasa a mi alrededor. Es un defecto de nacimiento.

—¿Sabes lo peor? Me siento tan relajada contigo que te contaría mi vida. Pero ahora eres su pareja y, de verdad, me alegro por los dos. Eres una chica excepcional. En el pasado debí de haberme plantado y puede que hubiera tenido mi oportunidad.

Marina se levantó del columpio y anduvo pensativa. Se sentía con ganas de estrangularse a sí misma cuando supo lo que iba a hacer, pero percibía que era lo mejor.

—Bianca —se giró hacia la mujer con el estómago tenso—, te voy a confesar una cosa y necesito que no se la cuentes a nadie por ahora. ¿Lo harás?

Ella asintió. Su rostro estaba preocupado.

—Will no es mi novio. Fingimos por sus padres y, de verdad, me horroriza hacerlo. Espero que dentro de poco regresemos a Manhattan y cada uno pueda volver a su vida.

—No lo entiendo. Vosotros... he visto cómo te mira.

Marina se acuclilló junto a Bianca, cuya tez había pasado del color rojo al blanco papel.

—Te puedo asegurar algo, Will no siente nada por mí —una sensación de alivio inundó a Marina. Sin embargo, Bianca parecía estar experimentando todo tipo de emociones contradictorias. Tomó su mano entre las suyas—. Vuestra historia es preciosa, Bianca. Si deseas intentarlo de nuevo, deberías hacerlo.

Aquel era el momento en el que la protagonista de la novela debería comprender que había hecho lo correcto y disfrutar de la vida. Hasta que se dio cuenta de que se equivocaba: la verdadera protagonista estaba delante y ella era únicamente la voz de la narradora.

Arrastrando los pies y con la cabeza ardiendo por el calor, Marina regresó a la granja. Había dejado a Bianca entre inquieta y esperanzada, balanceándose en un columpio, y ella volvía con la sensación de que las partes de una compleja ecuación matemática comenzaban a cuadrar.

—Voy a tener que hablar con Noah —Will estaba junto al coche, con el maletero abierto y cargando dentro lo que parecían unos remos—. Se está aprovechando de ti.

—Me he entretenido más de la cuenta.

—Cóbrale por horas, así no te dará demasiado la lata —señaló el coche—. ¿Una vuelta?

—No sé qué tienes en mente —Marina pasó la vista de los dos largos remos a Will—, pero me da la sensación de que regresaré empapada por segundo día consecutivo.

—Coge un bañador.

—¿Crees que suelo llevarlo en la maleta cuando huyo de un lugar?

—Ahora sí, te compré un par el otro día en la ciudad. El verano de Carolina solo se lleva bien bajo el agua —alzó las cejas esperando una respuesta—. ¿Vamos? Juro que trataré de comportarme como una persona educada.

—Eso tengo que verlo.

Marina encontró dos bikinis de poca tela, aunque realmente bonitos, en una bolsa junto a su maleta. Se puso uno y sin mirarse en el espejo, para que no le dieran mil complejos e inseguridades, se tapó con una camiseta larga y salió al exterior.

El coche estaba en marcha con su silencioso motor encendido y con los remos atravesados desde el maletero hasta el hueco que quedaba entre los asientos delanteros.

—Te iba a dar las gracias por la ropa, pero he recordado que me la compraste con mi propio dinero —dijo Marina en cuanto tomaron la carretera de Crescent Moon.

—Lo tomaré como una frase de gratitud y complacencia.

—Tienes bastante buen gusto.

—Algo bueno habré sacado de salir con tantas mujeres, ¿no? Sé más de diseñadores de moda que de derecho penal —Will esbozó una media sonrisa, la que parecía prodigar cuando no estaba satisfecho con lo que acababa de decir.

—¿Y no te gustaría colegiarte y ejercer de abogado?

Will giró el volante hacia un aparcamiento que Marina recordaba del primer día.

—No sé si se me daría bien —detuvo el coche a la sombra de un gran árbol y abrió la puerta—. Sin embargo, lo que hago ahora es sencillo y lo tengo perfectamente dominado.

Rodeó el vehículo y abriendo el maletero comenzó a tirar de los remos.

—Vaya, ha hablado el Will humilde —le chinchó Marina acudiendo en su ayuda.

—¿Alguna queja? —él se detuvo para mirarla. Marina se concentró en sacar los remos y una mochila tan pesada que parecía llevar piedras dentro—. ¿No vas a contestarme?

—Has esquivado mi pregunta y le has dado la vuelta a la conversación para ponerme nerviosa. Eres un auténtico maestro —le echó un vistazo de reojo y, cargando uno de los remos, comenzó a andar sin saber en qué dirección.

—Pese a que ya me conoces, ¿te sigo poniendo nerviosa? —Will apretó el paso para ponerse a su altura.

—¿Ves qué bien se te da? Tienes que convertirte en abogado, harás enloquecer a cualquier jurado.

—Si causo ese efecto en la muchacha más cabal e inteligente que conozco, debería comenzar a meditarlo en serio —se rio.

—Pocas mujeres conoces entonces.

—Las suficientes como para tener una cuenta bancaria muy saneada, un ático en el SoHo y un futuro coche deportivo.

—¿Pretendes impresionarme como un troglodita de manual?

—Si quisiera impresionarte, esa no sería la forma.

Marina se detuvo, en parte cansada de cargar el pesado remo, en parte con ganas de estampárselo a Will en el estómago.

—¿Ah, sí? Señor especialista en el género femenino... ¿Cómo me impresionarías?

—Fácil. Ya lo hice en dos ocasiones.

—Ya veo. ¿Crees que, tras dos únicas citas, quedé absolutamente fascinada por tu arrolladora personalidad?

—Dime que no, y dimito —Will le pellizcó el mentón y continuó caminando.

Las ganas de infligirle un daño descomunal se acrecentaron. Marina se mordió la lengua para no perder la compostura y le siguió con la sangre en ebullición y a punto de entrar en estado gaseoso.

—Hemos llegado —Will lanzó la mochila a un lado y señaló el cauce del río—. ¿Un chapuzón, señorita avergonzada?

—Yo no me siento avergonzada de nada.

—¡Claro que sí! Por eso siempre estás a la defensiva. Te abochorna haber contratado los servicios de un acompañante

—se encaró con ella con una mueca pícara y los ojos brillando de diversión—. Y, sobre todo, te abruma sobremanera haber disfrutado de ello.

La ira contenida de Marina se desbordó. Sin pensarlo, le propinó un empujón con una fuerza inusitada y le lanzó al agua. Will, perplejo y con cara de susto, cayó como un fardo pesado al río, salpicando a Marina de arriba abajo.

—¡Eres un engreído! —le gritó desde la orilla, más sorprendida por su arrebato que molesta, y esperando alguna contestación jocosa e hiriente de Will.

Sin embargo, Will no salía a la superficie. Comenzó a preocuparse pasados unos segundos y a angustiarse acto seguido.

—Dios, le he matado —se lanzó al agua de cabeza, no le impresionó ni el frío ni los insectos de patas largas que paseaban por su superficie. Se sumergió buscándole. El color oscuro del río se tornaba muy turbio debajo, miles de partículas en suspensión hacían casi imposible ver a más de un palmo de distancia.

Sacó la cabeza para tomar aire sofocada y siguió buceando hacia la oscuridad del fondo. Desesperada tras un rato de búsqueda, volvió a subir a la superficie tosiendo y escupiendo arena e hilos verdosos de procedencia desconocida. Entonces le vio.

Estaba sentado junto a las canoas, empapado y con una sonrisa de oreja a oreja.

—¿Buscas algo?

—¡Pensé que te habías ahogado! —braceó hacia él tosiendo—. Me has dado un susto de muerte.

—¿Ahora también es culpa mía? Has sido tú la que me has lanzado al agua como si estuvieses poseída por un demonio babilónico.

En ese momento, quizás por el susto que había agarrotado su cuerpo y el sofocón, Marina se echó a reír. Tanto que apenas podía avanzar en el agua.

Will tuvo que agarrarla de la coleta para que no se fuera río abajo con el ataque de risa inmovilizando sus extremidades.

—¿Sabes que me has dado la razón? —dijo arrastrándola hacia él—. La violencia es el recurso del que no sabe cómo imponer su verdad, y tú parecías una bestia a la que han marcado con hierro candente en el culo.

—Vale. ¿Quieres que sea sincera? —Marina dejó de reír y le miró con inquina—. Pues sí, lo pasé fenomenal. Durante mucho tiempo no pude quitarme de la cabeza aquellas dos citas.

—¡Lo sabía!

Maldito presuntuoso. Marina se arrastró por el barro de la orilla hasta conseguir sentarse de una forma algo más digna.

—Pero siento decirte que aquello fue con tu alter ego: con el agradable, atractivo, sensible y educado Will. No con éste —le señaló de arriba abajo mientras la mandíbula de Will se convertía en pura tensión.

—No sabía que los científicos tuvieran tan mala leche.

—Estudia un poco en vez de darte la vida padre y quizás lo sepas.

—¿Con que esas tenemos? —parecía más divertido que disgustado—. Pues te diré que todo, todo, lo que pasó en esas dos noches fue parte de mi trabajo, una estupenda e increíble actuación.

—Me alegro de que nos hayamos sincerado —masculló Marina con el estómago contraído de rabia—. Ahora... ¿no habíamos venido a remar?

—Sí, si sellamos la paz. No te pondré nerviosa y tú no me tirarás por la borda.

Se dieron la mano con desgana y Will se acercó a las canoas que continuaban entre los mismos arbustos que la vez anterior. Se quitó la ropa empapada que llevaba, quedándose en un bañador hasta la rodilla, y comenzó a empujar la destartalada embarcación hacia el río.

—¿Aguantará nuestro peso? —dudó Marina mientras lanzaba la camiseta hacia donde habían dejado la mochila.

Will se volvió hacia ella un segundo, sus ojos la recorrieron demasiado despacio. La canoa se escapó de sus manos y cayó al agua de costado.

—Joder, mierda —tras desahogarse, Will recuperó la compostura y consiguió darle la vuelta rápidamente. Después le tendió la mano a Marina para ayudarla a subir.

—He remado en Central Park —dijo ella, aguantando la súbita vergüenza de estar dentro de un bikini demasiado pequeño, frente a la mirada insistente de su acompañante—. Creo que puedo hacerlo sola.

—Ponte delante —le tendió el remo y él se sentó detrás con sus piernas a ambos lados del cuerpo de Marina mientras viraban en el sentido de la corriente del río—. Esto... el bikini...

—¿Vas a decirme que me hace la cadera ancha?

—No. Iba a decir que tengo un gusto excepcional.

—Y un ego como la copa de uno de esos cipreses de los pantanos.

—Incluso más grande —rio—. Pero recuerda que estamos en son de paz y que debemos ser agradables el uno con el otro.

—¿Eres capaz?

—Por supuesto, me pongo en modo tierno y soy como un osito de peluche —señaló una isla que se levantaba en mitad del río, dividiendo el cauce en dos—. Vamos por la derecha, el paisaje es mucho más interesante.

El brazo del río se estrechó, los árboles se cerraron tapando el cielo, formando un túnel con sus ramas. El silencio solo era roto por las palas al entrar en el agua, los pájaros sonaban lejanos.

—Esto es precioso —Marina dejó de remar y se inclinó hacia atrás observando la frondosa vegetación que les rodeaba. Sus ganas de asesinar o mutilar a Will se evaporaron hasta casi desaparecer.

—¿Mejor que Central Park?

—Sin lugar a duda, aunque la compañía...

—Compórtate, señorita —Will la golpeó con el remo en la cabeza—. Hemos firmado un acuerdo de no agresión, ni física ni verbalmente.

—Tienes razón —un rayo de sol se coló entre las ramas dibujando un arco mágico delante. Marina se recostó aún más para verlo. Hasta que su cabeza se apoyó en el pecho de Will. Se incorporó sobresaltada—. Perdona, no sabía que estabas tan cerca.

—No me importa. Anda, recuéstate, y deja que la paz de este sitio te tranquilice ese alma belicosa que tienes —tiró de ella hasta apoyarla contra él—. Es una recomendación médica.

Marina iba a quejarse, pero después de llevar un buen rato remando en una postura inhumana para su espalda, aquella posición era demasiado cómoda como para negársela a su cuerpo. Observó a dos pájaros carpinteros taladrando un tronco, unas ardillas cruzando por las ramas sin miedo, las ondas en el agua de algún pez.

Will dejó de remar y colocó la pala en la canoa para descansar. Pasó los brazos por encima de los hombros de Marina y apoyó la barbilla en su cabeza.

—¿Más tranquila?

Marina había pasado de la calma más absoluta a la tensión extrema, al sentir el cuerpo de Will abrazando el suyo. No podía ni contestar, agarrotada como los infinitos piñones de una piña.

—Vamos a descansar en la orilla antes de dar la vuelta —continuó él con la despreocupación del que se encuentra abrazado a su perro—. He traído algo para picar.

Se separó de ella y comenzó a remar de nuevo. Marina le imitó con las mejillas incandescentes y un calor endemoniado donde Will había apoyado sus brazos.

El margen del río se ensanchaba en una pradera sombreada. Arrastraron la canoa hasta el borde y se sentaron en la hierba. La temperatura era excepcional bajo los árboles; la calma, absoluta.

Will sacó de la mochila unos sándwiches y unas latas de refresco. Marina comió con el ansia de una exploradora perdida durante semanas en el Amazonas. Se mantuvieron en silencio mirando la suave corriente del agua al avanzar, escuchando los mil sonidos diferentes del bosque. Marina tenía que admitir que se sentía a gusto con Will, no era necesario intercambiar palabra para estar cómodos y parecían entretenerse observando a su alrededor. Siempre y cuando no le diera por acercarse y desmontara la paz reinante.

—Tengo que decir —habló despertándola de su ensoñación—, que ha sido muy buena idea traerte a Carolina. Mi padre está encantado contigo y a mi madre te la has ganado completamente. Me da la sensación de que dentro de poco pasaré de ser su preferido a un simple segundón.

—Yo también estoy muy contenta de haber venido. Tengo una familia y un planetario, ¿qué más se puede pedir? —esbozó una sonrisa nerviosa.

—Sé que está siendo difícil para ti y que mentir no está entre tus actividades favoritas... pero gracias. Me haces un gran favor.

Marina se atragantó con el refresco y lo escupió, como el chorro de una fuente, hacia el río.

—Estás comenzando a coger las costumbres de la zona —rio Will.

—Es que... —Marina recuperó el aire y se giró hacia él—, no te lo he contado... Le he dicho la verdad a Bianca.

—¿Le has contado que no soy abogado? —preguntó alarmado y abriendo los ojos como platos.

—No. Solo que no somos... eso, pareja.

—¿Por qué? —su tono se sosegó—. ¿Qué más le da a ella?

—Will... eres realmente listo para algunas cosas, aunque para otras... Bianca está ligeramente interesada en ti. Lo que viene siendo, que le gustas un montón.

—¿Tú crees?

—No soy una experta en este campo, pero si yo me he dado cuenta es que resulta más que evidente. Hoy cuando vino al colegio, estuvimos hablando y se me hizo difícil seguir una farsa ante una persona que siente algo por ti. No dirá nada a nadie, me lo ha prometido.

Will se frotó la cabeza pensativo.

—¿Has visto la familia a la que pertenece? —preguntó levantando la mirada y fijándola en la de ella—. Si le intereso ahora es porque supuestamente soy un abogado de prestigio.

—Will, la muchacha estaba loquita por ti cuando eras un adolescente con granos y con poco gusto para la ropa. ¿Por qué no va a estarlo ahora?

—Nunca he tenido granos.

—¿Qué vas a hacer? ¿No crees que estaría bien darle una oportunidad?

—¿Me lo pregunta la chica con la que duermo por las noches? ¿No es un poco raro?

—Te lo pregunta alguien que comienza a sentirse como una amiga. ¿Y no es esto lo que hacen los amigos?

Esbozó una sonrisa tímida. Sus ojos, en ese momento verdosos por el reflejo de la vegetación que los rodeaba, chispearon.

—¿Amigos entonces? —le tendió la mano y Marina se la estrechó—. Bien, ahora, dentro de la amistad y el compañerismo, ya te puedo decir que estás tremenda con ese bikini.

—¿Sabes que puedes acabar en el río de nuevo?

—Joder, la verdad ante todo —se rio—. ¿Seguimos con la excursión?

Marina se levantó de un salto y cogió el remo.

—Sí, mi capitán.

Durante más de dos horas navegaron por las tranquilas aguas oscuras del río White Oak amparados en la densa vegetación. Pasado ese tiempo, el cauce se amplió mostrando extensas llanuras verdes y construcciones de lamas blancas.

Will viró de regreso, hacia el cobijo del bosque, lejos de la humanidad.

—Se rompe la magia del río en cuanto divisas una carretera o una casa —explicó él—. Es como si el cuento de hadas se hubiera terminado de pronto y se volviera a la realidad.

Marina asintió mientras avanzaban, dificultada por la corriente en contra.

—No has tenido una mala infancia —dijo.

—No. Fue perfecta. ¿Y sabes algo? Lo estoy descubriendo contigo.

—Es uno de mis superpoderes.

Will soltó una carcajada haciendo que unos patos que deliberaban si entrar o no en el agua, decidieran posponerlo hasta su marcha.

—¿Por qué demonios ese imbécil te dio calabazas delante de todo tu instituto? ¿Cómo se puede ser tan cruel? Seguramente hubiera flipado teniéndote como novia.

—¿Quieres ruborizarme o hacer que reme más deprisa? Estás consiguiendo ambas cosas.

—¿Ves? Eres graciosa y además lista. No lo entiendo.

Marina sonrió. Ojalá hubiera sido tan fácil de asumir cuando se tienen dieciséis años y te acaban de insultar delante de la televisión del Estado. Sin embargo, la vergüenza apenas duró un año. El tiempo que tardó en convertirse en la víctima de un asesino.

—¿Por qué yo? —preguntó ella en voz alta. Dejó de remar girando el rostro hacia su compañero de la canoa—. ¿Por qué me retuvo el ayudante del laboratorio a mí? Todas las chicas a las que asesinó eran las más populares de sus institutos. Estuve mucho tiempo leyendo sus vidas, tratando de entender en qué se parecían a mí. Y ahora me doy cuenta de que no había ni una sola similitud. Ninguna.

—¿Y si se confundió? Esos tipos también cometen errores, ¿no? Puede que quisiera asesinar a una de las Pink Ladies y se topara contigo.

—¿Crees que me podría confundir con una de ellas?

—¿Por qué no? No sé cómo estarían físicamente hace diez años, pero ahora las ganas por goleada.

Marina agarró el remo antes de que se le cayera al agua y deslizó la vista hacia el suelo húmedo de la canoa con sus mejillas ardiendo como la barbacoa de su hermano cuando se decidía a charlar con los invitados en vez de vigilar la carne.

—Se equivocó —susurró.

—Puede que no te haya molestado desde entonces porque perdiste a tus padres, te quedaste sola y dejaste de sonreír. Y de pronto…

—Aparezco en un periódico aparentando felicidad con un novio de mentira.

—Eso pone de manifiesto lo bien que lo hicimos aquella noche —Will esbozó una sonrisa tensa, pareciendo querer mejorar el momento.

—Así que yo también engaño —Marina trató de alejar la creciente angustia con la primera frase que se le vino a la cabeza.

—¿Estás pensando cambiar de profesión?

—Los sueldos de los astrofísicos no son tan desorbitados como pueda parecer —rio ella—. ¿Crees que me aceptarían en tu club de lectura?

—Bueno, en el mío solo hay hombres, pero si aceptasen mujeres creo que serías una buena candidata. Sabes hablar de varios temas, te manejas bailando y eres bastante educada. Creo que cumples el perfil.

Marina soltó una carcajada.

—No son muy rigurosos entonces.

—Imagínate. Me aceptaron a mí —Will señaló el cauce del río—. ¿Regresamos? No quiero que mi madre llame al sheriff del condado si no estamos para cenar.

Ella asintió lentamente con la cabeza mientras agarraba el remo de nuevo. Dirigió su mirada al trayecto que tenían por delante. Las sombras proyectadas sobre el agua le daban un tono más oscuro que horas antes. Se preguntó dónde estaría aquel hombre, qué haría en aquellos momentos y, sobre todo, si estaría pensando en ella.

ÉL

El hombre se mantuvo en silencio. Las voces provenientes del 71 de Claremont Avenue eran fácilmente distinguibles desde la calle.

Pocos días antes había colocado varios dispositivos de escucha en la casa y tenía los teléfonos intervenidos, tanto el del pastelero musculado como el del estúpido escritor. Sin embargo, el inspector Wilkinson les había adiestrado bien y en todo ese tiempo no habían mencionado a la muchacha y menos aún su paradero.

El hombre paseó por el jardín vecino observando con tranquilidad la casa, las ventanas iluminadas de la cocina, escuchando los ruidos del interior. La forzada calma tendría que romperse en algún momento. Pronto, alguno de los dos individuos diría algo y él estaría atento, muy atento.

Un coche de policía pasó cerca y él se ocultó tras el cobertizo del jardín. El vehículo se detuvo treinta minutos junto a la casa, después retomó su ronda. Regresaría en algo más de una hora. Las visitas de la policía se iban espaciando conforme pasaba el tiempo. Poco a poco, la pequeña y odiosa familia de la muchacha se quedaría relegada al olvido. Pronto, no tendrían protección.

El hombre hizo una mueca de satisfacción y salió del jardín. Su coche estaba aparcado tres manzanas más al norte para no llamar la atención y caminó despacio como si estuviera dando un paseo nocturno.

El día anterior había conseguido hablar con varias compañeras de la chica. La conejita que había seleccionado cuidadosamente para morir había sido una de ellas. Ahora daba pena. Era un vulgar recuerdo de su etapa dorada, un espejismo de la belleza anterior, un coctel de alcohol, pastillas y Botox que no recordaba más que el nombre de la pareja: Will Smith y que era dentista. Sin embargo, tras investigar a los ciento cuarenta y siete dentistas del estado de Nueva York que se llamaban así, tuvo que darse por vencido. Odiaba perder el tiempo con tonterías, odiaba tardar en conseguir sus objetivos.

Esperaba que, al menos, cuando regresara a casa, su software de localización hubiera dado alguna pista más reveladora del paradero de la muchacha.

EL VERANO

El paseo en canoa, o puede que la conversación que mantuvieron, pareció marcar un hito en su hasta el momento accidentada relación.

En los días que siguieron a aquella tarde, Marina comenzó a sentirse como un personaje realmente secundario en la novela romántica. Will inició su acercamiento a Bianca con aparente buen resultado. También comenzó a quedar con sus antiguos amigos, que llegaban para pasar el verano con sus familias. Él no la invitó a acompañarle, ella tampoco se ofreció.

Marina se levantaba con el sol y acompañaba a la señora Scott a realizar todas las tareas que conllevaba una granja. También charlaban a veces, pocas veces... muy pocas veces, pero se entendían con una mirada. Eran como auténticas máquinas de ordeñado y de alimentación de seres vivos malolientes y cumplían la misión matinal con diligencia, rapidez y orden.

Luego Maggie y ella desayunaban en la terraza mirando los primeros rayos de sol barrer los cultivos de tabaco. Se despedían con cortesía y Marina se marchaba al colegio, a disfrutar de los niños, de las estrellas y de sus letales clases de defensa personal.

Casi una semana después y tras medio día tratando de hacer que las vías de tren que ahora colgaban del techo del gimnasio del colegio sirvieran para mover los planetas,

Marina regresó a la granja con el cuello dolorido de mirar hacia arriba y agujetas en los brazos.

—Parece que hayas corrido una maratón —Will estaba desenchufando el coche y se mantuvo con el cable en la mano mientras la observaba divertido.

—Llevo mil horas colgando de un techo, colocando raíles y dibujando estrellitas microscópicas. Ni Miguel Ángel pintando la Capilla Sixtina pudo sufrir tanto.

—¿No os estáis pasando? Es una escuela pública en un pueblo perdido.

—Si va a hacerse, se hace bien —apuntó rotunda Marina y le retó con los ojos a decir lo contrario.

—Vale —claudicó él elevando las manos—. Pero necesito que me ayudes con un tema. Como mujer.

—¿Como mujer?

—Digo yo que sabes algo del género femenino, aunque solo sea por pertenecer a él.

—¡Claro que sé! ¿Piensas que era una ermitaña en Nueva York? Tengo más amigas que las que brillan en el cielo por la noche.

—Me alegra saberlo —Will sonrió con picardía—. Entonces me queda claro que podrás brindarme tu experta ayuda. Si te quisieran invitar al cine ¿qué película te gustaría más? ¿Una de miedo o una comedia romántica?

—Define miedo.

—Oscura, tenebrosa, seres mitológicos. *El aviso de los cuervos* creo que se titula.

—A mí, esa —Marina no recordaba la última vez que había ido a un cine, quizás desde antes de que sus padres murieran—. Pero para Bianca escogería la romántica, tiene pinta de estar colada por alguno de los hermanos Hemsworth.

—Bueno, no te preguntaba por Bianca —Will soltó el cable y tomó de la mano a Marina—. ¡Vámonos! Tenemos el tiempo justo para llegar antes de que empiece la sesión.

Ella le miró contrariada.

—Es una forma muy extraña de invitarme al cine.

—No quería errar con la película. Esas decisiones luego pueden resultar fatídicas.

—¿Y Bianca? Puede que le moleste que salgas con otra.

—No te estoy pidiendo una cita, doctora. Eres una amiga a la que quiero agradecer lo que hace por mi familia y por mí.

Marina se sintió estúpida. Había confundido agradecimiento con algún tipo de atracción.

—Ah, ya veo —trató de esbozar una sonrisa amigable—, aunque no deberías. Esconderme en Crescent Moon está siento toda una experiencia que jamás olvidaré. Estoy conociendo a personas maravillosas, también yo me siento tremendamente afortunada.

Will caminó hacia el coche, la mano de Marina aún se mantenía enlazada a la suya. Solo la soltó cuando abrió la puerta del vehículo.

—Entre esas personas maravillosas... —preguntó guiñándole un ojo antes de meterse dentro del coche—, ¿está mi hermano Noah?

Las mejillas de Marina se colorearon rápidamente. Se sentó en el asiento del copiloto dirigiendo su atención hacia algún lugar lejano.

—Me refería a... todos.

—Ya —Will encendió el silencioso motor—. Quizás no quieras verlo, pero no me he encontrado jamás a dos personas con más en común.

—¡Venga ya! Tu hermano es un encanto, es atento, listo, divertido y, ¡por qué no!, guapo. Punto final.

—¡Guau! ¡Qué de adjetivos juntos! —Will hizo una mueca de victoria mientras dirigía el coche fuera de Crescent Moon—. De mí solo has dicho como máximo dos.

—Y ya eran demasiados.

Will soltó una carcajada.

—Romperé otra lanza a favor de Noah. Todos los libros que hay en mi habitación son suyos. Los cuatro compartíamos aquel dormitorio hacinados en literas y él era el que se gastaba los ahorros en libros raros.

—Realmente estás desesperado por encontrarme novio y librarte de mí.

—Das calor en la cama. Eres como una estufa.

Marina se rio con ganas. Will conseguía hacerle olvidar fácilmente por qué estaban perdidos en un pueblo de Carolina del Norte.

—Eres una buena amiga —apuntó a continuación, taciturno—, solo quiero lo mejor para ti.

Un McDonald's hizo su aparición a la derecha; le siguieron una gasolinera, una farmacia y un tráfico bastante denso. Marina se irguió en el asiento buscando con atención la ciudad, que parecía no llegar. Tan solo se cruzaban con pequeños edificios de una planta, separados unos de otros, sin ninguna conexión. A ambos lados de la carretera surgían urbanizaciones de casas aisladas con sus verdes jardines, escondidas entre los árboles.

Después de un semáforo, Will giró hacia un aparcamiento repleto de coches y estacionó. Marina salió del vehículo mirando hacia todos los lados. Delante de ella se levantaba una construcción cúbica que parecía hacerse llamar cine.

—¿Dónde demonios está la ciudad? —preguntó girándose hacia Will—. ¿Por qué no hay edificios altos?

—Bienvenida a Jacksonville, señorita de Manhattan. Aquí no hay nada con más de dos alturas, las tiendas están alejadas entre ellas como si se temieran y si no tienes coche, puedes morirte de aburrimiento. ¿Entiendes por qué quise irme a un lugar diferente?

—Me parece que me podría acostumbrar a un sitio así, sin contaminación lumínica ni exceso de ruido.

—Se lo diré a Noah —Will corrió hacia el edificio antes de que Marina le diera una patada y fue directo a la taquilla, después compró palomitas y refrescos. Se los tendió a Marina, que apretaba los labios enfurruñada.

—Vale, una tregua —le dijo—. Yo no te intento emparejar con Noah ni tú a mí con Bianca. Esta noche solo estamos tú y yo.

—Nosotros y un montón de monstruos —Marina señaló la sala en la que daban su película.

—¿Tienes miedo, caperucita? —preguntó él mientras se internaban en la oscuridad del cine.

—Mi padre me convirtió en una fan incondicional de las películas de terror. Solo hay que pensar que lo que aparece en ellas es absoluta y racionalmente irreal.

—Te estás cargando todo el interés —Will tomó asiento y Marina le imitó a su derecha—. Además, ¿cómo puedes tú saber a ciencia cierta que no existen, por ejemplo, los fantasmas?

—Porque no tiene lógica.

—Las cosas suceden aunque no tengan lógica, doctora. Hazme caso.

El murmullo de la sala se apaciguó, una imagen tenebrosa comenzó a copar la pantalla, unos cuervos graznaron cercanos. Will se metió en la boca media tonelada de palomitas y se repantigó en el asiento. Marina le observó con disimulo y después centró su atención en la película. No iba a resultar un mal plan al final.

Era cerca de medianoche cuando terminaron de comer un burrito, sentados en las gradas vacías de un estadio de béisbol. La película había resultado bastante sorprendente y aunque Marina no había sentido algo ni siquiera cercano al miedo (los monstruos eran irreales e ilógicos), se había encontrado a sí misma en varias ocasiones encogiéndose en el asiento y buscando, con una inclinación suave del tórax, la cercanía del fuerte y tranquilo Will, que no temía a nada más que a terminar la película sin suficientes palomitas.

—Te has cagado de miedo, confiesa.

Marina levantó la cabeza hacia el cielo estrellado. La suave iluminación de la ciudad no impedía que la noche brillara con intensidad.

—Solo diré que me lo he pasado muy bien —dijo ella sin apartar la vista de las estrellas.

—Te hubiera abrazado, pero corría la suerte de que me tiraras el refresco por encima.

—No lo hubiera hecho.

—Claro que sí, no te gustan ese tipo de gestos. Te crees una chica dura —Will se limpió las manos en una servilleta y después se giró hacia Marina cruzando sus largas piernas—. Sin embargo, ahora que te conozco un poco más, sé que eres todo lo contrario.

—¿Una chica blanda?

—No seas tan literal, mujer. Me refiero a que no resultas tan fuerte como piensas, las cosas te duelen como a todo el mundo y aunque haya pasado mucho tiempo, sigues sintiéndote un poco como la chica calabaza.

—Tienes razón —Marina arrugó la frente con preocupación. Le miró de soslayo notando toda la atención de Will en cada uno de sus gestos—. Aunque me licencie en mil carreras difíciles o me comporte como un ser independiente, seguro de sí mismo y feliz, siempre tendré dentro a aquella niña.

—Me hubiera gustado conocerte en aquel tiempo.

—Oh no, hubieras sido mi prototipo de hombre perfecto. Puede que me hubiera lanzado a pedirte salir.

—Puede que te hubiera dicho que sí.

Marina tragó saliva con el estómago de pronto tenso y agarrotado. Se giró despacio hacia él. Sus ojos azules seguían sus movimientos en absoluto silencio.

—No me hagas esto, Will —susurró ella. Él parecía no entender—. Supongo que estás acostumbrado a conseguir que una mujer se sienta especial a tu lado, es tu trabajo. Pero no lo hagas conmigo.

—No estoy trabajando, Marina. Quiera o no, me encuentro en unas merecidas y no deseadas vacaciones —esbozó una tímida sonrisa. A Marina volvió a resultarle demasiado atractiva y le dieron ganas de tirarse de los pelos.

—No juegues conmigo —murmuró ella—. Todo lo que pasó entre nosotros... la fiesta, la gala del planetario... mi apartamento. Todo aquello, para mí, fue real. Fue... increíble.

Sabía lo que constituía, a lo que tú te dedicabas, pero cada palabra... cada caricia... fueron reales.

—Marina... —él agachó la cabeza y se frotó la frente con ambas manos.

—No digas nada. Solo quería que supieras que no es fácil para mí estar aquí junto a ti y que cuando creo que mi estómago se ha hecho a la idea, cuando parezco una mujer madura y sensata, dices una frase y me devuelves a la adolescencia de un plumazo.

—Yo no... no quiero que te encuentres incómoda. Siento no haber sido demasiado perspicaz.

—No es cosa tuya, soy yo. Aunque sé que se me pasará, he sobrevivido a cosas peores —Marina esbozó una sonrisa tensa e inspiró hondamente—. ¿Te puedo hacer una pregunta?

Él hizo un gesto afirmativo con la cabeza; sin embargo, su gesto era contrariado, parecía preocupado.

—¿Por qué pasaste la noche conmigo después de la gala? ¿Es algo que haces de forma voluntaria o solo cuando te lo piden tus clientas?

—Marina, es mi trabajo —Will murmuró mordiéndose el labio. Elevó la mirada encontrándose con la de ella.

—No me has respondido.

—No sería muy caballeroso contestarte —Will se levantó de la grada dispuesto a marcharse. Marina le sujetó de la mano.

—¿Por qué te acostaste conmigo aquella noche?

Will se soltó de ella y comenzó a andar hacia el campo de béisbol. El césped bien cortado parecía una esponjosa alfombra. Marina le siguió corriendo y logró alcanzarle antes de llegar al aparcamiento. Se colocó entre él y el coche.

—¿Por qué, Will?

—¿De verdad quieres saberlo o es que te gusta que te hagan daño? Me parece que buscas una excusa para herirte.

—Necesito saberlo.

—Bien —la miró. Sus ojos eran fríos, cortantes como el hielo—. Lo hice porque llevaba una semana sin clientas y necesitaba urgentemente el dinero.

La apartó a un lado y entró en el coche. El cielo parecía haberse apagado de golpe, Marina no podía distinguir ni una sola estrella. La ciudad se presentaba como un borrón opaco.

Despacio, rodeó el vehículo y entró. Will ya había encendido el motor y salió propulsado en cuanto ella tomó asiento.

Los apenas ocho kilómetros hasta Crescent Moon se hicieron realmente eternos en el silencio del vehículo.

La granja estaba levemente iluminada por una lámpara junto a la puerta. Sobre ella, el cielo chispeaba dotado de mil millones de diamantes. Marina, evitando la imponente imagen, salió del coche y se situó delante de la entrada, impidiéndole el paso a Will.

—¿Qué demonios quieres ahora? —la increpó él, cruzándose de brazos, su rostro rígido, su mandíbula contraída.

—Quiero que hablemos.

—No —Will se alejó de ella y rodeó la casa hacia la parte trasera. Marina le siguió tratando de alcanzarle antes de que llegara a la puerta de la cocina.

Sin embargo, Will se había detenido en el jardín. Su cabeza estaba levantada, mirando el tapiz negro brillante que se alzaba por encima de los cultivos, que abrigaba todo el paisaje.

—Me gusta mi trabajo, ¿sabes? —hablaba de espaldas a ella, las manos en los bolsillos de sus vaqueros, los brazos fuertes tensos—. Es fácil, sencillo y gano mucho dinero. Puedo salir con mis amigos y no preocuparme de medir lo que pido, puedo permitirme lo más caro de la carta o invitar a copas a todo el mundo. Es un buen trabajo.

Marina dio unos pasos en silencio hasta situarse a su lado. Comenzó a soplar un aire suave, agradable.

—Pero nada es perfecto —Will giró el rostro hacia ella. La brisa alborotaba su pelo, sus ojos habían perdido la frialdad, mostrándose frágiles—. Algunas veces, solo algunas, me siento... No sé cómo definirlo. Es una sensación triste, un vacío en el pecho, algo que no acaba de estar bien.

»No me arrepiento de lo que hago, no está entre mis funciones vitales, cualquier cosa tiene su pros y sus contras. ¿No has tenido alguna vez un jefe insoportable o unos compañeros idiotas? Si volviera a cruzarse en mi camino esta oportunidad, volvería a cogerla. Aunque no puedo evitar sentirme mal a veces... pocas veces. No puedo borrar la sensación, no puedo dejar de sentirla.

Marina alargó la mano y entrelazó sus dedos con los de él.

—No hay nadie que no se haya sentido así en algún momento de su vida —susurró ella.

—Lamento lo que pasó entre nosotros —Will tenía la mirada fija en las manos juntas de ambos.

—Has dicho que nunca te arrepientes, no lo hagas conmigo.

—No puedo evitarlo. Tú dejaste de ser un trabajo para convertirte en... parte de mi vida —apretó su mano. El calor de su palma se extendió por todo el brazo de Marina, un escalofrío recorrió su columna—. Solo puedo decirte que lo siento.

—Bueno —Marina arrugó la nariz mientras trataba de esbozar una ligera sonrisa—, nunca nadie me ha pedido perdón por pasar una noche loca de desenfreno, pero creo que podré superarlo.

Will soltó una carcajada. Sus ojos se iluminaron, su mandíbula se relajó.

—Tuve bastante suerte —dijo él—, no resultabas la clienta tipo. Entonces pensaba que eras una chica mona, lista y dulce.

—Oh, genial. ¿«Entonces pensabas»? —Marina imitó sus palabras con antipatía.

—Claro, luego me he dado cuenta de que solo te hace justicia lo de lista.

—Eres un... idiota —Marina le empujó con un ataque de risa—. Pues yo pensaba que eras atractivo, elegante y educado.

—No podrás negar que soy sexy hasta la médula.

—Dios, te odio —Marina le empujó de nuevo, Will se agarró a ella en el último instante antes de caer por la pendiente del jardín. Rodaron por la hierba hasta el cenador.

En ese momento el riego automático se puso en funcionamiento. Los terribles aspersores salieron de sus guaridas como robots mutantes y comenzaron a lanzar misiles de agua gélida a diestro y siniestro.

Marina gritó por el susto. Uno de los chorros le dio de lleno en la campanilla. Will no podía dejar de reír mientras se resbalaba al intentar levantarse, patinando en un charco que comenzaba a parecer un lodazal.

Tiró del brazo de Marina y consiguieron ponerse en pie. Escaparon del jardín entre risas. Marina echaba agua por la nariz, Will se había convertido en un muñeco de chocolate oscuro.

—Ven —le tomó de la mano y la guio hacia las cuadras. Los caballos levantaron la cabeza al verlos pasar, pero siguieron durmiendo acto seguido. Will cogió la manguera con la que Marina había limpiado ya unas cuantas veces el suelo de aquel lugar y se la enchufó de sopetón.

—Esto es peor que las duchas de las cárceles —aulló ella.

—Peor será mi madre si encuentra barro en su casa.

—Te toca —Marina tiró de la manguera y enfocó a Will con ella. Parecía el rebozado especial del Kentucky Fried Chicken.

—Ninguna de mis citas para ir al cine ha acabado así, lo juro.

—No me hagas imaginar cómo acabaron.

—Las pelis de miedo fuerzan el acercamiento físico, doctora. Todo el mundo lo sabe. Tenlo presente cuando vayas al cine la próxima vez.

—Entonces escogeré una de guerra —Marina cerró el grifo. Will chorreando agua no perdía ni un ápice de su atractivo—. Me voy a la cama, demasiadas emociones por hoy.

Él asintió. Parecía haberse dado cuenta del maravilloso cielo que les rodeaba y se mantuvo con la mirada hacia lo alto.

—Buenas noches, pequeña científica. Voy a dar una vuelta, necesito... secarme —esbozó una media sonrisa y se alejó sorteando el granero.

Marina le observó unos instantes. Había sentido ya por Will tantas emociones discordantes que bien podían llevarla directa a la locura: atracción al principio, luego odio, más odio, una pizca de simpatía, odio de nuevo, algo así como afinidad, puede que armonía y ahora se sumaba la confianza. Realmente Will se había convertido en su amigo.

Inspiró profundamente el aire fresco de la noche y emprendió el camino a casa, una casa que ahora sentía también como suya.

—Despierta, dormilona —Will la zarandeaba para que abriera los ojos.

Había pasado más de una semana desde su extraña y reveladora cita en el cine, y podía decirse que la situación entre ellos había mejorado. Atrás quedaban las tiranteces y los momentos violentos. Will se había lanzado a bromear sobre momentos peliagudos de su trabajo: sus problemas iniciales para recordar los nombres de sus distintas citas y no confundirse, una auténtica tortura hasta que entró en su vida una hoja de cálculo; las clases de baile para mostrar soltura y dar imagen de auténtico galán de película; las decenas de profesiones sobre las que había tenido que aprender datos y jerga, para adoptar diferentes personalidades, de las que ahora podía disertar largo y tendido. También le había hablado de sus deseos e ilusiones. Él soñaba con regresar a su casa en Carolina en un deportivo, con las llaves del ático en Manhattan en el bolsillo y con una modelo rubia nórdica que dejara para el olvido a la actriz porno que se había echado como novia su primo Dylan.

—En cambio voy y regreso a Crescent Moon —le había dicho Will entre risas mientras conducía el tractor por la carretera—, con un coche híbrido y una chica astrofísica.

—¡Hey! ¿Qué demonios hay de malo en eso?

—Bueno, podría considerarse bastante decente si no fuera porque ninguna de las dos cosas realmente me pertenecen.

Se había hecho un silencio. Esta vez había sido breve, Marina había conseguido acortarlo:

—¿Te das cuenta de que me has llamado *cosa*?

—Conduce, por Dios, nos vas a matar antes de comer y mi madre ha hecho la tarta de zanahoria que ha ganado dos veces el premio del condado.

Así que la paz parecía haberse instaurado entre ellos y aquello había favorecido el sueño de Marina hasta límites insospechados.

—Comienzo a presentir que los alaridos que dabas las primeras noches eran para hacerte con mi cama —dijo Will abriéndole los párpados con las manos—. Ahora duermes como un lirón.

Marina le apartó de un manotazo y trató de incorporarse.

—¿No es sábado hoy? No me toca dar de comer al ganado ni buscar huevos, hasta tu madre me deja descansar los fines de semana. Soy libre, puedo dormir lo que quiera.

—Nos vamos a la playa.

—¿Hay playa? ¿Por qué no lo he sabido hasta ahora? —Marina se irguió en la cama de un bote.

—Porque hay treinta minutos en coche y un ferry hasta la isla de Bear. Venga, ponte uno de los bikinis que te hacen la cadera ancha y salimos a por los demás.

—¿Quiénes vienen con nosotros?

—Bianca y... Noah. Curioso, ¿verdad?

—¿Vuelves a las andadas? ¡Dijiste que no tratarías de emparejarme!

—¿Crees que quiero liarte con mi hermano? Qué guarrilla —Will puso cara de absoluta inocencia—. Anda, vístete. Eres la única que falta por desayunar.

Y se marchó plácidamente antes de que Marina le arrojara cualquier cosa.

Así que una hora después se encontraba en el híbrido con Noah mirando por la ventana absolutamente distante, y

Bianca y Will entonando canciones desde los asientos delanteros mientras el aire de la mañana golpeaba en la cara de Marina como auténticas bofetadas.

Escupió el mechón de su pelo que no cesaba de metérsele en la boca y observó los campos llanos, las pequeñas casas blancas y el inicio de un parque natural frondoso llamado Hammocks Beach.

Al final de la estrecha carretera se veía el mar. Marina se coló entre Bianca y Will y señaló hacia delante.

—Es el río Bear —dijo Bianca con su perfecta sonrisa en sus perfectos y bien pintados labios rosas—, tenemos que cruzarlo en barco para poder llegar hasta la isla que ves al fondo. Es un lugar paradisíaco, lo más parecido que tenemos al Caribe en Carolina del Norte. Y mira, ¿ves esas casas que están junto al río? —no eran casas sino mansiones a los ojos atónitos de Marina—. En cuanto se ponga una a la venta, juro que me lanzaré a comprarla.

—Por favor, que sea la verde —le rogó Marina, sin poder apartar la vista de una casa de tres plantas, tejado inclinado de pizarra, grandes ventanales y un jardín lleno de palmeras que daba a un bucólico embarcadero—, y prométeme que me invitarás cada verano.

—¡Prometido!

—Vaya par de abuelitas estáis hechas —masculló Will mientras giraba hacia el centro de visitantes del parque—. Os imagino haciendo ganchillo mientras tomáis té. ¿Dónde queda lo de vivir en una gran ciudad entre rascacielos y restaurantes de moda?

—¿Tú te ves de mayor entre la contaminación y el ruido? —le preguntó Bianca.

—Nueva York es más que eso, pequeña. Es la capital del mundo. Y tú no has estado, así que no lo sabes.

—Bueno, una vez fui a Manhattan. A buscarte —titubeó ella. Marina les escuchaba y veía venir la tormenta sin saber cómo detenerla—. Me di cuenta de que aquella ciudad no estaba hecha para mí.

—¿Por qué no me lo habías contado?

—Allí tenías una nueva vida, una nueva chica, ¿para qué iba a importunarte?

La cabeza de Noah apareció junto a la de Marina. También estaba interesado por el rumbo que tomaba la conversación.

—Me hubiera encantado verte allí —murmuró Will.

—No estoy tan segura, Will. Creía haber hecho bien regresando a Carolina, pero ahora quizás...

—¡Anda! —les interrumpió Marina tensa. ¿No se daban cuenta de que Noah iba en el mismo coche?—. ¡Una tortuga! ¿Por qué hay una tortuga en ese cartel?

Will detuvo el motor, todos se apearon y Marina tiró de Noah hacia un largo muelle de tablones de madera, al final del cual había una barcaza amarrada.

—La tortuga boba —dijo él dejándose arrastrar—, es el animal más curioso que se encuentra en este parque. La pobre está en peligro de extinción y eso que vive cerca de ochenta años.

—Ah, ahora ya lo entiendo. Me asaltan muchas dudas generalmente, creo que por eso soy científica, no es que quisiera interrumpir voluntariamente la pelea que se traía mi novio con su ex.

—Como agente secreto también podías haber sobrevivido —Noah, con un tono ácido, se había apoyado en la barandilla del muelle y observaba el canal de agua absorto—. Lo sé todo, Marina. Will me lo contó ayer por la tarde.

—¿Todo?

—Sí. Y no puedo decir que me haga mucha gracia, incluso me siento enfadado. Si no fuera porque veo a mis padres tan orgullosos y felices por él, me obligaría a decírselo. No entiendo por qué demonios tiene que mentir. Lleva años sin venir, sus motivos tendrá, no debe ponerte como excusa y encima hacerte explicar historias sobre vuestra relación.

Marina se relajó un poco.

—Así que sabes que no somos pareja.

—Tengo que decir que me extrañaba que dos personan tan antagónicas se llevaran tan bien. Pero suponía que así era el amor, imprevisible. Ahora me doy cuenta de que no soy tan poco observador como pensaba —levantó la mirada encontrándose con la de ella. Tan azul como la de su hermano; sin embargo, tan distinta—. Puedo entender su engaño, pero ¿el tuyo? ¿Por qué has cedido en algo así? ¿Qué te ha prometido mi hermano?

—Will me está ayudando, Noah —Marina se apoyó también en la barandilla, las gaviotas cruzaban el cielo rápidas hacia el mar—. Necesitaba esconderme en un lugar seguro durante un tiempo y él... se ofreció a traerme a su casa.

—¿Estás en peligro? —se incorporó preocupado.

—Desde que vivo en Crescent Moon, no —Marina trató de sonreír. Se le daba tan mal mentir que le temblaban los labios y se le curvaban hacia abajo—. En Manhattan había alguien interesado en hacerme daño.

—Mierda, lo siento. Eso no me lo había contado.

—Debemos mantenerlo en secreto. Ojalá pudiera explicarte algo más.

Noah le dio súbitamente un abrazo y la estrechó con fuerza.

—Nada te va a pasar, Marina. Cuidaremos de ti.

—¿Interrumpimos algo? —Will carraspeó. Estaba con Bianca a apenas un paso por detrás de ellos y cargaba la nevera portátil repleta de comida de su madre, una sombrilla y una bolsa gigante.

Noah se echó a un lado para dejarles paso mientras Will le guiñaba un ojo a Marina con una mueca burlona.

—Cuidado, muchacho —le reprendió ella—, vuelves a estar muy cerca del agua.

El ferry partió en cuanto pusieron un pie dentro. Era una barcaza para un máximo de diez ocupantes con un conductor aburrido de hacer el mismo trayecto varias veces al día. Sin embargo, Marina estaba entusiasmada. Iba de un lado a otro contemplando el agua, cambiando de asiento, cerrando los ojos a la brisa y dejándose acariciar por ella.

—Al final la niña nos hará zozobrar —masculló el conductor.

—Déjela tranquila —dijo Will mirándola entretenido—, es la primera vez que pisa un barco.

Tras un breve paseo amarraron en la isla de Bear. Pese a que estaban en plena época de vacaciones, no podían distinguir ningún ser humano cerca. Cruzaron bajo el sol vengativo del mediodía por una pasarela de madera, hasta la orilla de la isla que daba al océano Atlántico.

Marina botó contenta mientras contemplaba la larga lengua de arena fina y blanca que tenían delante. Las olas, bastante suaves, y el olor intenso a sal la hacían disfrutar cada segundo.

—Dime que jamás has estado en la playa —le susurró Will en la oreja.

—Creo que hace diez años que no la piso.

Plantaron la sombrilla cercana al mar y se quitaron la ropa, asediados por el intenso calor. Marina no pudo evitar fijarse en Bianca. Tenía un cuerpo delgado y fino, bien proporcionado. El bikini le quedaba mejor que a la mismísima Gigi Hadid, que tanto le gustaba a su compañero Oliver.

—Madre mía —oyó musitar a Noah a su lado y se dio cuenta de que también tenía toda su atención, los ojos, las pupilas y la visión de infrarrojos puestos en la bella rubia.

—Pensé que eras un hombre de ciencia, Noah —rio Marina consiguiendo que el aludido se pusiera rojo como un tomate en una fracción de segundo.

—Yo solo...

Bianca se marchó dando saltitos hacia la orilla, donde Will había desaparecido hacía un rato engullido por una ola.

—Es terriblemente guapa.

—Siempre lo ha sido —dijo Noah con la vista fija en la pareja, que en ese momento se reencontraba en el agua—. Lástima que se enamorara del más peculiar de los hermanos.

—Noto cierta picazón, profesor —Marina se sentó en la toalla junto a él.

—Hace muchos años de eso, está completamente olvidado —Noah le devolvió una sonrisa.

—Por todos los planetas, cuéntamelo.

Él se rio. Parecía relajado y se tumbó en la arena mirando hacia el cielo, de un azul líquido, casi transparente.

—Me fijé en Bianca porque tenía unos trenes impresionantes —comenzó Noah a relatar.

—¿Llamáis trenes a los pechos en Carolina?

—¡Claro que no! Bianca tenía una habitación entera llena de vías de ferrocarril, con montañas, puertos, ¡incluso con un río! Era el sueño de cualquier niño de diez años. ¿Sabes la de tardes que fui a su casa a jugar después del colegio? Lo pasábamos realmente bien. Era una chica estupenda.

—¿Y lo importante cuándo empieza?

—Vale, vale, impaciente. Pasaré cinco años para adelante la historia. Yo tenía quince y ella, apenas catorce.

—Gracias, a este paso me iba a dar una insolación.

—Como iba diciendo —la interrumpió Noah con una mirada nada amistosa—, cinco años después yo estaba coladito por ella y por sus trenes. Y juraría que Bianca comenzaba a sentir algo por mí cuando hizo su aparición Will y su increíble sonrisa.

—¿No le dijiste que tú la habías visto primero?

—No.

—Pero si era tu hermano pequeño, seguro que no tenía ni media torta. Podías haberle colgado de la veleta del granero con un solo brazo.

Noah se rio.

—Las sesiones con mi prima Sabrina te están volviendo algo agresiva.

—Es que me horrorizan las injusticias. ¿Por qué tiene que quitártela Will?

—Porque quizás nunca fue mía.

—¿Y ahora? ¿Aún puedes...? —Marina echó un vistazo hacia el mar. Will y Bianca estaban abrazados. Las olas golpeaban suavemente sus cuerpos, parecían un anuncio de colonia de los de antes de Navidad.

—Creo que vuelve a ser tarde.

—Mierda —Marina suspiró con creciente abatimiento. La imagen de aquella pareja dándose mimos en el agua no dejaba de ser asquerosamente bella.

—No te preocupes, Bianca no está hecha para chicos de campo como yo. Ella vive en una ciudad desde hace años y solo ha regresado cuando se ha enterado de la vuelta de Will. Tengo tantas posibilidades con una mujer así como las que tengo con Kate Perry. Ninguna.

—¿Te gusta Kate Perry? —se asombró Marina.

—¿Solo puede gustarme la música country por vivir aquí? —Noah levantó una ceja divertido.

—No te imagino bailando como un loco.

—Tendré que dejarte boquiabierta en la fiesta sorpresa que organiza mi prima Sabrina.

—¿Fiesta sorpresa?

—Creo que he hablado demasiado —se levantó rápidamente, arrancándose la camiseta con un solo movimiento. Marina no pudo evitar echar una ojeada rápida y disimulada al interesante cuerpo del profesor. Podía incluírsele sin dilación en la categoría de tíos imponentes que pierden estando vestidos—. Así que... tendré que matarte.

Marina chilló cuando Noah la levantó de la arena y se la puso al hombro como un fardo de heno. La llevó trotando hasta la orilla y aunque ella trató de liberarse, solo le permitió huir cuando el mar les llegaba por la cintura.

—¡Está fría! —gritó ella—. ¡Y llevo ropa!

—No creo que a Noah le importe quitártela —Will y Bianca llegaron hasta ellos, divertidos con la imagen.

—Cerdo —le gruñó Marina. Una ola le dio de lleno en la cara pillándola con la boca abierta. Escupió agua mientras todos se carcajeaban a su costa. Intentando no reírse también, salió del mar, se despojó de la camiseta y los pantalones cortos y regresó junto a ellos. En ese momento estaban callados y Marina se preguntó qué se habrían dicho o qué habría sucedido mientras ella no estaba.

—¿Qué os pasa? —les dijo evitando una nueva ola y comenzando a disfrutar del frescor del agua.

—Alguien piensa que tienes un buen... —dijo Bianca con una tímida sonrisa—, trasero.

Marina abrió los ojos como platos.

—Hemos dicho culo, no trasero —le rebatió Will.

—A mí no me metas —se defendió un Noah completamente granate—. Yo solo he asentido.

—Has asentido y babeado —añadió Will con una mueca.

—Era espuma de mar, idiota —Noah agarró a su hermano y le hundió bajo el agua, poniendo todo su peso encima.

Bianca alzó las cejas hacia Marina e intercambiaron un gesto de resignación.

—Y yo que pensaba que habían pasado la adolescencia —musitó Bianca a su oído y ambas se echaron a reír mientras se alejaban de los dos hermanos, que luchaban encarnizadamente entre las olas, hacia la arena.

El sol era un agradable bálsamo para la piel fría. Marina entrecerró los ojos y se sentó en la toalla, con la brisa aireando su cabello empapado. Bianca la observaba sin disimulo.

—Así que tú y Noah...

—Nosotros solo somos amigos —se defendió Marina—. Palabra.

—Es un gran chico, te lo puedo asegurar. Nos conocemos desde pequeños, hemos pasado mucho tiempo juntos estudiando o jugando. ¡Y para qué negarlo! Es muy atractivo, ¿no te lo parece?

—¿Estás compinchada con Will para buscarme novio?

—¡Claro que no! Pero si esto fuera una película romántica, tendríais bastantes posibilidades de acabar juntos —dirigió su mirada clara hacia donde los dos hermanos seguían haciendo algo parecido a pelearse—. ¿Sabes una cosa curiosa?

Noah fue el primer chico que me gustó. Yo solo tenía catorce años, pero estaba realmente colada por él.

—No me digas —Marina abrió los ojos como un mochuelo sorprendido.

—Sin embargo, él estaba más interesado en mis trenes. Estudiábamos juntos, pasábamos todas las tardes sin separarnos. Después apareció Will, tan diferente a su hermano, directo, arrebatador. Y Noah salió de mi vida. Ya no hubo tardes de estudio, ni vías de ferrocarril que colocar. Decidió echarse a un lado y dejar a Will ocupar su espacio.

Marina suspiró resignada. Sabía que ser amiga de Noah consistía también en mantener sus secretos.

—A veces hay malentendidos —no pudo evitar decir—. Si hubiera hecho caso de los indicios que me decían que no pidiera salir al idiota de Bruce Wayne, me hubiera ahorrado más de un bochorno. No supe leer las señales que había a mi alrededor y que me indicaban el camino contrario.

—No te sigo.

—Vale —carraspeó Marina—. Creo que solo sé explicar los fenómenos que acaecen más allá de la atmósfera terrestre; para los de aquí, soy un auténtico desastre.

—¿Me estás tratando de decir que Noah sí que estaba interesado por mí cuando éramos niños?

—No, yo no... bueno, sí.

—¿Y los trenes?

—¡Qué pesados sois con los trenes! —Marina alzó las manos al cielo—. Bianca, mírate. Ni siquiera el tren bala japonés puede competir contigo.

—Pero... ¿por qué no me dijo nada?

—Ya he hablado demasiado. Lo más seguro es que Noah me odie a partir de ahora.

—Sé comportarme de una forma discreta, no te preocupes —Bianca le guiñó un ojo. Marina asintió con la cabeza mientras observaba cómo los dos hermanos salían del agua y se acercaban.

—Me parece que alguien hablaba de nosotros —le dijo Will a Noah mientras tomaba una toalla y se secaba despacio, demasiado despacio, el cuerpo.

—Eres un presuntuoso —mascculló Marina tratando de apartar los ojos de él—. Tenemos temas más interesantes que tratar.

—Como el amor y sus malentendidos.

Marina se atragantó al escuchar a Bianca. Le dieron ganas de echarle arena por la cabeza. La muchacha miraba a Noah directamente y éste tensaba la mandíbula turbado.

—Como la discreción y su ausencia —añadió Marina agarrando sutilmente a Bianca de la mano—. ¿Verdad?

—¿Comemos? —preguntó Will observándolas extrañado.

—Sí, por favor —rogó Noah—. Aunque tengo el estómago lleno de agua salada.

Después de un partido de vóley y varias carreras por la playa, Marina se tumbó en la arena desfallecida. El sol comenzaba a perder intensidad, el aire que provenía del mar se había tornado agradablemente fresco.

—Astrofísica —decía Bianca maravillada con la palabra—. ¿Cómo te decidiste por estudiar algo tan raro?

Marina levantó la cabeza y se incorporó. Todos estaban sentados a su alrededor. Will había sacado unas latas de cerveza y le tendió una.

—Mis padres eran físicos. Los dos —contestó ella—. Se conocieron en la universidad. Mi madre se especializó en Geología y mi padre, siguiendo la tradición familiar, en Astronomía. Así que, por desgracia, tengo todos los genes orientados hacia la ciencia. Era imposible oponerse.

—Deben de estar muy orgullosos —murmuró Noah. Sus ojos chispeaban con la luz anaranjada del sol.

—Eso espero —Marina hizo un esbozo de sonrisa—. Pero nunca lo sabré, murieron antes de que terminara la carrera.

Noah y Bianca se quedaron paralizados. Marina no quería estropear la diversión de la playa. De aquello había pasado mucho tiempo, no hacía falta recordarlo.

—¿Qué sucedió? —preguntó Will.

—Un accidente de coche. Una caravana invadió el carril de mis padres y les sacó de la carretera —la imagen que su mente había forjado tras la pérdida se mostró nítida. Recordó cómo llovía aquel día, a sus padres despidiéndose desde el umbral de la puerta, recordó cómo no les había hecho demasiado caso porque tenía mucho que estudiar—. Un mes más y me habrían visto graduarme.

Se había hecho un silencio incómodo. Noah y Bianca intercambiaron una mirada consternada. Marina no podía evitar rememorar aquellos momentos. Momentos en los que volvía a ser feliz. Terminaba la carrera, el planetario Hayden había comenzado a interesarse por sus estudios de las nebulosas, su hermano iba a casarse. Volvía a sonreír.

Y si...

—Y si... —musitó Will alzando los ojos hacia ella. Sus miradas se encontraron con un pensamiento en común, creciendo, haciéndose fuerte.

Marina se puso en pie desconcertada y avanzó hacia la orilla. La brisa alejaba los mechones rebeldes de su cara. El olor salino se pegaba a su piel impregnándola de una sensación que aumentaba por momentos. No se dio cuenta de que Will se encontraba a su lado hasta que le escuchó hablar:

—¿Y si vio que eras de nuevo feliz? —preguntó tomándola del brazo y haciendo que se girase hacia él—. ¿Y si el asesino decidió actuar de nuevo para amargarte la vida?

Marina negó con la cabeza despacio. Las lágrimas comenzaban a anegar sus ojos. Si aquella idea pudiera ser real resultaría una constatación aún más espantosa. No estaba preparada para poder cargar con algo así en su mente.

—Piénsalo, Marina.

—¡Lo hago! —se dio cuenta de que lloraba como una loca. Will la estrechó contra él y ella hundió la cabeza en su pecho—. Pero es horrible. ¿Me arrebató también a mis padres? ¿Crees que pudo hacerlo?

—Creo que tú también sabes que sí.

Marina se abrazó a la cintura de Will con fuerza. Y si...

IRON WILKINSON

Y si...

Iron Wilkinson se incorporó en la cama sobresaltado. Las ideas cobraban vida en su cabeza con nitidez. ¿Cómo podía haberlo dejado pasar?

Se levantó y anduvo raudo a la habitación que hacía las veces de despacho y de gimnasio. Laura, su esposa, había decidido instalar una bicicleta estática cerca de su mesa para que hiciera deporte mientras estudiaba los casos antiguos que tanto le obsesionaban.

Abrió los cajones de su escritorio hasta que encontró lo que buscaba. Era una caja con documentos. Los esparció por la mesa.

—Hoy es domingo, por el amor del cielo, Andrew —gruñó Laura apoyada en el umbral de la puerta—. ¿Tienes que levantarte como un jabalí encolerizado?

—¿Qué me dijiste del caso Eisinga? —Iron rebuscaba entre los papeles como un auténtico poseso.

—¿El de los padres de la pobre niña secuestrada?

—Tienes mejor memoria que yo.

—Tengo muchas cosas mejores que tú —Laura se acercó y se apoyó en el borde de la mesa. Su marido tenía todo su interés volcado en los documentos que se encontraban desperdigados delante. En su rostro serio y firme reconocía al muchacho del que se había enamorado mucho tiempo atrás. Igualito al sargento de hierro. Igualito a Clint Eastwood—.

Vale, ya que no me vas a hacer el desayuno en la próxima hora, tendré que ayudarte.

—¿Qué fue lo que me comentaste cuando fallecieron?

—Te dije que el destino había vuelto a arruinar el porvenir de la muchacha. Que era improbable que alguien pudiera tener tan mala suerte.

—Improbable.

—Si no fuera porque el asesino del laboratorio se encontraba entre rejas, hubiera puesto la mano en el fuego de que se volvía a tratar de él.

—Laura, el hombre que está en la cárcel no es el que intentó matarla. Nos equivocamos. El verdadero está en la calle.

Laura se tapó la boca con las manos asombrada. Comenzaba a entender demasiadas cosas. Iron se preguntaba quién de los dos era mejor investigador.

—Busca la ficha de aquel testigo que vio la caravana —reaccionó ella—. Era el único fiable.

Iron levantó la mirada hacia su mujer. Seguía tan bella como el día que tropezaron mientras él perseguía a un ratero de bolsos.

—¿Sabes que eres asombrosa?

—Venga, adulador, te ayudo. Pero tendrás que limpiar la piscina antes de que lleguen tus nietos.

Él sonrió de medio lado mientras continuaba buscando la ficha del testigo. El hombrecillo desconfiado y escurridizo que había presenciado el accidente y del que no había vuelto a saber nada en cinco largos años.

UNA FIESTA SORPRESA

La fiesta sorpresa era ya un secreto a voces.

Maggie llevaba todo el día horneando bollos, una tarta y un estofado. Will había desaparecido en varias ocasiones con el coche cargado hasta los topes de bombillas, servilletas, cajas con miles de vasos y platos y una bola gigante de discoteca.

—Will está ayudando a un amigo en una mudanza —Henry se sentó junto a Marina en uno de los escalones del porche—. No es que estén organizando ninguna fiesta a tus espaldas.

—Ah, eso lo explica todo. Sobre todo, los diez barriles de cerveza.

—Claro, claro. El chico es algo borracho.

Marina sonrió de oreja a oreja. Era agradable sentirse acogida en una familia, incluso cuando le mentían descaradamente. La idea de que el asesino del laboratorio pudiera haber matado también a sus padres había estado martilleando su cerebro los últimos días y aunque pensaba que una fiesta era lo último que necesitaba, quizá se equivocaba.

Jamás sabría qué había sucedido cinco años atrás. Era mejor olvidarlo.

—¿Me ayudas a comprarle un regalo a Maggie por su cumpleaños? —Henry la sacó de sus pensamientos mientras se levantaba de las escaleras.

—Me encantaría. ¿Qué tengo que hacer?

Henry desapareció dentro de la casa para reaparecer después con un pequeño portátil que, en sus manos grandes como hojas de lechuga, parecía aún más diminuto. Se sentó junto a la mesa de madera del porche y señaló la silla a su lado.

—Aunque lo intento, no me llevo bien con las nuevas tecnologías. Creo que el ordenador se ríe de mí —le mostró la pantalla. En ella aparecía una imagen de toda la familia junto a la granja, en los mismos escalones donde había estado ella hacía un segundo. Los niños sonreían para la foto, una de las hijas de Jonas se escondía tras sus palmas, Maggie y Henry iban vestidos de domingo, completamente preparados para la ocasión. Sus tres hijos en orden de estatura, las dos cuñadas del brazo. El único que faltaba era Will—. Sí, cielo. El pequeño Ben estaba muy ocupado para venir a las bodas de oro de sus padres, el año pasado.

—Tendría que preparar algún... caso importante —mintió Marina contemplando la foto con consternación.

—Eso dijo. No le creí. Me parece que se avergüenza de tener unos padres granjeros.

—Yo me moriría por tener unos padres granjeros.

—Quedas adoptada oficialmente.

—Todo un honor —sonrió Marina—. Y lo digo en serio. Tenéis una casa preciosa en un lugar encantador, cientos de acres de frondosas plantaciones, aunque sean de tabaco, y una familia maravillosa. Creo que cualquier persona es feliz de vivir en un sitio así y Will, también. Aunque no lo demuestre. Me parece que tiene algún problema neuronal que no le permite disfrutar de lo cotidiano.

—Hay que reconocer que se lo estás corrigiendo —dijo Henry reclinándose en la silla y haciendo chirriar los tablones del suelo—. El otro día me dijo algo que casi me provoca un ictus. Me pasó un brazo por los hombros, me miró a los ojos y soltó: «Este lugar es perfecto».

Marina abrió la boca exageradamente y aplaudió.

—Como lo oyes —continuó Henry—. Parecíamos Morgan Freeman y Robert Redford hablando de la vida en un rancho. Una escena de película. Y la protagonizamos debido a que tú has entrado en su vida y se la has cambiado.

—¡Ah, no! Soy culpable de muchas cosas, pero de esa no.

—Maggie y yo estamos de acuerdo. Y te puedo asegurar que nunca lo estamos para nada. Eres una chica muy especial que ha vuelto a traer a casa al díscolo de mi hijo.

—Bueno… —Marina se sentía abrumada. Si había un momento para decir la verdad, no parecía aquel. ¿Cómo podía contarle al padre orgulloso que tenía delante que su hijo solo había regresado para que no le encarcelaran por prostituto? Trató de dibujar una sonrisa en la cara—. Y… ¿qué es lo que quieres comprar a Maggie?

Henry pulsó el icono de internet y tecleó bruscamente varias palabras en el buscador. Tras varios intentos en lo que Marina deseó arrancarle el ordenador de las manos y hacerlo por ella misma, se abrió una página de compras. Una especie de Amazon con aspecto campestre. Había desde ropa de segunda mano a jabones artesanos, pasando por tractores de todos los tamaños y colores.

—Mira —señaló un aparato extraño del que salían unas ventosas alargadas.

—¿Qué es eso? —Marina no alcanzaba a imaginar qué demonios era aquello y dudaba si debía preguntar. Las parejas podían tener juegos secretos muy variopintos.

—Pues qué va a ser, una ordeñadora eléctrica.

—¿Le vas a regalar una ordeñadora por su cumpleaños? —preguntó ella alarmada.

—¿A que es buena idea? Es de acero inoxidable.

—Henry, no dudo que lo sea, pero… quizás… ¿no es mejor algo más… personal y femenino?

—¿Una plancha?

Marina se frotó la cara con desesperación.

—¿Un vestido? ¿Un bolso? ¿Unos zapatos? —le sugirió.

Henry pareció dudar un segundo, después negó con la cabeza.

—La ordeñadora mejor.

—Vale —escogieron una portátil de tres galones con batería de litio y tras ver un video no profesional de un hombre con una sola ceja muy espesa cruzándole la frente y ordeñando a una cabra, Marina le enseñó a Henry a meter el producto en la cesta de la compra y a solicitar el pedido.

Mientras Henry iba a por la tarjeta de crédito, Marina curioseó por la página. Había cachivaches que desconocía completamente, también libros de segunda mano que se vendían a un dólar el kilo. Se rio imaginándose pidiendo en la carnicería un kilo de libros. Una colección de volúmenes llamó su atención, los revisó uno por uno detenidamente. Ante ella tenía todo el temario para la licenciatura de Derecho. Con sigilo los mandó también a la cesta de la compra. Ya se los pagaría a Henry cuando pudiera disponer de su dinero.

El sol comenzaba a apagarse a un palmo del horizonte. La primera estrella que se anticipaba a la noche, Vega, brillaba en el firmamento anaranjado.

Marina se metió en la casa en cuanto Will regresó. Venía agotado de todo un día de trayectos.

—¿Me vais a decir ya a qué viene tanto paseo o comienzo a pensar que os mudáis lejos de mí? —preguntó Marina apoyada en la pared.

—No puedo. Mi prima me ha amenazado con una llave Armbar invertida si abro la boca —se quitó la camiseta empapada en sudor con un solo movimiento y, pasando al lado de la muchacha, se coló en el dormitorio—. Y no sé en qué consiste, pero da un miedo que no veas.

—Yo no la haría enfadar —Marina entró en la habitación. Trató de desviar la mirada del cuerpo que Will paseaba medio desnudo con total impunidad por el dormitorio—. Con esa llave puede romperte un brazo y el cuello sin problemas.

—Ahora ya no sé si me asusta más mi prima o el hecho de que tú sepas lo que significa una Armbar invertida.

—Sabrina me está convirtiendo en un arma letal.

Will se detuvo en su búsqueda de una camiseta y observó a Marina de arriba abajo.

—¿No estás algo escuchimizada para poder darme una paliza?

—¿Tenía Bruce Lee mucha carne?

Él sonrió. Poseía una boca preciosa y Marina se odiaba cada vez que se encontraba pensando en lo mismo.

—Vale. Tampoco te molestaré a ti —Will encontró una camiseta con un logotipo azul donde se leía Tar Heels en el armario y se la puso—. Tenemos que darnos prisa. He de llevarte a un sitio X a una hora Y.

—Me parece bien. ¿Y qué me pongo para ese sitio a esa hora? Tú llevas una camiseta vieja y unos vaqueros ajados.

—Cuidado, señorita. Esta camiseta es de los Tar Heels de Carolina del Norte, ganadores de siete campeonatos nacionales de baloncesto universitario. Vale su peso en oro.

Marina no pudo evitar reírse.

—¿Dónde está el Will Scott que adoraba los trajes de Armani?

—¿Armani? Los míos son de Zegna o el clásico de Tom Ford.

—Oh, sí, esos —Marina puso los ojos en blanco.

—Aunque hay que reconocer que me empiezo a sentir más cómodo con esta ropa que con la otra —se sentó en la cama para atarse unas zapatillas deportivas.

—Puede que los trajes consistan en una especie de disfraz —dijo ella tomando asiento a su lado—, y que el que está aquí junto a mí sea el verdadero Will.

Él levantó los ojos y se encontró con los de Marina. Sus iris azules templados, demasiado expresivos, queriendo decir algo que ella no conseguía entender. Se mantuvo un segundo así, absorto, sin separar su mirada.

—Ponte los vaqueros negros —dijo de pronto—. Quieras o no te hacen un... Vamos, que te quedan muy bien.

—Lo tomare como un cumplido y te haré caso. Pero creía que a las fiestas de por aquí se llevaban vestidos y tacones.

—Es el granero de mi hermano Jonas, guapa. Hay un portero musculoso en la puerta y como no lleves botas o zapatillas y vaqueros te echa a la calle. Solo entra lo mejorcito de la zona.

—¿Sabes que has cantado como un pajarito y que Sabrina te retorcerá el brazo de una forma tremendamente dolorosa? —Marina se levantó de la cama antes de que Will la agarrara del cuello con odio, y tomando al vuelo la ropa se fue corriendo al baño mientras los improperios del muchacho se escuchaban por todo el pasillo.

El granero de Jonas era una construcción imponente de un bermellón oscuro que se atisbaba tras un grupo robusto de árboles. El sendero desde la carretera principal de Crescent Moon se encontraba iluminado por pequeñas velas, que los acompañaron hasta un descampado de grava, delante de las altas puertas del granero abiertas de par en par.

Había muchos coches y camionetas aparcados y la música llenaba el lugar bajo la suave luz de cientos de antiguos quinqués.

Marina se estiró fuera del vehículo y contempló la peculiar estampa que se había formado bajo un firmamento absolutamente colapsado de estrellas.

Will se acercó con su intimidante sonrisa en los labios.

—Cualquiera diría que estás impresionada.

—El que lo dijera me conocería muy bien.

—No puedo entender cómo alguien que ve a diario maravillas a millones de años luz, se sorprende con un granero iluminado —pasó su brazo por la cintura de Marina con una naturalidad absoluta—. Creo que eres admirable.

Las mejillas de Marina debieron de colorearse de golpe, porque sintió el calor subiendo por ellas. Si él se percató de aquello no le dio importancia, y tiró de ella hacia la puerta sin soltar su cintura. Regresaban de nuevo a interpretar el papel de pareja que Marina ya había olvidado delante de Bianca o de Noah y que tan natural le salía con los padres de Will. Las últimas semanas había arrinconado la farsa, Will y ella eran solo dos amigos viviendo bajo el mismo techo. Pero en ese momento, la multitud que esperaba dentro del edificio de madera debía de ver a una pareja enamorada.

Marina, nerviosa, tragó saliva de nuevo y, estirando el brazo, se asió al cinturón del vaquero de Will.

—Si pusieras tu mano en mi bolsillo trasero —dijo él en un susurro en su oído—, quedaría más tierno.

—No pienso tocarte el culo.

—Tú te lo pierdes. Es uno de mis mejores atributos.

—Después de la vanidad, por lo que veo.

Él soltó una carcajada y apretó su gran mano en la cadera de Marina atrayéndola hacia su costado.

—Realmente resultas fascinante —murmuró antes de volverse hacia su hermano Jonas y felicitarle por su magnífico trabajo con el granero.

—Últimamente celebramos bodas aquí, así que una fiesta está chupada —dijo Jonas con la alegría del que lleva ya alguna cerveza de calentamiento—. ¿Qué te parece Marina? ¿Igual a las galas de Manhattan?

Marina se soltó de Will y caminó junto a Jonas mientras entraban en el granero. El alto techo inclinado de vigas de madera vieja le daba al lugar una inmensidad apabullante, por la que flotaban las notas de música del grupo que actuaba al fondo. Varias mesas se alineaban alrededor de una pista de baile con comida apetitosa. Había bidones de cerveza y jarras con un líquido espeso y oscuro.

—Mejor, Jonas —dijo ella hipnotizada por la atmósfera—. Jamás he estado en una fiesta más apetecible.

—El mejor piropo que me podías decir. Repíteselo a mi mujer en cuanto la encuentre, ¿vale? Estaba preocupada porque pensaras que somos unos pueblerinos.

—Espero no haberos dado la impresión de que puedo pensar cosas así. Sería horrible.

—Marina es la chica más sencilla que conozco —dijo Will situándose a su altura y devolviendo la mano a su cintura—, creo que vive en Nueva York por algún castigo divino. Está hecha para morar estas tierras más que tú, Jonas.

—Entonces, creo que voy a decir a los chicos del grupo que se dejen de música comercial y toquen la que gusta por aquí —soltó Jonás guiñándole un ojo—. Espero que no te asustes cuando nos pongamos a bailar.

—He visto a Will subido en un tractor, creo que podré superar ya cualquier cosa.

Jonas rompió a reír y se escapó entre la gente que rodeaba las mesas de la comida con un hambre desmesurada.

Durante la siguiente hora, Will presentó a Marina a sus antiguos amigos del colegio. Ella escuchó historias y chistes sobre la infancia de su acompañante y se rio con ellas. Se interesaron por su trabajo y le hicieron mil preguntas, mientras Will le lanzaba miradas de vez en cuando con algo en su rostro parecido a la satisfacción.

Pronto hizo su aparición Bianca Carroll y la fiesta quedó eclipsada por el ángel rubio de andares de modelo. Will, en su papel de novio entregado, no pareció dedicarle más atención que los saludos correspondientes y obligó a Noah a que la sacara a bailar.

Marina se entretuvo con las conversaciones y alguna ojeada a la pareja danzarina, en un primer momento con un Noah acartonado que se fue soltando tras dos cervezas y una canción de Katy Perry.

Will le tendió un vaso del brebaje de siniestro color mientras él se bebía tres de un trago y la acompañaba a la zona de baile. El cantante clavaba la canción *Human* de Rag'n'Bone Man mientras Will la tomaba de las manos y la acercaba hacia él.

—La última vez que bailamos tuve que besarte —dijo con la naturalidad del que se lo dice a una puerta.

—No me acordaba. Imagínate.

—¿Te lo recuerdo? —él se aproximó aún más, su cuerpo estaba a una pulgada de distancia.

—Sé que esa mezcla venenosa que llevas engullendo toda la noche está hablando por ti así que no te lo tomaré en cuenta, pero piensa un poquito en Bianca.

—Soy consciente de su presencia y te puedo asegurar que no me ha dirigido más que una mirada, el resto las tiene sobre Noah, que por cierto baila como el mismísimo Travolta.

—Normal. La pobre debe fingir. Igual que yo.

—¿Entonces has estado fingiendo durante toda la noche que lo estás pasando bien? Porque si es así, deberían darte un Oscar.

—¡Claro que no! Estoy disfrutando de la fiesta y de la compañía.

—¿Incluso de la mía?

—Si quieres que bailemos, más vale que te comportes como un ser normal y no como el Will Smith arrogante y seductor de Nueva York —Marina se arrepintió acto seguido de haber dicho esas palabras.

—Tienes razón. Me estoy extralimitando en nuestro pacto de no agresión.

—Vale. Pues baila y calla.

Para Marina estar a aquella mínima distancia de Will franqueada por un tropel de cuerpos bailarines a su alrededor, no se le estaba haciendo tan difícil como había supuesto. Un tiempo atrás esa misma situación le hubiera producido una tensión arterial sumamente elevada y, sin embargo, ahora era capaz de reír, tratar de seguir los bailes y comentar mil tonterías con él. Sonrió para sus adentros, era un gran avance, todo comenzaba a marchar viento en popa.

Un par de horas después y tras mantener mil conversaciones con gente que no conocía y agradecer varias veces a Sabrina su fantástica fiesta sorpresa, Marina salió al porche trasero necesitada de aire fresco. Se apoyó en la barandilla y levantó la cabeza hacia el cielo. Las estrellas brillaban con la intensidad del que no tiene un día más, la calma era absoluta, casi arrebatadora.

Escuchó el ruido de los pasos de Will y cómo cerraba la puerta que daba al granero. El murmullo de la gente y la música quedaron atrás.

—Una buena noche —dijo él suavemente, como si temiera despertar a alguien.

Marina notó el calor de su cuerpo antes incluso de que se acercara. Cerró los ojos con tranquilidad, sintiendo una ligera brisa en el rostro que transportaba el olor fresco del bosque.

Will se detuvo tras ella. Apoyó ambas manos en la barandilla, una a cada lado de Marina y le oyó inspirar profundamente.

—A veces, en Manhattan, me olvido de lo bien que huele este sitio.

—Creo que es el mejor lugar del mundo —susurró ella. Sentía la cercanía de Will a su espalda, casi podía percibir el latido de su corazón a través de la ropa. Excesivamente próximo. Sin embargo, esta vez no le importó.

Los dos parecían dirigir su mirada al cielo brillante, a lo que se extendía más allá del universo conocido.

El gesto resultaba demasiado cercano, demasiado íntimo. Marina se sintió inquieta y se revolvió en el sitio, consiguiendo que su espalda quedara aún más pegada al pecho de Will y su cuerpo más aprisionado entre él y la barandilla.

—Creo que debería entrar —dijo notando sin quererlo, y odiándose por ello, un hormigueo cálido donde sus dos cuerpos se rozaban.

Consiguió girarse, abandonar la vista del cielo y mirarle a los ojos. Si a él le importaba el hecho de estar aprisionándola contra su cuerpo, no lo demostraba en absoluto. Por desgracia, más bien todo lo contrario.

Sus ojos azules se habían oscurecido y repasaban su rostro, como si hasta entonces nunca se hubieran percatado de él.

—Ah, sí... perdona —dijo echándose torpemente a un lado.

Marina avanzó hacia el edificio, mostrando una entereza que no sentía. No entendía por qué demonios se le había puesto el corazón a pegar botes como loco. ¡Justo cuando parecía más fácil llegar a la cordura!

Abrió la puerta e invitó a Will a acompañarla dentro. Él, pensativo, negó con la cabeza.

—Me voy a quedar un rato por aquí.

Marina le dedicó una rápida sonrisa y acto seguido entró en el granero, donde las risas y el alboroto continuaban.

La fiesta se prolongó hasta la madrugada. Marina aprendió varios bailes entretenidos, giró cual peonza en las manos de Noah e incluso se marcó un lento con Bianca bajo los ojos lujuriosos de la mitad de la población masculina.

La comida, especialmente la que había preparado Maggie, estaba espectacular. Y el amanecer se presentó a través de las pequeñas ventanas del granero, llenando de una luz rosada toda la estancia.

—¿Volvemos a casa? —Will se sentó en uno de los bancos de madera separando a un Noah con la cabeza apoyada en la mesa y en aparente estado de hibernación, de Marina.

Ella asintió observando su alrededor. Los músicos se habían dormido en el escenario, había parejas bailando agarradas sin ninguna canción sonando. Un par de adolescentes se daban el lote en una esquina. El resto hablaba de forma pausada sentados en los bancos y tomando una especie de desayuno anticipado.

—Sí, me parece que la fiesta se ha acabado —Marina se levantó un poco mareada. El brebaje oscuro hacía su efecto unas cuantas horas después.

—¿Me toca conducir? —preguntó Will—. Será mejor que volvamos andando. Tengo en el cuerpo una dosis de alcohol letal para cualquier ser vivo. Y a la policía del condado le encanta merodear cerca de los graneros en fiesta.

Salieron del edificio. A pocos metros delante, un coche de la policía de tráfico esperaba escondido entre los arbustos.

—Ya veo que tienes experiencia.

—Muchos años medio borracho de granero en granero.

Comenzaron a andar por el lateral de la carretera. La temperatura resultaba placentera, los pájaros se estiraban en las ramas de los árboles iniciando sus trinos.

—¿Qué infancia es esa? —rio ella—. ¡Un niño católico beodo!

—Jesús se ponía ciego con sus apóstoles y no pasaba nada. Dijo muchas cosas, pero ninguna mala sobre el vino —Will tomó de la mano a Marina y la condujo hacia el campo. La plantación de tabaco de sus padres empezaba en aquel punto. Se colaron entre las plantas, serpenteando por los caminos que surgían entre ellas—. No me digas que sigues sin creer en un ser superior con las maravillas de Carolina del Norte delante.

—Si lo dices por el tabaco, no. Si lo dices por ti, tampoco.

Will enfurruñó el rostro y comenzó a correr tras ella. Marina gritó mientras escapaba. El terreno era pedregoso y accidentado, pero Will estaba en un estado físico deplorable y comenzó a perseguirla a cuatro patas.

—¡Pareces un perro castrado! —Marina se detuvo con un ataque de risa.

—¿Qué demonios ha metido Jonas en su famoso ponche? ¡Me siento como si me hubiera tragado un barril de petróleo!

—Anda, te ayudo —Marina le sostuvo mientras se levantaba y pasó su brazo por sus hombros.

—Eres como un hada bajo mi sobaco —dijo él con una voz pastosa mientras se apoyaba sobre ella para caminar.

—Tienes la frase perfecta para cualquier momento.

—Claro, condición número uno para pertenecer al Club de Lectura Broadway.

—Ya veo. ¿Y cuáles son las otras? —Marina avanzaba despacio con parte del peso de Will sobre sus hombros.

—Un buen físico y cierto nivel cultural. Las mujeres son muy exigentes, nada de tíos guapos con poco cerebro —trastabilló con una piedra, Marina estuvo a punto de perder el equilibrio y caerse de bruces; sin embargo, él parecía no darse cuenta de nada y canturreaba despreocupado—. Pero luego llegó una clienta sabelotodo y destrozó mi ego.

—¿Quién fue la afortunada?

—Tú. ¿Sabes lo pequeño e insignificante que soy a tu lado?

—¿Yo? Ese ponche habla por ti como si fuera la invasión de los ultracuerpos. Tu hermano debería patentarlo.

—Lo digo en serio, doctora. No se puede ser tan perfecta —se detuvo y clavó sus ojos en los de ella. El brillo del alcohol relucía en su iris— ...en todos los sentidos. Guapa, lista y buena.

—Me estás comenzando a asustar. ¿Te llevo a casa de tus padres o al veterinario más cercano?

—Y graciosa, me olvidaba de que eres hasta simpática.

—Vamos, adonis —Marina tiró de él. Podía ver el tejado de la granja por encima de las altas plantas de tabaco—. Deja de hablar antes de que te arrepientas de tus palabras. Cuando tu madre te vea en este estado te va a enchufar la manguera con el agua fría a tope.

—Ya lo hizo en una ocasión. Fue tremendamente doloroso.

Los últimos metros los realizó Marina resoplando como un bulldog con amago de infarto. Dejó caer a Will en las escaleras del porche. A pesar del golpe, él sonrió.

—¿Sabes una cosa? —dijo con expresión bobalicona.

—No quiero escucharlo, Will. Lo que sea que quieras decirme es una exageración debida al alcohol.

Él la agarró de la mano y tiró de ella. Marina cayó de rodillas delante de él. Estaba a punto de gritarle molesta cuando Will habló, tan cerca que las puntas de sus narices chocaron:

—Eres lo mejor que me ha pasado.

La bronca murió en la boca de Marina y se tambaleó hasta dar con las posaderas en tierra.

—Y ahora... —añadió Will con la cara en tonos verdosos—, ahora voy a vomitar.

Y echó todo el brebaje diabólico a escasos centímetros del cuerpo de Marina.

LA INAUGURACIÓN

Al día siguiente y poco antes de la hora de la comida, llegaba un gran paquete a nombre de Henry. Marina recuperó los libros que había pedido mientras el padre de Will se afanaba en buscar un sitio en el que a Maggie no le diera por husmear. La ordeñadora acabó oculta en el granero, bajo varios kilos de paja.

—Tenéis una mensajería más rápida que el mismo Amazon —dijo Marina entrando en el dormitorio, donde un comatoso Will roncaba bajo la sábana.

—No me hables hasta mañana —gruñó él—. La cabeza me va a estallar en cualquier momento.

Marina se sentó a su lado y tiró de la sábana. Will arrugó los ojos como un topo cegato ante la luz de sol.

—En breve vamos a comer y no creo que quieras disgustar a tu madre después de cómo le dejaste el jardín esta madrugada. ¡Has asesinado a sus petunias!

—Dile que fue culpa de su querido Jonas y que pienso demandarle por atentar contra la salud pública.

—Mmm, esa frase me viene muy bien —apuntó Marina levantando uno de los libros y poniéndoselo a Will a la altura de sus ojos—. Mira lo que tengo para ti.

—Más vale que sea una revista picantona.

—Frío, frío.

Will entornó los párpados con cierto interés. Debió de entender de lo que se trataba porque volvió a cerrar los ojos.

—¿Quieres hacer de mí un hombre decente? —preguntó con una especie de gruñido—. ¿Quieres sacarme de la calle a lo *Pretty Woman*?

—No. Estoy simplemente convencida de que serías un gran abogado. Tienes labia, carisma y un morro impresionante.

Will se incorporó con dificultad, ayudándose de los codos, y la observó con los ojos rojos y brillantes.

—Poco recuerdo de anoche, pero ¿te hice algún juramento hipocrático?

—Algo así, dijiste cosas muy interesantes antes de vomitar a las plantas de tu madre.

—¿Crees que puedo aprobar uno de los exámenes más complicados que existen? —parecía preguntarlo en serio.

—Me da la sensación de que te asusta intentarlo.

—Yo no tengo tu coco, doctora. Repetí el último año de instituto.

—¿Porque no estudiaste o porque recorriste todos los graneros de la zona en estado catatónico?

—Lo segundo, principalmente. Sin embargo, no es excusa. Sacarme Derecho ha sido un auténtico suplicio. Me gusta, realmente me gusta. Quizá cuando sea octogenario pueda ejercer la abogacía con mis compañeros de *Cocoon*.

—No es un futuro muy alentador, Will —Marina le golpeó la cabeza con el libro y tiró de él hasta enderezarle—. Y como ahora mismo soy tu supuesta novia, voy a intentar lo que esté en mi mano para ayudarte a sacar ese examen.

—Te ofrezco un trato: yo estudio y tú me acompañas con mis amigos a tomar unas cervezas los fines de semana. Creo que les gustas más que yo.

—No veo qué salgo ganando en todo esto.

—Cuando volvamos a Nueva York... —Will se detuvo un instante, miró la mano que Marina mantenía agarrada a la suya y que había utilizado para levantarle. Ella se percató a la vez y se separó con una sonrisa nerviosa.

—¿Decías?

—Que, si me ayudas, cuando regresemos tendrás abogado gratuito de por vida.

Marina sintió una ligera decepción al escucharle, mas trató de no darle importancia. ¿Qué otra cosa podría haberle dicho?

—Eso lo quiero por escrito —dijo—. Las palabras se las lleva el viento.

Sellaron aquel pacto que comenzaría a ejecutarse en cuanto hubieran comido y Will se atiborrara de analgésicos.

Durante las siguientes semanas, Marina se esforzó por ser una profesora comprensiva y paciente mientras le daban ganas, mil veces al día, de asesinar a su alumno con alguna de las temerarias llaves de Sabrina.

Por la mañana continuaba acudiendo a la escuela. El sistema solar estaba aparentemente listo, excepto por dos pequeños incidentes que habían surgido. Uno: los planetas no se movían. Dos: el Sol se había caído sobre Noah y le había dejado inconsciente quince largos minutos. Así que tuvieron que pedir la ayuda de Bianca, dueña y propietaria de aquellas bellas vías de tren por las que sus planetas de gomaespuma y purpurina se negaban a caminar.

Bianca se unió a ellos una mañana que el cielo descargó toda su ira sobre Carolina del Norte. Trabajaron durante un par de horas, pero los niños estaban tremendamente asustados, la luz se fue en varias ocasiones y los rayos tronaban sobre la pequeña escuela como si quisieran acabar con ella. Entonces, Bianca, como si lo hiciera siempre que había tormenta, se puso a cantar. Sí, a cantar. Marina no daba crédito a las notas bien afinadas y entonadas que entraban por sus oídos y que silenciaban a los mismos truenos. Los niños enmudecieron eclipsados y Noah se quedó rígido como una tabla y con el rostro completamente momificado al lado de Marina, durante la hora que duró el concierto.

—Por todos los santos —murmuró Noah.

—Esta chica es una extraterrestre —añadió Marina.

—Es perfecta.

—Sí —Marina suspiró llenando los carrillos hasta parecer un cruasán—. Veamos si sabe también de bricolaje espacial.

Las vías quedaron montadas, listas y probadas apenas una semana después. Los planetas comenzaron a moverse, Bianca se abrazó a Noah con emoción contenida, Marina se abrazó a los dos, los niños les rodearon pletóricos. El sistema solar de Crescent Moon, ya era una realidad. Solo quedaba inaugurarlo.

Sin embargo, mientras en la escuela todo marchaba a la perfección, las clases en la granja resultaban más difíciles con un solo alumno que con los veinte del colegio. Marina se marchaba por la mañana y dejaba a Will enfrascado en sus libros. Cuando ella regresaba cuatro horas después, jamás lo encontraba en el mismo sitio.

Si no estaba en la cocina asolando la despensa, se hallaba tirado en el jardín tomando el sol o montando a caballo por las cercanías. Incluso le pilló viendo un partido de baloncesto del año 1995 grabado en la tele.

—Dios, dame paciencia —gruñó Marina apagando el televisor.

—No sé si lograré aprobar —dijo él con una sonrisa por la que daban aún más ganas de asesinarle—, pero al menos he conseguido que te conviertas al catolicismo. Ya hablas con Dios.

—Juro que te mataré con mis propias manos.

—No jures en vano.

Marina comenzó a perseguir a Will por el salón. Huyeron por el pasillo y llegaron al porche donde dos tranquilos Maggie y Henry se tomaban un aperitivo, impasibles, observándoles correr como quien ve saltar dos conejos por el huerto.

Marina le alcanzó junto al establo, le hizo la zancadilla y consiguió que se cayera de bruces. Después le inmovilizó contra el suelo, sentándose sobre su espalda. Will escupía paja y tenía la cara suciamente enlodada.

—Me has prometido que estudiarías —le gruñó al oído.

—¿Sabes lo aburrido que es?

—¡Pues claro! Pero piensa lo que lograrás a cambio. ¿No te imaginas dirigiéndote a un jurado? ¿Salvando vidas? ¿Descubriendo culpables?

—¿*Perry Mason*?

—*Suits*. Y a veces, *Ally McBeal*.

—Ya veo. Demasiada televisión —Will intentó zafarse y Marina aumentó la presión—. Muy bien, me doy por vencido, tú ganas, señor Miyagi.

En el momento en el que ella se relajó, Will aprovechó para tomar ventaja, tirarla al suelo y aplastarla contra él.

—Y ahora, ¿qué? —la miró resoplando desde la pequeña distancia que los separaba. Marina no podía moverse con el peso de Will sobre ella. Le fulminó con la mirada—. No debes pensar jamás que lo tienes todo dominado. El momento perfecto para atacar es cuando el otro se siente invencible.

—Levántate si no quieres morir de mil formas horrorosas —le amenazó ella, comenzando a sentir una incomodidad acusada al tenerle encima. Sus miradas se encontraron. La de él, inicialmente llena de satisfacción por la victoria, empezó a tornarse grave, seria. Entreabrió los labios para decir algo; sin embargo, se mantuvo en un silencio tenso. Su respiración cosquilleaba sobre la nariz de Marina y ella dejó de tratar de zafarse. Las pupilas de Will barrieron su rostro, se deslizaron hacia los labios de Marina. El aire comenzó a hacerse denso, con una extraña fuerza casi magnética creándose entre ellos. La atmosfera estaba electrizada, el corazón de Marina palpitaba a un ritmo frenético. Ya no deseaba escapar del contacto de Will, quería sentirle aún más cerca.

—Estáis asustando a las gallinas —la voz de lija de Maggie hizo retroceder a Will. La mujer se encontraba a pocos metros, con un gesto indefinido en el rostro y con sus manos en la cadera, lo que le hacía parecer un antiguo cántaro cerámico de los anasazi.

Will se incorporó a duras penas y extendió una mano para ayudar a Marina a levantarse. Sus piernas flaquearon un instante y miró de reojo a su acompañante. Él volvía a ofrecer una expresión distendida y despreocupada; sin embargo, Marina continuaba con el pulso acelerado y una falta descomunal de oxígeno.

—Recuerda que esas pobres gallinas fueron testigos de la amputación del dedo palabrota del tío Jeremiah con la cortacésped de papá —dijo Will con una sonrisa mientras se sacudía la paja que llevaba clavada en el cuerpo como púas de puercoespín—. Cualquier otra cosa, no les afecta.

—Lo lamentaréis cuando dejen de poner huevos —Maggie pasó por su lado con el mentón alzado y el ritmo de un batallón del ejército.

Marina había conseguido recomponerse y respiraba como un ser medianamente normal mientras observaba a la mujer alejarse.

—Deberías estudiar un rato —dijo sin atreverse a mirar a Will—. Mañana pienso hacerte un examen.

—Como profesora eres una tirana.

El tono de Will aparentaba tranquilidad. Claramente, la situación que habían vivido tumbados en el suelo, solo le había afectado a ella. Marina agitó la cabeza para eliminar la sensación que continuaba prendida de cada una de sus terminaciones nerviosas. Necesitaba volver a ser la dueña de sus sentimientos. Pronto, el inspector Wilkinson daría con el asesino. Pronto, regresarían a Nueva York y ambos reharían sus vidas en el momento exacto en el que las dejaron.

Aquella noche Marina se coló en la cama antes de que llegara Will, se acurrucó en su esquina y se hizo la dormida. Las sensaciones se mantenían a raya si se las evitaba a toda costa y eso pensaba hacer. Mantuvo los ojos cerrados a cal y canto como persianas de seguridad de una joyería e incluso contuvo la respiración cuando él entró en la habitación.

Le escuchó desvestirse y bloqueó su mente con un muro de hormigón para no imaginárselo. Después notó el movimiento del colchón bajo su peso y el calor de su cercanía.

Estaba segura de que su mente diabólicamente perversa le estaba haciendo creer que Will parecía haberse detenido a escasos centímetros de su cuerpo. Entonces, notó un suave beso en su frente. Las defensas de Marina cayeron hasta el suelo; sin embargo, se mantuvo estoica fingiendo un sueño que no sería capaz de alcanzar en toda la noche.

Cuando notó la respiración de Will pausarse, se permitió abrir los ojos. Observó su fuerte espalda al otro lado de la cama y se preguntó qué sucedería si le despertase.

Había tantas posibles alternativas en las que podía volver a sentirse mal que abandonó las ganas de lanzarse a intentarlo. Se giró hacia la ventana. La Luna decreciente emanaba una suave luz narcótica. El cansancio pudo con su mente y, agotada, se quedó dormida.

Al día siguiente se escapó rápidamente a dar de comer a las vacas, desayunó con Maggie en el silencio que las caracterizaba y se despidió para ir al colegio.

Cuando llegó, Noah y Bianca estaban sentados en los columpios y se balanceaban con tranquilidad. Marina frenó en seco y escogió la ruta que bordeaba la escuela por el lado contrario para no molestarles. La risa de Bianca volaba entre los árboles, clara como aquel día de agosto y Marina esbozó una sonrisa de satisfacción.

Si pudiera pedir un deseo a una estrella fugaz, desearía que la vida regresara a la armonía que había perdido unos meses antes. Desearía que cada cosa se colocara en el lugar en el que debería estar. Sin embargo, sabía demasiado bien que las estrellas fugaces no eran más que pedruscos bastante feos que, claramente, no estaban por la labor de conceder deseos mientras se desintegraban en contacto con la atmósfera.

—Aquí estás —la sobresaltó Noah mientras ella accedía por la puerta posterior del gimnasio tratando de no llamar la atención—. ¿Por qué vienes por ahí?

—Pues... quería probar esta entrada —Marina observó las mejillas sonrosadas de Bianca, sus ojos brillaban cerca de Noah. Entre ellos parecía existir una electricidad atmosférica que en ese momento Marina veía con total claridad—. ¿Y vosotros?

—Nosotros, ¿qué? —preguntó Noah despreocupado.

¿No veían lo que había allí? Marina se frotó los ojos con frustración. Al mirarlos de nuevo, los electrones del ambiente habían desaparecido. Genial. Se había vuelto loca.

—Aquí estáis también —soltó con una sonrisa tirante en el rostro.

—¿Te encuentras bien? —Bianca se acercó y puso su delicada mano en su frente—. ¿Tienes fiebre?

—No, todo perfecto —miró a los niños que se mantenían en silencio desde que Marina había hecho su aparición por la puerta que nadie usaba—. Con ganas de que el planetario comience a girar. ¿No?

Los chicos gritaron nerviosos. La situación se destensó cuando todos comenzaron a trabajar recogiendo el gimnasio para dejarlo perfecto para la inauguración. Colorearon las paredes de azul marino y dibujaron diminutas estrellas con pintura fosforescente, con la que acabaron embadurnados. Así que cuando apagaban la luz y cerraban las ventanas, no solo el planetario brillaba sino también todos los niños y adultos que ocupaban la sala.

Fregaron los suelos, limpiaron los cristales y probaron el mecanismo del sistema solar varias veces. Tras toda la mañana de trabajo, Noah se colocó en mitad del gimnasio, los niños le miraban expectantes.

—Chicos, tengo que decir con mucho orgullo que lo hemos conseguido. El planetario de Crescent Moon es una realidad. Lo habéis hecho posible, ahora solo queda enseñárselo a todo el mundo.

Los niños aplaudieron. Dos lloraban de la emoción. Brindaron con limonada y almorzaron sándwiches que había preparado Noah. La inauguración ya estaba dispuesta para aquel viernes. Era lo mejor que les había sucedido en la escuela desde que, hacía veinte años y de forma absolutamente inexplicable, uno de los alumnos había llegado a congresista.

El viernes, poco antes de que llegaran los pocos invitados que se esperaban para la inauguración, Marina se acercó a la escuela. No podía evitar sentirse nerviosa por aquel proyecto, aunque no tuviera nada que ver con los que decenas de veces habían organizado en el Planetario Hayden y a los que acudían miles de personas incluso algún famoso despistado.

También se daba cuenta de que evitaba la cercanía de Will. Si quería mantenerse cuerda y dejar de ver electrones flotando entre la gente, debía controlar su imaginación y, por consiguiente, sus sentimientos.

El colegio estaba aún en calma. Había un cartel indicando la dirección de la visita y el camino se había decorado con estrellas.

Noah estaba sentado en el gimnasio, sus piernas cruzadas, con la mirada puesta en el planetario que, en ese momento, giraba despacio y que con la luz apagada resultaba aún más llamativo. Las estrellas se reflejaban en las paredes como si de una discoteca extraterrestre se tratara.

—Hola —Marina le sorprendió tomando asiento a su lado—. ¿Qué haces aquí?

—Debía comprobar que todo funcionaba correctamente. Y me he quedado absorto contemplando esta maravilla —señaló al aire—. ¿Dónde estaba el planetario de tu antepasado?

—En Franeker, Holanda.

—Pues el de su descendiente en Crescent Moon, Carolina del Norte, no tiene nada que envidiarle.

—Debería ir a comprobarlo.

—Me encantaría acompañarte —Noah se echó hacia atrás, apoyando todo su peso en los brazos extendidos. Marina contempló su perfil, recto, fuerte. Era guapo, mucho, y conforme le conocía se lo parecía mucho más—. Nunca he salido del país. Patético, ¿verdad?

—¡Claro que no! Yo jamás había estado en Carolina. Eso es peor.

Él sonrió, sus ojos azules chispeaban con los reflejos de las estrellas artificiales.

—¿Sabes? Haces que me sienta muy cómodo. Cuando hablo con Bianca me agarroto como un fósil pensando en lo que debo o no decir, o lo que, quizás, conseguirá impresionarla. Sin embargo, contigo es fácil.

—No creo que tengas que impresionarla. Eres un tipo genial sin necesidad de hacer nada, deberías darte cuenta.

—Señorita Eisinga, espero que no se vaya nunca de Crescent Moon, me sube la moral rápidamente.

—Es la verdad. Si Bianca no se ha dado cuenta en todos estos años, quizá deberías cambiar de objetivo.

Noah se mordió el labio inferior, pensativo.

—Solo hay tres posibles candidatas solteras en el condado: una es mi prima y las otras dos creo que se gustan. Resumiendo, lo tengo jodido.

—Deberías ir a Manhattan conmigo, seguro que se necesitan profesores y el género femenino campa a sus anchas por toda la ciudad.

—Suena tentador, pero aquí tengo unos cuantos alumnos que me necesitan. Aunque no lo crean y jamás lleguen a admitirlo —giró el rostro hacia Marina—. Gracias por el ofrecimiento. Te prometería una visita, pero mi hermano podría llegar a sentirse celoso si empiezo a rondarte.

—¿Will? ¿Estamos hablando del mismo hermano?

—¿No te dedicabas a investigar, a analizar? —Noah esbozó una amplia sonrisa—. Me parece que solo te das cuenta de lo que sucede a un mínimo de dos años luz.

—Te puedo asegurar que a Will solo le importa él mismo en primer lugar, seguido de su ático y de su descapotable.

—Deberías pasarte por la óptica del pueblo, si es que tuviéramos una. Necesitas con urgencia unas gafas.

—¿Haces el favor de dejar de hablar tan raro? ¿Hay algo que yo no sepa?

—Seguramente hay pocas cosas que se te escapan, pero que Will está coladito por ti debe de ser una de ellas.

Marina abrió la boca para replicar. No sabía qué decir.

—¿Y Bianca?

—Me parece que ambos se han dado cuenta hace bastante que lo único que tienen en común es un bonito envoltorio.

—Tú mismo dijiste que somos antagónicos —replicó ella.

—Me reafirmo. Sois incompatibles. ¿Y qué? ¿Te has fijado alguna vez que ciertas personas parecen estar unidas por un extraño tipo de campo electromagnético? —la sola mención le hizo recordar a Marina las alucinaciones que tenía últimamente. Noah seguía hablando con su mirada fija en ella—. Quiero a Will, siempre he sabido que es un buen chaval y que lo que pasó con Bianca fue únicamente por mi culpa, pero me faltaba una conexión con él que he encontrado cuando ha regresado. El Will que veo cuando se encuentra a tu lado me cae bien, muy bien.

Marina bajó la vista hacia el suelo, inmaculadamente limpio de purpurina y trozos de cartulina.

—No hay ningún campo electromagnético entre nosotros, Noah —musitó—. Will es únicamente un amigo. Tal vez mi mejor amigo.

—Curioso. Exactamente eso me dijo él. Y, ¿sabes?, no os creo a ninguno de los dos. Mientras continuéis contestándome con la mirada enterrada en el suelo, consideraré vuestras palabras como una gran mentira.

—¡Dios mío, profesor! Has elaborado un plan muy truculento para hacerte con Bianca y librarte de mí al mismo tiempo.

—Piensa lo que quieras —Noah se rio mientras se incorporaba del suelo y le tendía la mano para ayudarla—, acabarás concediéndome la razón.

—No voy a darle más vueltas. Después de todo este tiempo aquí he conseguido desengancharme del fenómeno Will Scott. Ahora mismo es tan amigo mío como mis compañeros del planetario.

—Si es así, pregúntale si se ha acostado con Bianca.

Marina tragó saliva. Era una de esas imágenes que trataba de no dejar pasar por su mente.

—Llevan pegados desde que llegamos hace casi dos meses —respondió—. Lo más seguro es que ya hayan pasado todas las fases del noviazgo... varias veces.

—¿Tú crees? Te sorprenderías —Noah abrió la puerta del gimnasio. Fuera comenzaba a decrecer la intensidad del sol—. Bueno, Marina, ya he hablado demasiado. Vamos a mostrar este precioso planetario.

Se dieron un corto abrazo. Noah le recordaba a su hermano: fuerte y firme por fuera, por dentro con un corazón de oro. Caminaron juntos, contentos por haber tenido la oportunidad de conocerse.

En la pradera que se encontraba delante de la fachada principal de la escuela, se habían congregado al menos un centenar de personas. Marina se detuvo impresionada. Estaban los alumnos, pero también sus padres, hermanos y abuelos. Vio a Maggie y a Henry, a sus hijos y esposas y se detuvo en Will. Él mantuvo su mirada y el estómago de Marina dio un salto mortal. Tragó saliva enfadándose consigo misma.

—Bienvenidos a todos —habló Noah separándose de su lado y subiendo un par de los escalones que llevaban a la entrada—, os agradezco vuestra compañía esta tarde. Durante los dos últimos meses los estudiantes de esta escuela han trabajado como auténticos astrónomos en la construcción de un sistema solar. Ellos serán vuestros guías en esta expedición al espacio exterior. Seguidles.

Hubo aplausos y los niños se colocaron en sus puestos, distribuyendo a la gente en pequeños grupos para ver el planetario por turnos.

Will se les acercó con Bianca. Por primera vez Marina no notó ningún tipo de conexión entre ellos. ¿Era de nuevo su imaginación o había sido la conversación con Noah? Resultaba evidente que los profesores podían hacer con el cerebro de sus alumnos lo que querían y ella había comenzado a notar la huella de sus palabras en su cabeza.

—Me han comentado mis fuentes que has convertido el gimnasio en un cuarto oscuro muy romántico —dijo Will a su hermano—. Lo que pretendíamos en tiempos de la profesora Meyer y nunca pudimos lograr.

—¿Cuántas veces te pilló echando alcohol a los refrescos en aquellas fiestas? —preguntó Noah con una sonrisa.

—Menos de las necesarias. Creo que en el fondo le gustaba tomarse una copa a nuestra costa.

—Conseguiste que se desinhibiera y le declarara su amor incondicional al jardinero.

—¿Siguen juntos? —preguntó la romántica Bianca.

—Llevan ya tres nietos —contestó Noah tomando el camino hacia el gimnasio y guiñándole un ojo a su hermano—. Will, ahí donde le ves, es capaz de lograr grandes cosas.

Marina apretó el paso para no quedarse a la altura de Will; sin embargo, cuando entraron en la sala y debido a los empujones de los que salían, se vio pegada como un sello a su acompañante. Will la agarró de la cintura con sus ojos brillando de diversión.

—No estamos hechos para compartir el mismo espacio —susurró.

La frase quedó en el tímpano de Marina haciéndole recordar su segunda cita juntos, justo antes de que entrara en su apartamento y la situación se descontrolase. Se separó un paso y avanzaron dentro del gimnasio.

La sala estaba a oscuras, únicamente las estrellas fosforescentes de las paredes brillaban con luz propia. Noah puso en marcha el mecanismo y los planetas comenzaron a deslizarse por su órbita, girando sobre ellos mismos y trasladándose alrededor del sol. La música de *Una odisea en el espacio* sonaba intensa, bien escogida por la mayoría absoluta del alumnado.

Los ojos de Will no se perdían detalle y Marina se encontró observando su reacción apoyada en una de las paredes. Estaba impresionado y la expresión de su cara resultaba realmente cautivadora.

—Es impresionante —dijo él volviéndose hacia ella y pillándola de lleno como a una psicópata de manual.

—Han sido los niños —respondió Marina rápidamente— y los trenes de Bianca.

—Sus trenes siempre han sido estupendos.

—Ajá, ya sabía yo que ese es el sobrenombre de los pechos en Carolina.

—¿Sabes que tienes la mente enfermiza? —rio él con los rayos del sol de corcho rozando sus labios.

Marina se forzó a mirar el techo y perder de vista el rostro de Will que, bajo aquellas estrellas de mentira, parecía tan súbitamente atractivo.

—¿Te gustaría acompañarme a un sitio? —preguntó él haciendo que Marina, por cortesía, tuviera que mirarle.

—¿Los cuatro? —inquirió esperanzada.

—Que yo sepa solo estamos los dos aquí.

Marina giró la cabeza buscando a Noah y a Bianca. Habían desaparecido. ¿Era algún tipo de complot? Por suerte, un niño entró acompañado por una docena de personas y ellos tuvieron que marcharse.

—¿Vienes conmigo? —repitió Will deteniéndose—. He encontrado el lugar perfecto para ti en Carolina del Norte.

—No puedo oponerme a algo así.

Él esbozó una sonrisa plena. No era el gesto perfectamente estudiado del Will de Manhattan, sino el de un muchacho de granja al que Marina le hubiera encantado conocer de otra forma.

Pasearon con tranquilidad en la completa oscuridad de la noche, cruzando las plantaciones, internándose más allá de la granja. Marina se dio cuenta de que conocía aquel lugar, habían almorzado en él. Parecía que hubieran pasado decenios.

La laguna estaba quieta, mansa. Se oía el zumbido de algún mosquito y el chapoteo lejano de una rana dentro del agua. El cielo negro como el carbón refulgía con cientos, miles, millones de estrellas. Era una visión única, impresionante.

Marina se quedó sin respiración, alelada bajo aquel firmamento brillante que les cubría por completo, que terminaba donde comenzaban las copas oscuras de los árboles o el agua pantanosa de la laguna. Tomó asiento en la hierba de la orilla y Will lo hizo a su lado.

—No me había dado cuenta de lo pequeño que se siente uno bajo este cielo. Somos hormigas aplastadas por una losa brillante —dijo Will en un susurro.

Marina sonrió ante el comentario y abrazó sus piernas. No era una hormiga, sino un átomo perdido en la inmensidad. Miró de soslayo a su acompañante. Resultaba curioso verle con toda su atención fija en el firmamento. Un lugar que hasta hacía poco le era completamente insignificante.

—¿Y esas estrellas que están tan apretujadas? ¿Tienen nombre? —preguntó él, interesado.

—Ya lo creo. Es la Vía Láctea. Nuestra galaxia.

—Joder.

—Esa lengua.

Se rio entre dientes.

—Me sorprende que podamos ver parte de nuestra galaxia, estando dentro de ella. ¿Me explico? ¿No es como para darle al coco y no parar?

—Es una espiral. Desde donde nos encontramos nosotros, vemos un trozo.

—¿Como un gato persiguiéndose el rabo?

—Algo así y mira... justo ahí —se acercó a él y señaló la Vía Láctea—, está la constelación de Sagitario, donde se halla un agujero negro supermasivo.

—Eso suena a tocho de cojones.

—Tremendamente tocho.

Se mantuvieron en silencio, sus cabezas casi rozándose mientras contemplaban el cielo. El lugar, la tranquilidad habían conseguido calmar el ánimo de Marina. Volvía a sentirse acompañada por un amigo.

—Nuestra galaxia está plagada de miles de millones de estrellas y nebulosas —murmuró ella—. Y no es más que un simple pez dentro de un gran acuario.

—Y nosotros, una de sus escamas.

—Un trocito diminuto de escama.

—¿Has visto? Creo que el año que viene me matricularé en Astronomía, no se me da nada mal —Will giró el rostro hacia ella.

—No, no se te da nada mal —Marina sentía sus ojos clavados en la sien, sin embargo, no quería mirarle también. Se forzó en mantener la vista fija en el Cúmulo de Hércules y contar de forma pausada los cientos de miles de estrellas que lo formaban.

Entonces, para conseguir que perdiera absolutamente toda la concentración, Will tomó uno de los mechones voladores de Marina y, despacio, lo enroscó en su oreja. Ella sintió que las tripas le daban un vuelco. ¿En qué número había interrumpido su cálculo? Tendría que empezar desde cero.

Una estrella, dos...

—¿Sabes? —musitó él tan próximo que podía olerle—. Esperaba ver una estrella fugaz y poder pedir un deseo. No me gusta cómo empezó todo esto. Ojalá pudiera comenzar de nuevo.

—¿A qué te refieres?

—A nosotros.

Desde cero otra vez. Una estrella, dos, tres...

—Hay veces que imagino —continuó él—, que te veo en el planetario y que me lanzo a preguntarte alguna tontería, bueno, nada muy idiota, quizá sobre las nebulosas para que me veas interesante. Después te pido una cita y me dices que sí.

Marina perdió de vista el Cúmulo de Hércules y el cielo al completo. Se giró hacia Will despacio, inquieta. Sin la Luna y pese al brillo incansable de los astros, la oscuridad era espesa. Los ojos de Will se dirigieron a los suyos. Tragó saliva.

—¿No es un poco presuntuoso?

—¿Es tu sueño o el mío? —Will carraspeó fingiendo molestia—. Un viernes por la tarde cenamos en algún restaurante caro del Upper East Side, paseamos, charlamos sobre el cielo, sobre nuestras familias y te explico que estoy estudiando como un loco para licenciarme en Derecho.

»Llegamos a tu curioso portal. Puede que la momia esa del perro canijo con pinta de Ewok nos pille a la entrada, puede que se marche sin despedirse y puede que nos riamos. Entonces, muy nervioso, idearé alguna forma para dar un paso hacia ti mientras buscas las llaves en tu laberíntico bolso. Chocaremos cuando me acerque y solo se me ocurrirá decirte que no estamos hechos para compartir el mismo espacio. Sonreirás. Ese será el momento. Solo tengo un segundo para aproximarme y lanzarme a besar los labios que llevo toda la noche deseando.

Marina había dejado de respirar y tuvo que inspirar profundamente para no morirse en aquel instante de asfixia.

—Ahora me encuentro en la misma situación —siguió diciendo él—, pero juega en mi contra un pasado en el que no te agrado demasiado. No sé por qué me siento tan inquieto, ¿cómo demonios me acerco a ti y te beso?

En su rostro brillaba la intranquilidad. Will había perdido su aplomo. Aquella idea infundió coraje a Marina.

—¿Así que quieres besarme?

—No sabes cuánto.

El cuerpo de Will estaba tan próximo que Marina notaba su calor atravesando su ropa, jugando con su piel. Tomó aire indecisa, contrariada. Él levantó la mano, acarició su mejilla, se detuvo en su cuello. Ya no había forma de escapar. Ella abrió los labios para decir algo, él fue más rápido, la boca de Will encontró la suya, sus manos la aferraron con resolución y Marina supo que lo llevaba anhelando demasiado tiempo, que se había estado engañando a sí misma. No había un lugar ni un momento en el que hubiera deseado estar más que con Will bajo las estrellas.

Se besaron con la duda del que lo hace por primera vez, probando al otro, con nerviosismo. Después con ganas, con apetito, con necesidad.

Si un hambre arrasadora les iba arrastrando hacia el suelo, un hambre aún más voraz se elevó entre todos los mosquitos de la zona. Puede que notaran cierto aumento de temperatura corporal, o de calor en la sangre, pero, hambrientos como nunca, se lanzaron a por la pareja.

Marina soltó un grito con el primer picotazo de aquel bicho nocturno, que más parecía un helicóptero con taladro percutor incorporado que un diminuto insecto.

—¡Vámonos! —exclamó Will tomándola de la mano y ayudándola a levantarse.

Los mosquitos se habían aliado en una especie de enjambre asesino con ganas de sangre y comenzaron a perseguirles. Marina corrió veloz agarrada a Will, riendo y gritando a partes iguales. Escaparon de la laguna y, sin disminuir la velocidad, salieron al camino.

Allí se permitieron tomar aire y buscar a sus perseguidores.

—Jamás me habían atacado de esa forma —jadeó Will apoyando sus manos en las rodillas.

El momento había volado por los aires, los nervios también. Marina no pudo evitar una sonrisa. La granja se encontraba iluminada únicamente por el pequeño farol de la entrada, quedaba cercana y sin embargo parecía haber pasado un mundo desde que habían ido a mirar las estrellas en la laguna. Avanzó hacia la casa, Will la retuvo de la mano.

—Esto no va a quedar así —dijo—. Por más que te hayas aliado con los mosquitos para fastidiar mi escena.

Las mejillas de Marina debían de estar coloradas, pero la noche resultaba la mejor de las amigas y mantenía su rostro oculto entre las sombras.

—No me esperaba esto —dijo en un susurro—. No me imaginaba que tú...

—¿Que yo tuviera pánico a los bichos o que me muriese de ganas de besarte?

—Ninguna de las dos.

—Dormir junto a ti lleva mucho tiempo siendo un auténtico suplicio —tiró de ella hasta alcanzar con sus manos su cintura.

—¿Y Bianca?

—Es una buena amiga —los dedos de Will juguetearon por la espalda de Marina—. Nos dimos cuenta rápido de que nada era igual que cuando teníamos quince años y me expuso antes que nadie una evidencia que yo no quería escuchar. Dijo que la chica por la que realmente sentía algo compartía, irónicamente, mi cama.

—¿Por qué ahora, Will? He comenzado a olvidar, a separarme de los sentimientos que no deben darse, de aquellos que no me vienen bien —Marina se soltó de él y caminó hacia la casa. Aquello parecía irreal. ¿Sería una especie de sueño malévolo del que se despertaría con Will roncando a su lado?

—No estaba seguro de que te gustara escucharlo. Si no fuera por lo que leí en tus ojos el otro día, rebozados en el barro y asustando a las gallinas, creo que no me hubiera atrevido.

—No han vuelto a poner huevos, tu madre tenía razón.

—Me da igual —avanzó hacia ella a zancadas. Marina retrocedió hasta dar con la espalda en la pared. Will la tenía acorralada, con sus brazos apoyados en las lamas de madera, a ambos lados de su cuerpo—. Lo único que me importa en este instante es qué sientes tú, pequeña científica. ¿Qué hay en tu cabeza aparte de inmensas constelaciones y nubes de gas donde nacen las estrellas?

—Has aprendido lo que es una nebulosa.

—Nunca he dejado de escucharte.

—Pero somos tan...

—¿Diferentes? —Will la mantenía cercada entre sus brazos, su cuerpo tan próximo que con la punta de nariz era capaz de rozar su garganta—. No me importa. Yo solo sé que me siento bien cuando estoy contigo. No he de fingir, no tengo que demostrar lo que no soy, soy solo el Will de Carolina del Norte.

Marina levantó despacio las manos. Apoyó las palmas en el pecho de Will, en parte para saber si soñaba y en parte para notar la calidez de su cuerpo. Su corazón latía más frenético que el de Marina. Levantó su rostro hacia el de él. La miraba nervioso, contenido. La seguridad del Will de Manhattan se había esfumado, el actor había desaparecido.

—Bésame, Will.

No pudo terminar de pronunciar la frase. La boca de su antiguo acompañante la devoró con una necesidad arrebatadora mientras sus manos recorrían su cuerpo apretándola contra la pared.

Buscaron con torpeza la cerradura para entrar en la casa. De todas las noches en el mundo Maggie había decidido que aquella era la perfecta para cerrar con llave la granja.

Will consiguió abrir la puerta. El exceso de brío la hizo golpear contra la pared con un gran estruendo. Marina no pudo evitar una risita mientras Will la empujaba con una necesidad imperiosa por el pasillo, chocando contra las paredes, avanzando a trompicones.

Llegaron al dormitorio. Allí en medio del lugar que habían compartido desde el primer día, Marina se sintió como una extraña.

—Quédate con el baño, con la cama, con Tom Sawyer, con lo que quieras —Will la miró indeciso—. Es todo tuyo.

—¿Estás intentando comprarme?

—¿Lo consigo?

Ella negó con la cabeza. La situación rozaba lo inverosímil. Will dio un paso cauteloso hacia ella.

—Para ser nuestra primera cita no ha estado nada mal —dijo a una distancia prudencial—. ¿Te gustaría cenar conmigo mañana? Conozco un sitio con un pescado fresco delicioso.

—Me encantaría.

—¿Te recojo a las siete?

Marina miró la cama con disimulo. El estómago se le había agarrotado. Había pasado tanto tiempo evitando cualquier sensación por Will y, en ese momento, le tenía a un palmo dispuesto a cualquier cosa. Inspiró profundamente. Su mente se hallaba a la deriva buscando soluciones a sensaciones indescriptibles y terriblemente desconocidas.

—Me siento aturdida, Will. Creo que necesito ir más despacio.

Él curvó los labios en una sonrisa.

—¿Piensas que soy un chico fácil? No sé qué idea tenías, pero estás muy desencaminada —dijo tranquilo—. Hay un sofá amplio en el salón. Voy a ver un rato la tele y puede que me quede dormido en él.

—Pero...

—Te aseguro que voy a descansar mejor en un sofá que teniéndote a menos de veinte centímetros de distancia en mi cama —se acercó y bajando su rostro al de ella le dio un suave beso en los labios—. Descansa, doctora. Recuerda que mañana tienes una cita.

Y cerró la puerta tras de él, dejando a Marina con el estómago hecho un nudo y con unas ganas enormes de llamar a su hermano, a Eric, a Lydia, a Tania, e incluso a los gemelos Barnard, para contárselo.

ÉL

El hombre se sentó agotado. La tarde se había presentado trabajosa y comenzaba a notar que los años no pasaban en balde.

Había estado varias horas inmóvil observando como la nueva conejita que había seleccionado se divertía con su novio. Después, la había seguido hasta la biblioteca y después a su casa. Ya tenía todo su itinerario estudiado y aprendido a la perfección. Conocía a sus amigas, a sus padres y el nombre de su mascota. Era su auténtica sombra.

Las ganas de llevar adelante su plan le corroían, pero sabía que lo importante era esperar al momento adecuado. Y ya quedaba poco para él.

Miró de reojo una de las tres pantallas que rodeaban el ordenador. Le sorprendió el mensaje que resaltaba en color rojo y parpadeaba incesante: «Posible coincidencia».

Se irguió en la silla y se acercó al teclado. Aporreó las letras con un nerviosismo interior que hacía tiempo no sentía. Rebuscó entre la larga lista de factores que había tenido el ordenador en cuenta en las últimas semanas. Todas conducían a un pequeño artículo de un periódico escolar de Carolina del Norte.

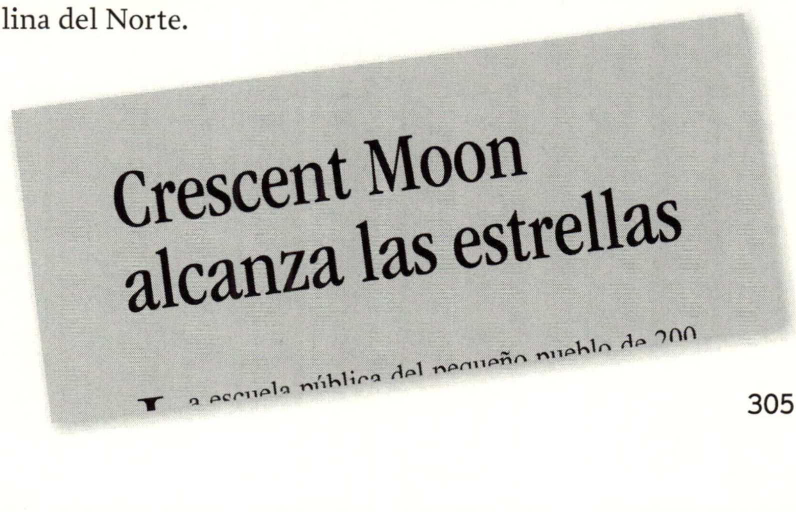
Crescent Moon alcanza las estrellas

El titular resultaba tan pueril que le dieron ganas de vomitar; sin embargo, el nerviosismo, consciente de que allí tenía la primera pista sólida, le hizo seguir leyendo:

La escuela pública del pequeño pueblo de 200 habitantes ha inaugurado un planetario creado por los propios alumnos. Se trata de una maqueta a escala y dotada de movimiento que reproduce el sistema solar. Su profesor, Noah Scott, se muestra muy satisfecho del trabajo llevado a cabo por los muchachos, que ha sido premiado ya como monumento de interés cultural por el ayuntamiento y que se presentará al concurso escolar de ciencias del Estado.

Fuentes cercanas al colegio admiten que la escuela ha contado con el asesoramiento técnico de un astrofísico de Nueva York, aunque aseguran que no ha recibido ningún pago por ello.

El hombre apoyó los codos en la mesa y descansó la barbilla encima de sus palmas. Había dos fotos en blanco y negro del planetario. Ninguna de interés. Ni siquiera le hacía falta leer el resto del manido reportaje. La había encontrado.

NOAH

Noah miró la hucha con forma de cerdo gigante en la que guardaba los ingresos por las visitas al planetario. Estaba a rebosar. Resultaba formidable ver cómo había corrido la voz, en gran parte gracias al periódico de la zona, y cómo estaba respondiendo la gente. ¡Incluso les habían venido a visitar desde los Estados vecinos! ¡Increíble!

Noah sonrió. Tenía suficiente presupuesto para llevar a los chicos a conocer el Museo de Ciencias de Greensboro en otoño. Les iba a encantar.

—¿Siempre sonríes cuando acaricias una hucha?

La sorpresa casi hizo que Noah dejara caer el preciado cerdo lleno de dinero al suelo. Bianca se encontraba en la puerta del colegio, apoyada en una de las jambas. Llevaba un pantalón ceñido que, por desgracia, le sentaba terriblemente bien.

Noah adoptó una pose más erguida, apoyó la hucha en lugar seguro y avanzó un paso hacia ella.

—Al final tus trenes nos vinieron muy bien —dijo casual, intentando que el nerviosismo no fuera palpable en su voz—. El planetario está siendo un éxito.

—¿Lo dudabas? Siempre se te dio bien todo lo que hacías, Noah. Cualquier cosa parecía fácil en tus manos. ¿Recuerdas cuando arreglaste mi bicicleta? ¿Y mi primera moto?

La intimidante presencia de Bianca se hacía más y más cercana. Noah se dio cuenta de que era él quien se aproximaba, como atraído por un imán, y se detuvo.

—¿Salimos fuera?

—Claro —ella sonrió. La mirada de Noah resbaló por sus labios y se detuvo en algún lugar entre su precioso cuello y el top de la muchacha. Bianca debió de darse cuenta del extraño comportamiento—. ¿Estás bien?

—Jesús, no, sí... —Noah se sintió terriblemente idiota y separó los ojos del cuerpo de Bianca avergonzado—. Demonios.

Todo se hacía cuesta arriba desde la fiesta en el granero de Jonas. Aquella noche Bianca y él lo habían pasado muy bien, demasiado bien. Bailaron, se rieron, compartieron recuerdos. En un momento, incluso, creyó que nada había cambiado, que podía tener una oportunidad con ella. Entonces había visto a Will regresar del porche con cara de preocupación y se fue a disculpar. Sin embargo, su hermano no estaba afligido por sus terribles bailes con Bianca y con Katie Perry. No. Will se estaba dando cuenta de algo que no quería aceptar. Se estaba enamorando de la persona menos indicada para él. El pobre tenía un lío monumental en la cabeza y en él no entraba Bianca.

La bola que se comenzaba a crear en el intestino de Noah podía haberse detenido en aquel instante; sin embargo, Bianca se había ofrecido a ayudar con el planetario. Después de aquella semana trabajando junto a ella, la bola había empeorado, había crecido alcanzando al estómago, a los riñones y a parte del bazo. Era un suplicio.

—Noah, me gustaría que habláramos —dijo ella de repente consiguiendo que Noah trastabillara con el último escalón y estuviera a punto de dar con su trasero en el suelo.

Fuera, un grupo de personas esperaba para ver el planetario. Dos niños se habían presentado como voluntarios para trabajar el fin de semana y hacían de guías a los visitantes.

—¿De qué querías charlar? —preguntó Noah tratando de parecer distendido—. Sabes que no puedo pagarte por tu ayuda.

—Ese cerdo parecía muy pesado —rio ella—. ¿Seguro que no puedo llevarme un tanto por ciento de la recaudación?

—A lo máximo a lo que puedes aspirar es a una cena en mi compañía.

—Creo que sería un pago justo.

Noah volvió a tropezar, se asió a la barandilla y estuvo a punto de arrancar la hermosa y vieja balaustrada de cuajo. Las palabras de Bianca resonaban en su cabeza como las campanas de una iglesia.

—Perdone —un hombre mayor, encorvado sobre un bastón trataba de llamar la atención de Noah—, ¿es usted el hijo de Henry Scott? Tiene sus mismos ojos.

—Sí, soy yo —contestó Noah colocando la barandilla en su sitio y tratando de no perder la compostura.

—Fuimos amigos hace milenios —continuó el anciano—. ¿Me podría decir dónde vive para hacerle una visita? Me encantaría enseñarle a mi familia.

—Por supuesto. ¿Ve aquella granja al otro lado de los campos de tabaco? Esa es la de mis padres.

—Muchas gracias, hijo —el hombre se alejó cojeando a reunirse con el grupo que accedía al planetario.

Noah se acercó por fin a Bianca.

—¿Me has dicho que sí a la cena?

—Eso parece —ella comenzó a pasear despreocupada. Su cabello brillaba en tonos dorados bajo la luz del sol. Noah la siguió desconcertado.

—¿Y qué es lo que querías contarme antes de que nos interrumpieran?

Bianca se detuvo junto a la verja en la que había atado a su yegua. Acarició al precioso animal y levantó la vista hacia las altas copas de los árboles del jardín.

—No estamos juntos.

—Ahora sí.

—Me refiero a Will y a mí, tonto —las comisuras de sus labios color fresa hicieron un amago de sonrisa—. Todo fue una ilusión, un espejismo. He pensado durante mucho tiempo que mis mejores recuerdos de la juventud son los que pasé con Will. Estaba equivocada. Son los que viví contigo. Ocupaste mi cabeza y mi... corazón hasta que apareció él y tú decidiste olvidarme.

—Yo no... —comenzó a decir Noah. Bianca le calló apoyando el dedo índice en sus labios.

—No te estoy culpando. Simplemente fue lo que sentí en aquel entonces. Ahora veo las cosas de otra forma, entiendo mejor las situaciones —separó su dedo de Noah y suspiró—. Solo quería que lo supieras.

—He sido un tremendo idiota.

—No más que yo.

Se quedaron en silencio, sus miradas se hallaron furtivas. La calma se adueñó del bosque. Noah carraspeó. Tenía treinta años y pocas ganas de perder más el tiempo. Ya era hora de arriesgarse.

—¿Sigue en pie la cena? —preguntó acercándose.

—Mas te vale —Bianca dio un paso hacia él y posó sus labios en su mejilla—. Anoche vi una estrella fugaz y le pedí un deseo. Creo que comienza a cumplirse.

Se separó acompañada de un movimiento perfecto de su larga melena rubia y montando con agilidad en su yegua, se alejó a toda velocidad.

El restaurante Boro estaba situado en una plataforma del puerto, junto a los barcos amarrados del pueblo de Swansboro. El marisco era excepcional y Marina se chupaba los dedos con olor a gamba, mientras contemplaba las vistas del río a un palmo de distancia de su mesa. El anochecer teñía el cielo de naranja mientras las pequeñas lámparas del muelle se encendían paulatinamente.

—Esto está de muerte —dijo Marina levantando la vista hacia Will, que mordisqueaba una mazorca de maíz a un ritmo trepidante.

—Más vale que pasemos del postre —añadió él, limpiándose los dedos con la servilleta—. Le he tenido que pedir dinero a mi padre y no es que haya sido muy generoso.

Marina soltó una carcajada.

—Me abstendré de probar la tarta entonces —estiró despacio la mano y la situó encima de la que Will mantenía sobre el mantel de papel. Él la miró con una mueca pícara.

—¿Tu mente científica ha encontrado una conexión entre la palabra postre y yo? ¿Me debo sentir un hombre objeto?

—¡Ah, no! —Marina había adquirido el mismo tono rojo que los cangrejos que se habían comido primero y de los que solo quedaban algunas pinzas—. Era una simple muestra de afecto. Has dormido retorcido en un sofá y tu madre te ha castigado sin desayuno porque ha pensado que te habías portado mal conmigo.

—Ya. Me ha dicho que si estaba en el salón era porque me lo merecía.

—Una mujer lista.

Will entrelazó sus dedos con los de Marina y desplazó su interés al río. La brisa mecía su cabello despeinado, su perfil marcado y anguloso resultaba demasiado atractivo para Marina. Los recuerdos de la noche anterior se hicieron muy vivos e inspiró hondo. Aún sentía mariposas en el estómago cuando pensaba en el cuerpo de Will pegado al suyo, en su boca ardiente, en la urgencia, la necesidad. Tomó aire de nuevo. Aquella mañana se habían visto lo justo. Henry quería que le acompañara a la ciudad a comprar y Will se quedó estudiando. Ni siquiera tuvo la oportunidad de regresar a la escuela y ayudar con las visitas al ya famoso planetario de Crescent Moon.

Y hacía apenas una hora, volvía a estar con el Will que la había besado la noche anterior como si no hubiera cenado ni comido ni desayunado en los dos días anteriores. ¿Todo seguía igual o había constituido algún tipo de hechizo momentáneo que el planetario escolar prodigaba a sus visitantes?

Después de cenar, dieron un paseo por los muelles con la brisa húmeda y ligeramente salina que se colaba al río desde el cercano Atlántico. Will pasó su brazo por encima de los hombros de Marina y la atrajo hacia él mientras caminaban. Un cantante solitario abrazado a su guitarra bajo una farola entonaba una canción de Ed Sheeran y Marina sintió, por primera vez, que la letra iba dirigida a ella, como un extraño mensaje secreto.

> ♫♪♩ *Cuando me vaya recordaré*
> *como me besaste debajo*
> *de la farola de la calle Sexta...* ♫♪♩

Marina echó un vistazo al cartel que señalizaba la calle. Era la Sexta. Paró en seco y poniéndose de puntillas besó al sorprendido Will.

—No me quiero ir —le dijo—. No quiero regresar a Manhattan. Sé que entonces, todo esto desparecerá. Lo que ha pasado en Carolina no tiene cabida allí. Es un sueño y no quiero despertar.

Will sonrió con una ternura inusitada y la abrazó contra él.

—Volvamos a casa —susurró contra su pelo—. Mi vida cambió en un instante y, probablemente, lo hará de nuevo dentro de poco. Pero, ¿sabes? Esta vez estoy preparado para todo, porque... te tengo a mi lado.

Marina, impresionada, intentó levantar la vista y él la aprisionó bajó su brazo para evitarlo.

—No digas nada —la amenazó—. El marisco me produce una reacción alérgica parecida al romanticismo más decadente.

—Deberíamos patentarlo junto al brebaje diabólico del granero de tu hermano Jonas. Te hace decir cosas encantadoras.

Regresaron hacia Crescent Moon, la Luna nueva había desaparecido del oscuro firmamento de Carolina. Con las ventanillas abiertas, el olor del campo invadía el vehículo, la calma resultaba placentera. Marina se estiró en el asiento observando de reojo los paisajes que algún día dejaría atrás y el rostro grave de su acompañante.

Puede que ambos pensaran lo mismo. Inspiró profundamente dispuesta a no dejar escapar un minuto más pensando en lo que era o no correcto. Debía vivir el momento porque no sabía si algún día volvería a ocurrir . Y el momento era aquel.

Llegaron a la granja y Will aparcó el silencioso vehículo delante de la casa. El ruido de la grava bajo sus zapatos sonó como un eco ya familiar.

—Ven —dijo Marina y tomó la mano de Will.

Él la siguió desconcertado. Su rostro, generalmente seguro de sí mismo, sereno, acostumbrado a tener todo bajo control, mostraba sorpresa.

Le condujo al granero. La veleta, con su bruja encaramada en la punta, permanecía inmóvil viéndolos pasar. La enorme puerta se abrió con un chirrido, la lejana luz de las estrellas se coló en la oscuridad del edificio.

Marina pasó junto a las dos moles de los tractores y se detuvo para alzar la vista hacia el techo, tan lejano como siniestro.

—Es un edificio espectacular.

—Bueno... es solo un granero —Will echó una ojeada a su alrededor.

—Me lo enseñaste el primer día que llegamos —Marina reanudó su marcha, hacia una de las paredes laterales. Se detuvo junto a una escalera escuálida que subía hacia algún lugar indeterminado—. ¿Has traído a muchas chicas aquí?

—¿Me estás preguntando si me llevo a mis ligues a un granero destartalado con intenciones deshonrosas? —sonrió con picardía—. Señorita, tengo mejor gusto.

—Bien —Marina asió con fuerza la escalera y comenzó a trepar por ella—, entonces sígueme.

—No subo ahí desde que tenía diez años y quería esconderme de mis hermanos.

—Vamos, miedica.

No resultaba tan fácil ascender por los endebles tablones que hacían las veces de peldaños. Crujían y se retorcían como si fueran a quebrarse en cualquier momento.

—Te veo la ropa interior —murmuró Will desde abajo.

—Imposible. Apenas se distingue algo a un palmo de distancia.

—Pues entonces tengo rayos X en los ojos. Podría jurar que tus bragas llevan flores blancas muy, muy pequeñas.

Marina apretó el paso maldiciendo entre dientes. Solo quedaba un escaso trecho hasta la segunda plataforma, que se elevaba sobre el suelo a una altura escalofriante.

—Vaya —musitó al llegar y contemplar lo alto que habían subido. El suelo era apenas perceptible por la silueta de los tractores muchos metros más abajo. Se sentó con las piernas temblando por el esfuerzo y por la inquietante sensación de vértigo—. Impresionante.

Will se tiró a su lado exhausto. Marina apoyó la cabeza en su hombro manteniendo la vista fija en las vigas del techo, más cercanas ahora.

—Hace mucho calor, ¿no? —susurró él—. No sé si se debe al esfuerzo de la subida, al granero o a que estás demasiado cerca de mí.

Will pasó la mano por la espalda de Marina, sus dedos bailaron sobre su hombro y se deslizaron por el brazo. Marina sintió como su piel se erizaba. Desde su posición veía el mentón fuerte de Will, sus labios entreabiertos se le antojaban demasiado deseables.

—No pienso apartarme.

—Ni voy a dejar que lo hagas —dijo él con su mano aprisionando la cintura de Marina.

—¿No te parece un lugar fascinante?

—¿Un granero viejo y destartalado?

—Viejo, destartalado y lleno de historia —sonrió ella.

—Y de paja y de ratones.

—Piensa que en este sitio y con toda seguridad, tus antepasados vinieron a estar a solas.

Will la observó detenidamente. Con su mano libre separó los mechones que ocultaban su rostro y se los colocó tras la oreja. Marina dio un respingo involuntario. La piel de Will era tan cálida como su aliento.

—¿Me has traído a un granero para intimar conmigo? —preguntó en un susurro. Sus palabras resbalaron por la mejilla de Marina haciéndole cosquillas.

—¿Qué otra cosa puedo hacer? Tu casa tiene las paredes de papel.

Los dedos que ceñían la cintura de Marina se aferraron con más fuerza, su otra mano acarició su mejilla. Ella elevó la mirada hacia Will. No era más que una silueta desdibujada, pero tremendamente atrayente.

—La pequeña astrofísica me está haciendo proposiciones deshonestas.

Marina esbozó una sonrisa y se acercó más a él. Sus rostros a la misma altura, tan próximos que pudo distinguir cada una de las facciones de Will a la perfección. Sus ojos azules, en ese momento oscuros como el carbón, no pestañeaban expectantes, su boca cercana, demasiado irresistible.

—Me gustas, Will —susurró sin poder apartar la vista de sus labios.

—Mmm, suelo provocar ese sentimiento —su voz era también un murmullo. La agarró de la camiseta para acercar así su cuerpo al suyo, sentándola a horcajadas encima de sus piernas—. Pero tengo que confesarte que jamás me ha pasado al revés y menos con tal intensidad.

—¿Entiendo que yo también te atraigo?

—¿Que me atraes? Te quedas corta —sus manos se enroscaron en su coleta—. Alguien me dijo que el Sol atrae a todos los planetas y los pone a circular alrededor como idiotas. Pues eso haces tú conmigo.

—¿Ejerzo sobre ti la Ley de la Gravitación Universal?

—Entre otras —posó sus labios sobre los de ella. Un segundo, quizás una hora.

Pese a la amplitud del espacio, su entorno se había convertido en una burbuja densa donde hervía la atmósfera. Marina se separó ligeramente para tomar aire.

—Prométeme —musitó ella con una sonrisa—, que esta vez no me cobrarás ni un dólar.

—Esta vez te pagaré yo lo que me pidas. ¿Sabes que tenerte encima y no comenzar a desnudarte me está poniendo muy nervioso?

Ella rio.

—Me parece que mi disciplinado e inquebrantable acompañante se está descontrolando.

—No lo sabes tú bien —tiró de ella hasta pegarla completamente a su cuerpo, sus bocas se fundieron, sus manos se aferraron a su espalda.

El granero se llenó de respiraciones entrecortadas, de murmullos y ecos acallados, mientras las estrellas bañaban toda la granja de una luz azul y titilante, que la dotaba de aún más magia.

ÉL

Había sido demasiado fácil.

Él no contaba con llegar a aquel pueblucho y descubrir el paradero de la chica calabaza en tan poco tiempo. El profesor de escuela estaba tan ocupado con la rubia que no prestó atención a un anciano arrugado que supuestamente venía con una familia, que no era la suya, a visitar el planetario.

Con los datos del profesor exploró todas las redes sociales hasta encontrar un pueril blog del colegio con fotos que no le llevaron a ninguna parte. La astrónoma esta vez había sabido ocultarse de las cámaras. Su ordenador buscaba conexiones a una velocidad de vértigo. Localizó a otro hermano más proclive a Instagram, Jonas Scott, que tenía un triste granero para celebraciones. Entre los archivos privados topó con una foto antigua de la familia, al menos tendría diez años, pero el rastreador facial saltó con una de las caras. Will. El dentista. Con toda la información disponible buceó en la vida del que ahora se presentaba como estudiante de Derecho en Columbia. Su padre, Henry Scott, tenía una granja en aquel pueblucho, la dirección no figuraba. Aquello no le amilanó. Preparó lo necesario y partió en su busca.

Había sido muy fácil.

Sin embargo, la visión de la rubia le había trastocado. Ni siquiera la conejita que le esperaba en Nueva York resultaba tan apetecible como ella. Aquella mujer era sublime, delicada y a la vez poderosa.

En cuanto pudo escaparse de la escuela, condujo con precaución siguiendo al caballo y a su amazona hasta su casa. El hombre se encontró parado ante las puertas como en sus inicios, como un vulgar fisgón de pacotilla. Y aquello no era lo que había venido a hacer.

Se forzó a sí mismo a serenarse y a pensar con la claridad que le acompañaba y que le había mantenido oculto y a salvo los últimos treinta años. Abandonó las cercanías de aquella mansión con la idea de regresar a por la rubia cuando hubiera ejecutado su misión. No antes.

Los alrededores de la granja Scott olían a animal y a excrementos. Era un aroma sumamente desagradable que le acompañó durante más de diez horas mientras preparaba su objetivo.

Estudió los movimientos de los ocupantes de la casa y observó con complacencia cómo la chica calabaza hacía su aparición con el hombre gordo al principio y con el abogado horas después.

La pareja abandonó la granja. El hombre se mantuvo expectante. Cuando regresaran, se llevarían una auténtica y terrorífica sorpresa.

NO VOLVERÁS A SONREÍR

—Voy a por algo de beber.

Will se separó con pereza de Marina y se vistió a trompicones. Si no fuera porque el granero había alcanzado una temperatura parecida a la de un invernadero de plantas tropicales, no se le hubiera ocurrido alejarse a más de un palmo de ella.

—¿Puedes traer un bollo de canela de tu madre? —preguntó Marina con hambre de nuevo y con una sonrisa perenne en el rostro que se resistía a desaparecer.

—Claro. No te muevas de aquí, ¿eh? —le dio un beso suave en los labios y comenzó a descender por la endeble escalerilla.

—Palabra —Marina se estiró en el incómodo suelo de ásperos tablones de madera y buscó su ropa, sumida en la tenue oscuridad a la que sus ojos ya se habían acostumbrado.

Escuchó el golpe de los zapatos de Will al tocar el suelo y sus pasos al alejarse del granero. Reclinó su espalda hasta apoyarla en la pared observando a su alrededor. El calor había ido en aumento desde que entraron allí y se había acumulado bajo el techo, creando un microclima tórrido, muy parecido seguramente al del planeta Mercurio en verano.

Si dejaba vagar la mente, la cabeza de Marina se deleitaba en cada detalle desde el día anterior. Se sentía dentro de uno de los libros románticos que se apilaban en su salón, entre novelas de ciencia-ficción y algún compendio astronómico, y esta vez, ella era la protagonista.

Sonrió de nuevo. ¿Podría dejar de hacerlo en algún momento? No. No pensaba. Se rehízo la coleta y se abrazó las piernas esperándole en la quietud absoluta de aquel lugar.

Los pasos de Will al regresar al granero provocaron que le diera un nuevo bote el estómago. Sonaron acompañados de un eco que trepó por las paredes rompiendo la calma.

Pareció detenerse, seguramente se debatía en cómo subir por aquella escalerilla con bollos de canela en una mano y algo de beber en la otra.

—Puedes dejar la comida abajo —dijo ella con una risita.

Will reanudó el movimiento y se asió a la escalera. Marina estiró el cuello para verle subir, pero todo lo que sucedía a partir de un par de metros más abajo era un absoluto borrón negro.

Los escuetos listones de madera de la escalerilla crujían contra el forjado bajo el peso de Will. Apenas le debía quedar una planta por subir, escuchaba su respiración ligeramente desacompasada. ¿Conseguiría hacerlo sin derramar la bebida?

Entonces, entre el roce de los tablones y el sonido de los peldaños, le pareció escuchar un grito ahogado. Más bien un gemido proveniente del exterior del granero.

«Marina.»

La columna vertebral de Marina se contrajo en un súbito latigazo. Era la voz de Will. Y no se encontraba subiendo por aquella escalerilla.

Retrocedió por el suelo con el corazón desbocado. Su mente se esforzaba en buscar una explicación coherente, pero estaba bloqueada, sus sentidos se hallaban desbordados.

Se escurrió por los tablones, cayó de rodillas, reculó arrastrándose, alejándose de donde una figura comenzaba a tomar forma en el altillo.

Alcanzó el otro extremo del granero. Su espalda chocó contra la pared contraria. Les separaban una decena de metros, quizás más. Los ojos de Marina intentaban desenmascarar la oscuridad, buscar a la sombra que había irrumpido en su lugar seguro. El suelo vibró bajo ella. Él se acercaba.

Marina se escondió tras un bulto tapado por una lona. Por un segundo distinguió a la figura. No era tan alto como Will y sostenía algo en una de sus manos. Sin embargo, lo que consiguió que la respiración jadeante de Marina se paralizara, fue el olor a tierra húmeda que le acompañaba. Sus recuerdos regresaron, sintió la opresión en el pecho, la sensación claustrofóbica, el encierro. Él estaba allí. La había encontrado.

Su pulso se aceleró y le entraron náuseas. Tenía las extremidades agarrotadas y se creía incapaz de moverse, de huir.

—Ahí estás.

Aquella voz era dulce y a la vez temible. Los oídos de Marina pitaron, se llevó las manos a las orejas y trató de calmarse, de pensar. Miró hacia la derecha, el suelo continuaba hasta ocultarse en las tinieblas. Le pareció distinguir otra escalera. Sin ninguna otra opción, se escabulló entre los bultos que alguna vez se acumularon en aquel piso, oculta por las sombras, rogando para no ser descubierta antes de alcanzar su objetivo.

El hombre no necesitaba esconderse. Caminaba con confianza, apartando los cachivaches que se encontraba a su paso con una fuerza inusitada.

Los pies descalzos de Marina resbalaron en el borde del forjado, ahogó un grito a punto de precipitarse desde los más de diez metros de altura. El hombre rio entre dientes consciente de su localización.

Marina alcanzó la escalera, sus pies trastabillaron en las diminutas tablillas que hacían de escalones. Patinó en el primero, bajó varios de golpe. Las astillas de madera se clavaron en sus palmas, recobró el equilibrio, descendió volando, jadeando. Alcanzó el siguiente rellano, quedaban poco más de tres metros hasta el suelo, del que solo veía un pozo negro.

La escalerilla tembló bajo sus manos, crujió y de pronto, se ladeó. Se dio cuenta de que se precipitaba al vacío cuando ya estaba cayendo y no podía agarrarse a ningún sitio.

El hombre había separado la escalera de sus anclajes y observaba desde la altura la caída de Marina con una mueca escalofriante en su cara.

La espalda de Marina golpeó contra el suelo con un fuerte impacto, se quedó sin respiración, su cabeza crujió, la oscuridad se volvió más densa a su alrededor.

Sus ojos comenzaron a cerrarse , luchó contra la somnolencia. El dolor que recorría su columna la forzaba a mantenerse despierta. Escuchó lejanos los pasos de su atacante. Trató de moverse, las piernas no le respondieron.

La agarraron del pelo y la arrancaron de debajo de la escalera. Intentó zafarse mas no podía levantar los brazos. Emitió un gemido que a sus oídos llegó lejano, como en un sueño.

Sus codos arañaron el suelo. El hombre continuó arrastrándola, traspasaron la gran puerta del granero. El aire fresco de la noche se coló en los pulmones de Marina recordándole dónde se encontraba. Dejó de moverse mientras él tiraba de ella hacia el bosque.

La soltó junto a un montículo de tierra. Marina se removió en el sitio, giró hacia la derecha. A su lado, habían cavado un hoyo.

—Sí, conejita. Ahí vas a acabar —el hombre se agachó a su altura. Su aliento barrió su cara.

La voz resultó tan familiar a Marina que se percató de que la había acompañado en cada una de sus pesadillas sin saberlo, al acecho como oculta en su cabeza, hubiese esperado a encontrarla de nuevo.

—Pero esta vez será más divertido —tomó la cabeza de Marina entre sus manos y la golpeó contra el suelo. La imagen se desvaneció de su vista, el dolor emergió como un volcán y notó un líquido espeso mojar su cuello—. No estarás sola.

Marina se forzó en mirar. El bosque era un borrón de troncos difusos, movió la cabeza con sufrimiento, consciente de lo que iba a encontrar. Junto al montón de tierra excavada, se encontraba el cuerpo de Will.

Gimió y se giró hacia él, estiró la mano para alcanzarle con sus dedos. El hombre levantó la pierna y dio una patada fuerte en el costado de Marina que la hizo arquearse. Chilló retorciéndose. Las lágrimas de desesperación, de terror, surcaban su cara. Haciendo caso omiso de las punzadas de fuego que quemaban su cuerpo, se arrastró hacia Will.

El hombre se mantuvo de brazos cruzados, mientras ella conseguía alcanzar a Will y reptaba a su lado. Los ojos del muchacho estaban abiertos, fijos en un punto lejano del oscuro cielo que se cernía sobre ellos.

—Will, por favor —murmuró ella tomando su cara entre sus palmas ensangrentadas.

—Está vivo —el hombre continuaba observándoles a cierta distancia. Parecía disfrutar—. Le he inyectado un paralizante muscular. Puede verte, te oye, pero no puede ayudarte. Me imagino que ahora mismo debe de sentirse bastante frustrado.

—Eres un monstruo —Marina levantó la cabeza del suelo con gran dificultad. Miró el rostro del asesino y no lo reconoció. Era un rostro corriente. Unos ojos pequeños y oscuros, unas cejas pobladas y una calva incipiente. Un cuerpo ancho y fuerte.

—Seguramente lo soy. Ahora quiero que te metas en ese agujero tan hondo que he cavado para ti.

Marina negó con la cabeza despacio, rechazando una verdad que no quería escuchar.

El hombre se acercó directo, sin dudar. La cogió por su coleta y la arrastró por el suelo. Marina se revolvió, se asió de las manos del hombre, le clavó las uñas y tiró, consciente de que arrancaba parte de su piel con ellas. Él gritó y le propinó otra patada, esta vez alcanzó su cara. Un crujido inundó la cabeza de Marina, la oscuridad la invadió. Notó el movimiento de su cuerpo, se notó caer.

Se estampó contra un terreno húmedo y frío, sus dedos tocaron el barro, su memoria se transportó al pasado. Abrió los ojos. A lo lejos, muy a lo lejos, veía un cielo plagado de estrellas. La tierra comenzó a caer sobre ella. El polvo la invadió. Tosió, tragando arena. Se agarró a una raíz que sobresalía, trató de incorporarse. El foso era profundo. Se puso de rodillas, su mente se nublaba, la tierra continuaba cayendo como el granizo en el invierno de Manhattan.

—Marina.

Era Will. Marina se puso en pie, sus rodillas temblaron, pero la sujetaron. Apretó un pedrusco en la mano hasta que le dolieron los nudillos. En cuanto la pala cargada se acercó para volcar más tierra, Marina se agarró a ella y tiró. El hombre se desestabilizó sorprendido, aunque recuperó la compostura con rapidez. Antes de que ella consiguiera salir a rastras del agujero, la golpeó con la pala. Marina soportó el impacto y aprovechó para rodar fuera del foso y caer junto a Will.

Él estaba recuperando la movilidad, sus ojos se encontraron.

—Huye —musitó él con dificultad.

—No. No voy a dejarte.

—Qué emotivo —el hombre se encontraba a un paso de distancia.

Mantenía la pala en una mano, en la otra ceñía un puñal. Se agachó junto a ellos y en un rápido movimiento, hundió el cuchillo en la pierna de Will. La sangre comenzó a brotar con fuerza, empapando el pantalón, mojando la tierra.

—La arteria femoral —murmuró con una sonrisa—. Le quedan unos minutos si no le arrancas la hoja.

La mirada que Will mantenía en la de Marina se enturbió, el dolor debía de ser inmenso, pero apenas podía demostrarlo. Su frente se perló de sudor y su rostro se tornó ceniciento. Algo en el interior de Marina se desgarraba por momentos. Sus rodillas rociadas de la sangre de Will le recordaban la magnitud de la pesadilla, su terror comenzó a mutar, a convertirse en odio, en aversión. La roca se mantenía sepultada en su puño. El hombre se reía a su lado, consciente de su supremacía. Le miró un segundo, después a Will. Entonces con toda la fuerza que almacenaba su maltrecho cuerpo, levantó el brazo y arremetió su puño contra la mandíbula del hombre.

El golpe le desequilibró. Cayó hacia atrás, perdiendo la posesión de la pala. Consciente de que con aquel golpe se había roto algún dedo e incapaz de sentir más dolor, Marina se hizo con la pesada herramienta.

El hombre comenzaba a recuperarse, su boca sangraba y su sonrisa adquiría mayor dramatismo su sonrisa.

Marina izó la pala, el peso trastocó su equilibrio mas se mantuvo estoica sobre sus pies desnudos, en carne viva. La dejó caer con toda su fuerza sobre la cabeza del hombre. Él consiguió evitarla y recibió el impacto en la espalda. La pala crujió. Marina volvió a levantarla. Esta vez consiguió golpearle en el cráneo. El hombre se estampó contra el suelo. Se quedó inerte.

El corazón de Marina le urgía a moverse, a buscar ayuda. Echó un último vistazo a Will. «Huye», volvió a leer en sus labios pálidos como la plata.

Entonces corrió. Sus pies se pusieron en movimiento, su anatomía crepitó dolorida, los huesos le respondieron. Pasó el granero, las cuadras y los cercados, cruzó por las puertas abiertas del establo. Las vacas mugieron reconociéndola, esperando su heno.

Corrió sorteando los fardos de paja, tropezando con los irregulares tablones del suelo. Llegó al otro lado. La puerta abierta le mostraba la casa a poca distancia. La luz sobre la puerta, las ventanas blancas, la pequeña chimenea. Todo tan familiar, todo tan cercano.

No vio al hombre hasta que lo tuvo encima. El golpe que recibió en el pecho le quitó el aire y el habla. Tosió atragantándose, incapaz de respirar. Cayó hacia atrás. Él se abalanzó sobre ella. Su cuchillo bañado de la sangre de Will estaba en su mano. Aquello significaba que su acompañante, su amigo, la persona a la que más quería en aquellos momentos, se desangraba por segundos. El sufrimiento la embargó hasta no darle opción al raciocinio. Se hundió en la pérdida, en la desesperanza. Lloró con frustración.

—¿Sabes? Ya me he ocupado de los entrañables granjeros. Y después, después voy a hacer una visita a una conejita rubia que conocí en el colegio —el hombre dibujó una especie de mueca en sus labios mostrando un par de dientes colgando—. No te queda nadie, chica calabaza. Dejarte con vida será más enloquecedor que matarte.

El horror invadía a Marina. Estaba paralizada como en uno de sus horribles sueños. El hombre se sentó sobre ella, aplastándola contra aquel suelo sobre el que había cargado fardos y fardos cada mañana. Intentó respirar, el peso del hombre se lo impedía, también las costillas que debía de tener rotas.

El momento perfecto para atacar es cuando el otro se siente invencible. Las palabras de Will llegaron a su cabeza acompañadas de todos los recuerdos de la gente que la había acogido, que le habían dado su cariño. Cerró los ojos evitando las lágrimas, tratando de recuperar el aliento.

—Hasta nunca, calabacita.

No hubo espacio para pensar, el instinto afloró. Cuando él se inclinó para apuñalarla, liberó la fuerza sobre las piernas de Marina. Ella se movió, consiguió girarse, tirarle a un lado. Le pateó el estómago y corrió hacia uno de los fardos. Debajo estaba el regalo de Maggie. Marina levantó el pesado objeto. El hombre comenzaba a incorporarse, Marina se acercó. En sus ojos leía furia y un horror anciano. Inspiró y soltó con toda su fuerza el bidón de la ordeñadora encima de la cabeza del asesino.

—Apártate, Marina —una voz rugió a su espalda. Se tambaleó mareada, sin entender. Iron Wilkinson apareció como un rayo a su lado y se abalanzó sobre el hombre.

El asesino, el autor de cada una de sus pesadillas estaba inconsciente, el acero inoxidable de la ordeñadora se encontraba salpicado con su sangre.

—Will —murmuró Marina a punto de desfallecer—, se está muriendo.

No conseguía articular palabras, luchó contra su ineficacia y hablar al inspector.

—No le deje solo —logró añadir antes de caer en la oscuridad viscosa y serena que parecía preceder a la muerte.

NUEVA YORK

La cúpula oscura comenzó a mostrar una imagen de la Tierra acercándose, mientras la cámara parecía rozar los planetas a su paso, recorriendo los anillos de Saturno, cruzando el cinturón de asteroides. Las imágenes eran realmente espectaculares. Los visitantes contenían la respiración en sus asientos inclinados contemplando la inmensidad que les rodeaba. Se sentían pulgas bajo la cúpula celeste.

Marina se apoyó en la pared mientras observaba a la gente sumida en el silencio. Aún no toleraba bien la oscuridad y prefería colocarse junto a la puerta de emergencia en las visitas guiadas.

Le quedaba mucho camino por delante para dejar de lado las pesadillas, los recuerdos y, sobre todo, la culpabilidad.

Habían pasado casi dos meses desde que el asesino real del laboratorio destrozó su lugar seguro en Crescent Moon y arrasó su vida. De aquella noche, la memoria reproducía situaciones inconexas, muchas de las cuales no se dieron, otras, demasiadas, sí lo hicieron.

Marina se frotó los brazos con un súbito escalofrío. Una sonda espacial volaba por la inmensa pantalla. La voz del narrador era profunda, embriagadora; sin embargo, esta vez no consiguió arrancarla de sus pensamientos y transportarla a las galaxias lejanas.

Las sensaciones eran demasiado reales, el dolor seguía siendo profundo, indigerible. Estiró la mano derecha y la observó al contraluz de las diminutas luces de emergencia que señalizaban los pasillos de la sala. Se había roto tres falanges y dos metacarpos. Las costillas habían sufrido la peor parte, se había fracturado cinco en varios lugares con tan mala suerte que una había perforado el pulmón. Al hospital llegó hecha un saco de huesos rotos y con tantas contusiones que no había visto su piel sin cardenales hasta hacía apenas una semana. Pero aquel dolor era terrenal, la hacía sentirse en cierta medida viva. El peor dolor iba por dentro, en el alma.

Will fue llevado a otro hospital a otra ciudad. Su vida peligró durante horas, después durante días. Marina se encontró rezando al Dios de Will, se encontró hablándole de tú a tú, pidiendo por su mejoría, llorando al no sentirse escuchada.

Al día siguiente de su ingreso, vio a Maggie y a Henry a través de una cristalera. Apenas podía abrir los párpados con los golpes que había recibido su cara, pero vio sus semblantes. No encontró cariño en ellos. El asesino les había dormido, no habían sufrido daño, pero su hijo se debatía entre la vida y la muerte por una extraña que se ocultó en su casa, trayendo la muerte con ella.

Marina no pudo hablarles en los días posteriores, no quiso hacerlo, no podía. ¿Por dónde comenzaría a disculparse? ¿Cómo le perdonarían las mentiras, cómo sobrevivirían a la muerte de su hijo?

En menos de dos semanas le daban el alta. Iron Wilkinson había permanecido a su lado noche tras noche hasta que llegaron su hermano y Eric. Cuando pudo poner un pie en la calle, el mundo había dejado de ser un lugar seguro y confortable.

Solo pudo contemplar a Will un breve momento, mientras aquel cuerpo fuerte, arrogante y atractivo trataba de ganar una batalla conectado a mil tubos. El sufrimiento al mirarle la dejó sin aire, la hizo caer de rodillas delante del cristal mientras su hermano se esforzaba por levantarla, por hacerla caminar.

Su vida se resquebrajaba mientras la del asesino se recomponía. Se llamaba Joseph Clark. Era físico. Había estado casado y había tenido hijos. Un grupo de animadoras de instituto borrachas impactó su coche contra el de su familia. No sobrevivió ninguno. Su historia era terrible, pero no lo suficiente para perturbar un cerebro que ya lo estaba. Joseph había matado antes de casarse y lo continuó haciendo después. Ahora ya no podría. Jamás saldría de la cárcel. Era un asesino en serie.

Sin embargo, había dejado un último regalo para la policía. Dos secuestros. Joseph se fue a Crescent Moon abandonando a su suerte a una muchacha en su casa, sin comida, encerrada en un armario, Megan sobrevivió. A Kate no la encontraron.

Marina regresó a Nueva York por decisión del inspector Wilkinson. Tuvo que hablar con la muchacha, meterse en su pellejo, ayudarla a recordar el calvario que sufrió para el que nadie está preparado. Megan había decidido olvidar. Regresar a los días de secuestro no fue fácil. Entre las dos hallaron el camino. Por desgracia, Kate no tuvo tanta suerte. Había fallecido muchos días atrás y se encontraba enterrada en aquel jardín.

Mientras se llevaban a cabo las investigaciones, mientras trataban de atribuir al asesino todos los crímenes que realmente cometió, Marina encontró una vía de escape regresando al Planetario Hayden, volviendo a su laboratorio, a sus compañeros, retornando a una normalidad que jamás sería igual.

Sabía de Will por el inspector. Sabía que había despertado, sabía que había comenzado a caminar. Se lo imaginaba abrazado a su familia. Volvía a ver los rostros de Maggie, de Henry, de los hermanos Scott y de Bianca y deseó tenerlos alrededor.

Pasados dos meses tenía un teléfono al que podría llamar, tenía una línea directa con Will y no se sentía capaz de marcar el número y escuchar su voz. Le había abandonado. En dos ocasiones. Había hecho sufrir a sus padres, los había llevado al extremo.

Tardó dos días enteros en redactar una carta para la que había sido su familia en el exilio. Les agradeció su cariño, su ayuda y, también, les pidió disculpas con todas las palabras que encontró. Repitió la carta en tres ocasiones debido a las lágrimas que se escapaban sin cesar y que empapaban una y otra vez el papel. Nunca recibió una respuesta.

Ahora ella solo quería desaparecer de sus vidas, quería ser olvidada.

Las luces se encendieron paulatinamente, la sesión de cine había terminado. El origen del universo ya no tenía secretos para los asistentes. Salieron de la sala abovedada y continuaron el recorrido, deteniéndose en cada pieza, explicando cada nimiedad.

Regresaron al hall principal, los meteoritos les rodeaban inmensos y destructivos. Nadie podía verlos allí como bellas estrellas fugaces. Marina se situó junto al llamado Ahnighito, un ejemplar de hierro de 34 toneladas, el mayor meteorito exhibido en ningún museo.

—Este es nuestro pequeño bebé —dijo Marina haciendo que los visitantes rieran—. Formaba parte de un gran meteorito conocido como Cape York de más de 200 toneladas que, gracias a Dios, se quebró al entrar en contacto con nuestra atmósfera, hace unos diez mil años. Acercaos a tocarlo, estáis acariciando un objeto tan viejo como nuestro Sol. Un pequeñín de más de cuatro mil millones de años.

»Y ahora sí que ha acabado nuestra visita al Planetario Hayden. Por fin podéis libraros de mí e ir a visitar la tienda de recuerdos o —Marina se giró hacia unos niños que habían seguido su explicación con absoluta atención—, continuar estudiando para llegar a conocer, algún día, todos los secretos de este universo y de los que le rodean. ¿Alguna pregunta?

Una adolescente, que venía junto a un jovencito en la que parecía su primera y bien escogida cita, levantó la mano.

—Marina, tenemos una duda —dijo—. Mi... chico cree que los anillos de Saturno son aros metálicos. ¿Es cierto?

—Por desgracia no —contestó Marina con un amago de sonrisa—. Están formados de polvo y rocas. No son tan bonitos de cerca como las imágenes de las que disponemos, pero no por ello dejan de ser impresionantes.

—¿Y la Luna? —preguntó alguien más lejano—. ¿Es también un mito que esté hecha de queso?

La gente se rio. El corazón de Marina se detuvo. Estiró el cuello para ver quién había dicho aquellas palabras, pero sus rodillas a punto de doblarse, conocían la respuesta de antemano. Aquella persona avanzó entre el grupo, estaba a menos de dos filas de distancia.

Los ojos de Marina se encontraron con el iris celeste de la persona que más ansiaba ver en todo el mundo, la que más temía ver.

—No creo que se trate de un mito —contestó ella en un murmullo, con la atención de los visitantes puesta sobre su persona—. Los astronautas Armstrong, Collins y Aldrin cargaron el Apolo 11 con multitud de piedras lunares. Dudo mucho que se debiera a un simple estudio. Sabían perfectamente que la Luna era de queso y que estaba terriblemente buena. Por eso se ha regresado cinco veces más.

La gente aplaudió, comenzaron a despedirse, se detuvieron junto a ella, alguno se hizo una foto. Le dedicaron palabras con las que Marina siempre había disfrutado, sin embargo, en ese momento no podía atenderlos, no podía siquiera pensar con coherencia.

—Y esta estrella fugaz de treinta toneladas... —ya no les separaban personas que sirvieran de barrera física. Ya solo estaban ellos dos—, debió de poder cumplir un deseo gigantesco, ¿no?

—Nunca he pedido deseos a los meteoritos —musitó ella mientras las lágrimas acechaban sus ojos como auténticas traidoras—. Y hace dos meses que ya no puedo ver las estrellas como antes.

—Hace dos meses disfruté de la mejor noche estrellada de mi vida. Descubrí la Vía láctea, el cúmulo de Hércules, incluso un agujero negro supermasivo, y supe lo que es sentirse como un insecto en algo inmenso —se acercó un paso más. Sus manos buscaron las que Marina mantenía agarrotadas.

El roce de su piel fue como un bálsamo, un sueño hecho realidad, un deseo cumplido. Las lágrimas se desbordaron sin impedimento. Will esbozó una sonrisa, plena, preciosa.

—Esperaba un poco de alegría —dijo con sus ojos brillando, en parte por las luces estroboscópicas del Hall de los Meteoritos, en parte por una emoción contenida.

—Lo siento tanto...

—¿Haberme conocido o haberme engañado con el sabor de la Luna?

—Yo no... —Marina había fantaseado, a pesar de su mente cabal, mil veces con una situación similar. Sabía lo que debería decir. En ese momento no se le ocurría nada.

—El inspector cara-pasa me ha mantenido al día. Sé lo que has conseguido con la chica secuestrada, sé que has ayudado a que los cargos del asesino no se queden en intentos de secuestro. Sé lo que has debido de pasar. Lo sentía aquí —tomó la mano de Marina y la situó encima de su pecho—. Mira, ha empezado a latir cuando he entrado en el planetario y te he visto de una pieza, sin huesos rotos, ni ojos hinchados como Rocky Balboa en cualquiera de sus peleas.

Marina elevó la mirada hasta sus ojos, aún avergonzada, aún llena de culpabilidad.

—Quería estar a tu lado —musitó.

—No te has perdido nada. En cuanto desperté y con lo aburrido que es el hospital, me puse a leer unos libros que alguien me regaló con muy mala idea, una vez. ¿Sabes la de horas que he estado estudiando? Parece que me podré presentar al examen de colegiación este diciembre. Al menos ya me he apuntado, ahora necesitaré cierta ayuda para no darme por vencido.

—Vas a ser abogado.

—Tengo labia y atractivo, ¿no? Además, el club de lectura Broadway ha quitado a Mark Twain de su catálogo y han colocado a John Steinbeck en su lugar, ¿quién demonios va a querer quedar con un Nobel de Literatura? ¿Sabes lo aburridos que son?

—Va a ser una gran pérdida.

—Marina —Will se acercó tanto que Marina topó contra el gran meteorito—, te voy a ser sincero. Tardaré mucho tiempo en tener un sueldo decente, el concesionario se ha quedado mi deportivo y tengo una cicatriz bastante fea en la pantorrilla que ha minado un par de grados mi atractivo. Ahora mismo no puedo ofrecerte gran cosa, salvo unas vacaciones en Crescent Moon en agosto.

Marina iba a decir algo, pero se detuvo con la boca abierta al escucharle.

—¿Me estás invitando a tu casa el próximo verano?

—Y los siguientes. Le caes bastante bien a mi madre.

Aquel comentario hizo que la tristeza regresara al interior de Marina.

—Tus padres me odian, Will.

—¿Tú crees? Han cruzado medio país, en un invento diabólico como es el avión, para verte.

—¿Están aquí? —la sorpresa la había paralizado, Marina no conseguía comprender.

—Les he dejado fuera, en Central Park, dicen que es como Carolina en miniatura —se sonrojó ligeramente—. También ha venido la nueva pareja estelar de Crescent Moon: el profesor de la escuela y la rica heredera. Los demás quieren hacerlo en Navidades.

—Estoy soñando.

—Yo he soñado mucho todo este tiempo, Marina. He dejado a un lado las pesadillas, he luchado contra la sensación de impotencia. Te prometí que estarías segura a mi lado y no cumplí mi palabra, dejé que te enfrentaras sola contra un monstruo. Luego pasé a los recuerdos, es un suplicio aguantar dos meses cuerdo recordando tu sonrisa, tus labios. Recordando aquella noche juntos, las fiestas, las piraguas, las carreras entre las plantas de tabaco, las noches estrelladas...

Ha sido eterno. No pienso dejar pasar un día más —Will tragó saliva. Estaba nervioso—. Aunque si prefieres seguir con tu vida sin mí a tu lado, lo entenderé.

—¿Sabes quién me hizo derrotar al asesino? Tú. Si no hubieras existido me habría dado por vencida, pero tenía tanto por lo que luchar. Debía salvar a mi familia de Crescent Moon, debía regresar a tu lado, debía mantenerme con vida —esbozó una sonrisa inquieta—. Como alguien me dijo poco antes de vomitar sobre unas preciosas petunias, eres lo mejor que me ha pasado, Will.

Él no aguantó un segundo más y se lanzó a por sus labios. Llevaba demasiado tiempo queriendo hacerlo. Se abrazaron junto al enorme meteorito que había alcanzado nuestro planeta diez mil años atrás, arrasando todo a su paso, como había hecho Will con la vida de Marina. La había trastocado en una simple fracción de velocidad cósmica, dejando una estela luminosa e imborrable.

Fuera esperaba el resto de la familia, fuera aguardaban nuevas oportunidades que el destino podría depararle. No hacían falta estrellas fugaces, todos y cada uno de sus deseos comenzaban a cumplirse.

AGRADECIMIENTOS

La mayor parte de esta historia fue escrita durante el confinamiento que sufrimos en 2020 mientras las terribles consecuencias del coronavirus llenaban todas las pantallas. Me resultaba extraño que mis personajes no llevaran mascarilla, se involucraran en reuniones multitudinarias y no se lavaran las manos cada poco tiempo. El mundo real, por una vez, parecía más ficticio que el que se mostraba en los libros.

Ahora tengo que agradecer más que nunca a mis hijos, Miriam y David, su papel estelar durante el confinamiento y durante la nueva situación que nos está tocando vivir. Sois increíbles.

En aquellos largos días nació mi sobrino Jorge para alegrarnos más la vida, y mi hermana se reveló como una grandísima madre a la que admiro mucho. Belén, eres una campeona.

Como siempre, quiero mostrar mi gratitud a mi marido por alentarme y a mi familia y amigos, por no dejarme caer en el desánimo.

A mi editorial, Dïeresis, le dedico todo mi cariño. Llevamos juntos desde hace seis años y sigo sintiendo su gran apoyo en todo lo que escribo.

Mi mayor agradecimiento va para todos mis lectores. Sois los que conseguís que mi imaginación tenga alas, los que me hacéis volar, los que me acompañáis en cada palabra. Comentad esta historia, contadla, regaladla. Con vuestras opiniones y reseñas conseguiremos que llegue a mil personas más.

Gracias por injertaros en mi pequeño universo.